鲁迅文学奖获奖作家经典文集

U0781594

今夜你去往哪里

范小青 著

追寻鲁迅的足迹　蔓延思想根系于黄土纵深

跟随大家的引领　倾听叩击灵魂弹出的震颤

台海出版社

图书在版编目（CIP）数据

今夜你去往哪里 / 范小青著. —北京：台海出版社，2015. 1

ISBN 978-7-5168-0543-5

Ⅰ.①今… Ⅱ.①范… Ⅲ.①短篇小说—小说集—中国—当代

Ⅳ.①I247.7

中国版本图书馆CIP数据核字（2015）第010345号

今夜你去往哪里

著　　者：范小青

责任编辑：王　萍　　　　　　　　装帧设计：李　莹

版式设计：于鹏波　　　　　　　　责任印刷：蔡　旭

出版发行：台海出版社

地　　址：北京市朝阳区劲松南路1号　邮政编码：100021

电　　话：010-64041652（发行）（邮购）

传　　真：010-84045799（总编室）

网　　址：www.taimeng.org.cn / thcbs / default.htm

E－mail：thcbs@126.com

经　　销：全国各地新华书店

印　　刷：北京市通州运河印刷厂

本书如有破损、缺页、装订错误，请与本社联系调换

开　　本：170×240　1/16

字　　数：181千字　　　　　　　　印　张：13

版　　次：2015年4月第1版　　　　印　次：2015年4月第1次印刷

书　　号：ISBN 978-7-5168-0543-5

定　　价：25.80元

作者简介

范小青　女，江苏南通籍，从小在苏州长大。1978年初考入江苏师范学院（现为苏州大学）中文系，1982年毕业留校任教，1985年调入江苏省作家协会从事专业创作。现为江苏省作家协会主席、党组书记，中国作协全委会委员，全国政协委员。

范小青以小说创作为主，另有散文、电视剧本等。出版长篇小说十九部，代表作有长篇小说《女同志》《赤脚医生万泉和》《香火》《我的名字叫王村》等，发表中短篇小说三百余篇，代表作有《嫁入豪门》等。短篇小说《城乡简史》获第四届鲁迅文学奖，长篇小说《城市表情》获得第十届全国"五个一工程"奖，获得第三届中国小说学会短篇小说成就奖、第二届"林斤澜短篇小说奖"杰出短篇小说奖、《小说月报》《小说选刊》《人民文学》《中国作家》《中篇小说选刊》《中华文学选刊》等多种奖项。有多种作品翻译到国外。

目　录

五彩缤纷

我老婆其实不是我老婆。或者说，现在还不是我老婆，我们还没领证呢。

没领证，在出租房里同居，这种事情很多，也很普通。我们大学毕业，远离家乡，在陌生的城市打拼，要有事业，要赚钱，还想要爱情，还想有家庭和孩子，想要的确实太多了一点，那日子会比较辛苦。

不过目前还好啦，我们还没有想得那么远，我们辛勤工作，可以积攒一些钱下来，为今后的日子做准备，虽然必须省吃俭用，精打细算，但毕竟还是比较轻松自由的。

不料出了意外，我老婆怀孕了。孩子我要的，我跟老婆说，孩子都有了，我也甩不掉你了，我们去领证吧。我老婆说，领证可以，按先前说定的办。

先前我们说定了什么呢，这一点也不难猜，又是一件再正常不过的事情，先买房，后领证。

没有房子怎么结婚，这是正常要求，即使老婆不提，我也会做到的。但现在的问题是，我得把我积攒了几年的钱倾囊而出，才能付首付，接下去的日子，就不知怎么过了。我把我的忧虑和老婆说了。我老婆说，那我管不着，反正没有

1

房子不领证，这是当初说好了的，也是最起码的。她说得不错，这确实是最起码的。我老婆也不是个物质至上主义，她没有要车，没有要其他更多的东西。

但即便是她的最起码的想法，目前我也有难处，我得靠我的嘴上功夫，让她暂时地将这个念头搁存下来。于是我开始说，老婆，买房这么大的事，急不得呀。我又说，那是买房呀，不是买青菜萝卜，说买就能买来。我再说，老婆，现在我们的当务之急，尤其是我的当务之急，是保养好老婆，保养好老婆肚子里的孩子。我还说，老婆，你也是有文化有知识的年轻人，你想一想，到底是人重要呢还是房重要。

我老婆才不理会我的战略战术，她才不和我对嘴，她沉得住气，原则性强，从头到尾只有一句话，按原先说的办，不买房，不领证。

我无话可说了。

我的思想已经受了我老婆思想的影响，看来房是非买不可的了。一想到买房，我的想象就像长了翅膀，立刻飞翔起来。我想到，买了房，就得装修，装修房子，那可又是一件令人激动的大事啊，我一激动，灵感就闪现了，我就突发奇想了。我说，老婆，你想想，就算我们现在立刻买房，我们肯定买不起精装修房，肯定是毛坯房，毛坯房得装修吧，再怎么简装，也得几个月吧，那时候宝宝已经出来了。我老婆说，宝宝出来跟房子没关系。我说，怎么没关系，新装修的房子，你敢住吗，就算你不怕，你敢让宝宝闻那种有毒的油漆味吗。

那是常识，装修完了，怎么也得晾它个一年半载才敢入住啊。

我这是拿还未出世的孩子要挟她，我以为这下子将到她了，哪知她早就想好了应对的台词了。她说出来的台词，吓我一个跟斗，你以为我急着买房子是急着要住吗？我奇了怪，不急着住干吗要急着买。我老婆问我，你以为我买的是房子吗？我也不傻，我说，我知道，你买的是安全嘛。可是我若要变心，不会因为有房子就不变心的。我老婆说，是呀，你变了心，我至少还能得到一套房子。

这种对话实在平常而又平庸，大家见多了，不过请耐心等一下，这只是为下面的事情做铺垫，马上就会出现不一样的事情了。

现在我完全没有退路了，只好朝买房的方向去考虑了，好在这是我的第一套房，应该是比较优惠的。我打听了一下买房的程序，先到房产局去开证明，证明我是无房户，这样才能享受到第一套房的种种优惠。

到了房产局，他们一查电脑，却告知我说，我已经有房了。我大吃一惊，以为天上掉下馅饼来了，不，这可不是一块馅饼，这是一套房子啊，难道是圣诞老人或者干脆是上帝他老人家送给我的。

做梦吧，别说房子，天上连馅饼都不会掉的。

可我的名下确实有一套房，这到底是怎么回事呢。

房产局那人用怀疑的眼光看着我说，现在全部都联网了，想冒充无房户是不可能的。我着急解释说，我确实是无房户，我和我老婆住在出租房里，现在我老婆肚子大了，我们要结婚，要买房，等等。他哪里爱听这样的话，但后来看我真的急了，或者他自以为从我的焦虑的眼神里看到了我的诚实，他才告诉我说，既然你不肯承认你名下的这套房是你的，那只有一种可能。我赶紧问，什么可能？他说，有人用你的身份证买了房。他见我发愣，又补充说，虽然可能是别人买的，但既然用了你的名字和身份，你就不是无房户了。

我怎能相信这种莫名其妙的事情，我说，会不会你们搞错了？他又朝我看看，还朝他的电脑看看，反问我说，你不要吓我，你是不是想说，有人黑了我们的系统？我也吓了一跳，若是真有人黑了房产局的系统，岂不要天下大乱。

我知道那是不可能的。但如果他不可能出错，那么错在哪里呢，谁会用我的身份证买房呢。那人看了我一眼，觉得我连这样的问题都想不明白，极品脑残。其实我怎么会想不到呢，这个"谁"的可能性还是比较多的，比如亲戚朋友啦，比如老板啦，比如骗子啦。

可是现在我脑子里一片空白，我依据什么去把这个"谁"想出来呢。

见我站在窗口什么也不干，光发愣，后面排队办事的人着急了，我只得先退到一边，朝大厅的椅子上一坐，犯起糊涂来。

我旁边有个人跷着二郎腿，哼着小曲，心情特好，我朝他一看，他立刻对我笑了笑。我说，你笑什么，我认得你吗？他说，恭喜你，你有房子了。见我干瞪眼，他又说，不是有人用你的名义买了房吗，既然是用你的名字，房子就是你的嘛，房子是什么，不就是一个人的名字嘛。我说，可房子不是我买的，钱不是我出的，怎么会变成我的房子呢。他说，这个太简单了，我教你怎么做啊，你带上你的身份证，先到售房处去复印合同，人家问你为什么要复印合同，你就说合同丢了。我说，那可能吗。他说，他们没有理由不让你复印呀，房子就是你的嘛，身份证和人都对上号了嘛。然后你拿了合同，再到房产局去补办房产证，你也可以跟他们说，房产证丢了，你有身份证，有购房合同，他们同样没有理由不让你补办，等办好房产证，房子就是你的了。

我听后，简直如梦如幻。他见我傻样，以为我担心什么，又指点我说，你怕夜长梦多吗，那就赶紧把房子卖了。

我的心里早痒起来了，一套房子，就这么到手了，只费了一点点吹灰之力？他见我不信，鼓励我说，信不信由你，你做做看就知道了。我疑惑说，这是违法的吧？他说，如果那个人确实在你不知情的情况下，用你的身份证买房，那是他违法在先。

他违法在先，我违法在后，那我不还是一样违法么。出主意的这人挺为我着想，说，你急于出手房子，一时找不到合适的买主，可以卖给我，我要。

我赶紧走开了，他还在背后说，要不要留个电话给你。我摆了摆手。他又说，不留电话也没事，我经常在这里，你要是想通了，就来这里找我。

我只听说外面骗子很多，很离奇，我以为这个人也是骗子，但我又不能确定他是骗子。无论他是不是骗子，他指点我做的事情我是不能做的。

如果我不能买首套房，我就买不起房，因为首套和二套的首付是不一样的，契税和房贷也不一样。可我不甘心就这样白白地丢失了我的第一套房的资格，虽然那套房已经在我的名下，但它毕竟不是我的房呀。

我得找到用我的名字买房的那个人。

我到了售楼处，把情况跟他们说了，他们爱理不理，说，这事情你别来找我们麻烦，跟我们无关。我气不过，说，怎么跟你们无关，你们没有尽到你们的责任，把我的名字让别人用去了。售楼处说，你跟我们有什么好吵的，你自己把身份证借给别人买房，还怪我们。我说，我怎么可能把身份证借给别人买房。他们说，这种事情现在多得很，不管是怎么借的，出让身份证的人，肯定能得好处的。我跟他们生不得气了，我只说我要看那购房人的资料，他们又不同意，说客户的资料是要保密的。我反驳他们说，保密个屁，我单位有个同事，刚买房，登记在售楼处的信息立刻被出卖了，装修公司、中介公司、高利贷公司，各色人等，立马来骚扰。他们见我这样指桑骂槐，也不跟我生气，但就是不肯透露信息，他们是怕我影响了他们的声誉，搅黄了他们的生意吗？可他们这种人，也有声誉吗？

我回去将这离奇的事情告诉我老婆，我老婆以为我骗他，以为我不肯买房，跟我闹别扭，我怎么解释她也不信，我没办法了，只好说，要不你和我一起去那售楼处。她又不肯去，说，你肯定事先和售楼处的人商量好了来骗我。

女人的想象力真丰富啊。

我只好又回到售楼处，威胁他们要举报，他们还是怕我举报的，最后把购房者留下的联系电话给了我。我一看两个号码一个是手机一个是座机，寻思着肯定打手机更方便找到人，就立刻打了那个手机号码，却不料听到是"已停机"，我心头顿时掠过一丝不安和惊慌，手机都已停了，座机还会有人接吗，但无论如何死马得当活马医呀，再照座机号码打过去，呼叫声响了六下，我心里又"咯噔"了一下，料是无望了，但就在这绝望刚刚升起来的时候，在电话铃响到第七声的时候，有人接电话了，是个女的。我一听是个女的，下意识地"咦"了一声。那边就说，咦什么咦，打错电话了吧，以后把号码搞搞清楚再打，把人搞搞清楚再说话。我说，哎——我没有打错，我找的就是你，你在某某小区买了套房吧？那女的立刻警惕说，买房？买什么房？你个骗子，又想什么新花招？我说，我不是骗子，可是我碰到了骗子，骗子用我的名字买了房子。那女的说，那你找骗子去。我说，我找的就是你，房子就是你买的，在售楼处登记的就是你的这个号码。那女的停顿半拍后惊叫了一声，说，什么？什么房子？我说，我的身份证被你盗用了，在某某小区买了一套房，有这事吧？那边没声音了，我以为她想抵赖，我不怕她抵赖，我有的是证据。哪知过了片刻，她大叫一声，我操你个狗日的！你竟敢买房！这声音实在刺耳，我说，你怎么骂人呢，又不是我买房，是有人盗用我的名字买房。她不听我解释，仍然骂人说，你个乌龟王八蛋，叫我住出租房，自己竟然有钱买房养小三。我这才明白过来，她大概是骂她老公或者男友的。果然，她又骂了许多脏话粗话，我实在听不下去，说，事情还不知道怎么个真相呢，你已经把祖宗八代都骂遍了，等到事情真相揭发出来，你还用什么东西来骂人？她忽然又大哭起来。

我不想听她哭，但我还是想从她那儿得到一点有用的信息，我只得耐下心来劝她，我说，你先别哭，可能里边有什么误会吧，你再仔细想想，既然你没有用我的名字买房，那是你家里其他什么人？她顿时停止了哭声，头脑冷静思路清醒地说，我老公为什么不用他自己的名字买房，怕我知道，所以，他用你的名字买房，你肯定是他的狐朋狗友，你才会借身份证给他，让他买房，包庇他养小三。

我怕了她，我还是赶紧败下阵去吧，我再也不想从她那儿得到什么了，我挂了电话。

她却没有罢休，反过来又打电话来，追问那套房子在哪里。她这追问还真提醒了我，我又到售楼处去了一趟，查到了房子的具体地址。

我到了那个小区，莫名其妙的，心情居然有些激动。小区是新建起来的，看起来刚刚交付，都是毛坯房，里边还没有住户，我找了一圈，找到了某幢某层，上去一看，门关着，里边不像有人的样子，我还是敲了敲门，自然也是白敲的。

我并没有泄气，跑得了和尚跑不了庙，他房子买在这儿，我不怕他不现形。过一天我又来了，还是没有人，我刚要下楼，看到有人上楼来了，手里拿着钥匙，开对面那套房的房门。但我看他的穿着和模样，不太像是房主。那个人看出我的怀疑，主动说，我是搞装修的。我怀疑他他倒不生气，还和我聊天，问我是不是隔壁的房主，需不需要装修。我说是来找他隔壁的人家的，他问找他们干什么，我没敢说出来。

他见我支吾，也没有追问，只是说，他接了这一家的装修活儿，来过几次，没有看见对面人家有人来过。他又说，一般刚刚拿到手的毛坯房，如果不马上装修，房主是不会来的。我委托他代我留心点，留了个电话给他，他点头答应了。

我出小区的时候，又经过售楼处，心里来气，我又进去了，他们都怕了我，躲躲闪闪，互相推诿。我责问说，你们提供的电话不对，你们是有意糊弄我的吧。他们指天发誓，那人留的就是这电话。我怀疑说，这电话的主人根本不知道买房的事，难道你们不和买房的人联系吗？他们说，我们还和他联系什么呢，房子已经售出，一手交钱，一手交货，我们再也不会联系他，只有他可能来联系我们，我们最怕的就是这个了，如果接到他的电话，那必定是哪里出了问题，麻烦来了。

还是那个搞装修的人讲信用，有一天他给我发了个信，说对面房子有人来了，让我赶快去看一下。我立刻赶到那儿，这回终于让我抓住了一个真实存在的人。可是最后结果并没有显现出来，因为被我抓住的这个人，并不是房主，他是房屋中介。

原来那个用我名字买房的人，打算出租他的毛坯房。不管怎么说，我庆幸自己又推进了一步，有中介就有房主，我离那个盗用我名字的人应该不远了。

这时候我还不知道，其实我前面的路还遥遥无期呢。接着中介就告诉我，房主是在QQ上留的言，没有其他联系方式，只有QQ号。也就是说，我要想找到房主，仍然要守候，只不过是从毛坯房前挪到QQ上而已。

我先上网找他，说我要租房，希望他能够现身。可是他没出现，我想我可能暴露了，因为他明明已经委托了中介，租房应该和中介联系，为什么要直接找他呢。他一直不出现，我急了，耍了个流氓手段，在群里发言说，有人用我的名字买了房子，我现在已经复印到了购房合同，打算明天就去补办房产证了。群里大家欢呼雀跃，为我高兴。

我以为这下子可以把他逼出来了，可是他仍然隐身。他这才叫耍流氓，那是真流氓，我这假流氓倒也拿他无奈，我不能真的去办房产证啊。

正在我山穷水尽疑无路的时候，先前那个骂人的女人倒来给我指路了，她主动打了个电话给我，情绪大好，和当天电话里那个愤怒的女人简直判若两人。她耐心地告诉我，冒我名字买房的不是她老公，而是她现在住的出租房的前任住户，她已经通过房屋中介，帮我了解了他的踪迹，提供给我进一步追查。最后她还向我道了歉，说上次说话难听不是针对我的。

我虽然有些奇怪。但她的态度也让我更相信了一个事实，爱情确实能够让一个人完全变成另一个人。

我根据她提供的信息，找到了那个冒充者现在居住的另一处出租屋，我不知道他为什么要从一个出租屋搬迁到另一个出租屋，唯一能够让我作出一点判断的就是前后两处出租屋大小和质量有所差别，这地方比那地方更小更简陋。看起来他的经济状况也不怎么样，恐怕每个月的还贷压力很大吧。这也是我很快将要面临的难题哦。

所以一看到这样的出租屋，我立刻联想到了我自己的生活，在胡思乱想中我敲开了这间出租屋的门，开门的是一个孕妇，肚子和我老婆的肚子差不多大，看到她的一瞬间我真吓了一跳，以为她就是我老婆呢。本来嘛，同样的出租屋里的孕妇，能有多大的差别呢。

本来我肯定是气势汹汹的样子，但一看到这样的屋子，屋子里这样的人，我的气势顿时瘪了下去，我能够对着一个和我老婆一样的住出租房屋的孕妇大吼大叫或者横加指责吗？

我平息了一下积累在心头的愤怒，尽量用和缓的口气询问她老公在哪里，我不跟孕妇说话，我要找的是她老公，那个冒我的名字买房的人。可孕妇告诉我，他们虽然在一起几年了，她肚子也那么大了，但从法律的意义上说，他还不是她老公，他们还没有领证。我心里"嘻哈"了一下，真是和我的遭遇越来越像哦，由此我又联想到，在这座城市之中，在许许多多的城市之中，在苍穹之下，还有多少和我们的日子相差无几的男女呢。

但无论如何，我还是得找到冒名者，要他还我名来，还我购买第一套房的优惠权。我不能因为他们没有领证就放弃我的寻找，我再问了一遍，你老公现在在哪里？孕妇倒也很坦白，告诉我她老公回老家补办身份证去了。

我感觉到事情正在渐渐地浮出水面，又出来了一个身份证，这是好事，只要能和身份证联系上，我相信离我的目的会越来越近。我赶紧抓住她的话头，问她老公叫什么名字，她说她老公叫吴中奇。

我觉得很荒唐，荒唐得让我笑出了声。可是任我怎么笑，她也不觉得奇怪，只是很平静地看着我，我拿出我的身份证递过去想让她确认一下，可她并不接，她根本不要看。我只得说，他是冒名的，他不是吴中奇，我才是真正的吴中奇，他捡了我丢失的身份证，他就做起了吴中奇，但他是假的。那孕妇说，他不是拣的，他是买的。我嘲讽地说，买身份证，这都是新闻上才能看到的新闻，你们居然就是新闻。孕妇并不计较我的态度，她很淡定，继续告诉我说，他老公的身份证丢失了，原本打算要回老家补办的，但时间来不及了，只好先去办一张假的，然后等有时间回去补办真的身份证，等到补办好了真的证，那假的也就自然作废了。我奇怪说，那他真的就办了一张名叫吴中奇的假身份证，怎么这么巧，恰好就是我的名字。孕妇说，这么巧是不可能的，他们办假证的人手头有一大堆真的身份证，有的是拣来的，有的是收捡来的，不知道有没有偷来的，或者是别人偷来卖给他们的，反正里面有一张你丢失的身份证，卖给了我老公，所以他暂时只能叫吴中奇了。她见我发愣，又给我补充说明，其实我老公当时也怀疑过的，用别人丢失的身份证，万一被丢身份证的人发现了怎么办。人家笑话他说，你看看这身份证上的地址，离我们这儿多远，八杆子都打不着，你想碰上都没有一点可能性。

我说，你老公不长脑子吗，他不想想，那么远的身份证，怎么会丢在这里，丢在这里，只能说明我离得并不远。她说，他哪有想那么多，那时候急着买房，也不管不顾了。虽然她很坦白，说得也很对路，但我还是觉得有疑，因为我的身份证丢失以后，我立刻去补办了新的身份证，原则上说，在我补办了新身份证的同时，我丢失的那个身份证就已经作废，可是他们居然用的作了废的身份证顺利地买了房。我表示怀疑说，你们竟然用一张已经失效的身份证买房，卖房子的人怎么这么随意，不仅没有核对本人和身份证的信息，甚至都没有上网核查。这孕妇说，核对什么呀，他们只核对钱，别的一概马马虎虎，说实在的，买房时我们也有点担心的，照片上的你，毕竟和我老公不太像，但他们连看都没看一眼，就跟我们签合同收定金了。

这种事情也稀松平常，别说售楼处，就算是银行，也经常有人用捡来或偷来的身份证开户，然后透支，然后银行找到身份证的主人，然后主人说，我冤枉呀。银行可不管你冤不冤枉，要你还钱，然后就是打官司上法院了。那可是没完没了的战争，一直搞到你筋疲力尽。

现在我也轮上一件这样的事，我可不想追究，我实在没有那工夫，我要工作赚钱，我要照顾怀孕的老婆，我要为即将出世的宝宝做准备，最重要的，我还要买房子，我哪里有一点空闲的时间去跟他们纠缠真假身份证的事情，我只希望这个冒充者早点补办好他自己的身份证返回来，然后我们去过户，把我的名字还给我就行了。

这孕妇见我着急，安慰我说，别急别急，很快的，一两天就能回来了。她态度好，我却好不起来，我来气地说，现在房子多的是，你们就那么着急买房子，急到都不能用自己的名字买房？什么事那么急呀？那孕妇奇怪地朝我看看，说，你是明知故问吧，我怀上了呀，是做人流手术，还是生下来，取决于房子，他要孩子，当然就要立刻买房子，哪怕先借用别人的名字。

苍天，怎么跟我的事情越来越像，我心头竟滋生出一些恐惧，下意识地朝她看看，我是不是该怀疑她是我老婆扮演的一个人？

孕妇看起来一点也不想瞒着我什么，她又主动告诉了我一些情况，但是我对他们的气仍然郁积着，我也顾不得她身怀六甲，恐吓她说，你们不怕我真的把房子卖掉。孕妇说，怎么不怕，就是因为看到你在QQ群上留的言，我老公才会在这时候赶回去补办身份证，我就要生了，也许他还没回来，孩子就生下来了。

我实在无言以对。

现在唯一可以指望的就是冒充者从老家带回他自己的真实的身份。

其实，在焦虑之余，我倒是很想见一见这个假我。

可是我一直没有见到他。

他没有再出现，他失踪了。但不管怎么说，他还算是个负责任的人，他把办好的真的身份证寄给了他老婆，还委托了他的堂弟，冒充他去帮嫂子办过户，但他自己从此没有再出现，他说他自己失踪了，房子留给老婆。可那孕妇哭着说，留给我有什么用，我用什么来还房贷啊。

我忽然吓了一大跳，我知道他们的房产证上，是用的他们两个人的名字，不，不是他们两个人，是我们两个人，是我和这个不是我老婆的孕妇的名字。

既然名字是我的，搞不好银行会来向我收贷款，我赶紧催着她去办过户，她自知理亏，答应我约到堂弟就去。

我提心吊胆地等了一天，还好，那个冒充者的堂弟也讲义气，就和我们一起去办过户了。当然，如果我不去，他们一定还能再找到一个人去冒充我的。

11

那天在办理大厅，我注意观察了一下那个堂弟的神色，发现他一点也不慌张，谈笑风生的。

出来的时候我问他，你冒充你堂哥，倒蛮镇定的嘛。你是不是经常做这样的事情。那堂弟说，现在有谁来注意你的真假，一手交钱，一手交货，干脆利索。何况，他毕竟是我堂哥，我们毕竟还是有点像的，即使是完全不像的两个人，只要有证件，都能办成事情，甚至哪怕证件也是假的，假人加假证件，也一样办成事。

他说得一点也不错，这正是我所经历的。

那天我回到家，老婆告诉我，房贷利率又提高了，她已经算了一下，买房以后，每个月我们两个不吃不喝，刚够还款。我以为她的意思是别买房了，就顺着她的意思说，是呀，除非我们能够做到不吃不喝，我们就买房。哪知我老婆教训我说，吃喝重要还是买房重要啊？

那一瞬间，我简直怀疑那个失踪了的人就是我自己。

他怎么不是我呢，我们的经历几乎是一模一样，我们的名字也是一样的。

他失踪了，我难道没有失踪么？

有些事情很难说哦。说不定真的就有两个我呢。

那个我，冒了我的名，害我忙了一大通，才做回我自己，不过我还是觉得挺同情那个我的，这家伙忙了半天，结果什么也没留下。

可我哪里是有资格同情别人的人，哪怕那是另一个我，我都没有能力去关心他，我还是可怜可怜这个我吧。

现在，几经周折，总算将那套房子换了名字，现在好了，我的名下没有房子了，我又恢复了购买第一套房的资格，我喜滋滋地去买房了。

到了售楼处，我被告知，刚刚颁布了新的条例，单身不能在本地买房，除了要有本地本单位的证明，最重要的是要有结婚证。我说，我还没结婚呢。他们说，那你先结婚嘛。我说，没有房不肯结婚呀。他们说，不结婚不能买房呀。

　　我真急了，说，怎么说变就变呢。他们说，所以说这东西像月亮嘛，每天一个样嘛。我说，你们这是存心不让我们买房呀。我这样一说，他们委屈大了，差一点要哭了，说，我们也没办法，我们也不想这样，我们恨不得什么条例也没有，我们恨不得什么条件也不讲，人人都能买房。但是现在在风头上，抓得紧，谁违反谁吃不了兜着走。

　　我原来以为我碰到的事情够沮丧，结果发现他们比我更沮丧。他们一边沮丧一边还劝我说，要不这样，你再等一等，虽然新规定很强硬，但过一阵，风头过去了，就会松软多了。

　　我想我老婆这回该死心了，不会再出幺蛾子了吧。哪料想我老婆要买房的意志无比坚强，说，那就先领证。

　　我心里窃笑，她这可是自打耳光，早答应了先领证，也就没那么多麻烦了嘛。虽然我对我老婆言听计从，只不过有些事情并不是她说怎么就能怎么的，就说这领证吧，规定必须在一方的户口所在地办证，我和我老婆的户口都在老家，我们得回一趟老家才行。

　　回一趟老家可不得了，别说千里迢迢，要转几趟车，我老婆又大着肚子，我单位还不给这么长时间的假，更重要的是，我们现在要买房了，恨不得把牙缝都塞上，哪有闲钱回老家呀。

　　我们求助于老家的村长，村长很热情也很负责任，替我们打听了，说规定是不允许的，一定要本人到场，但他有办法，我们只需要将标准照片寄给他，再汇一点费用过去，他找两个假人冒充我们去登记，为保万无一失，他会陪他们到登记处去，万一情况不妙，他还可以出面找人打招呼，总之，让我们尽管放心。

　　我们把照片和钱都寄过去了，果然很快，大红的结婚证就寄来了。

　　现在我们终于可以买房了，我们有身份证，有结婚证，有钱，还愁买不到房吗？

　　真的还是买不到房，因为我们被查出来，结婚证是假的。我被村长糊弄了，我打电话去责问村长，村长开始还抵赖，指天发誓那证绝对是真的，又说，是不是乡下的证和城里的证不一样，又说，你们在城里过日子干什么都要有证，也忒麻烦人了，等等，反正是死活不承认我那结婚证是假的。

他不肯坦白，我也有办法对付他，我查了县民政局的电话，问结婚登记处，一问就问出来了。村长这回没话说了，坦白了，说，我是带了两个人去的，长得和你们很像的，我好不容易才物色到的，可还是被发现了，现在这些狗日的，眼睛凶呢，我不好向你交代了，你不是急等着用么，我到登记处外面街上，就有人招揽生意，说可以办一张假的，我看收钱也公道，就办了。

我简直目瞪口呆，村长还继续为自己的行为辩解，说，我真以为你们看不出来的，不知你们是怎么看出来的，我还拿来和我儿子的结婚证比照了一下，真是一模一样的，看不出来的呀。

我说，看得出看不出那都是假的。村长"嘿"了一声，还亲切地喊了我小名，说，狗蛋啊，你从小可不是个计较的人，你念了大学，在城里做事了，反而变得计较了，其实人还是马虎点，活着自在。我说，也不能马虎到用一张假证来骗人呀。村长说，哎哟，什么证呀，不就是一张纸么，有什么真的假的，现在假夫妻比假结婚证多得多了，也没人管。

虽然我气村长的这种行为，但村长的话倒也给了我一些启发，我跟售楼处说，虽然证是假的，但我们两个人是真的，我们都有身份证，你们也查过了，身份证是真的，何况，我老婆肚子都这么大了，肚子里的孩子不能是假的吧。他们说，身份证和你老婆大肚子都是真的，但是你们用假结婚证骗人是不对的。我强词夺理说，也不能说我们的结婚证就是假的，你看，这照片是我们吧，这名字也是我们吧，这年龄，等等，都是我们，也就是说，内容是真的，形式是假的，我们两个是真的要结婚，在乎一张纸干什么呢？售楼处显然很想卖房子，他们去请示了上级，但是上级不同意，说不能因为出售一套房子犯了规矩，查出来要被罚款的。

我们再一次被打了回来。房子再一次离我们远去。

我已经殚精竭虑了，但我老婆斗志昂扬，我老婆说，不行，我们还是得回去领证。

我老婆说这话的时候，阵痛已经开始了。

就在这天晚上，我老婆生下一对双胞胎，我给他们取名：吴一真，吴一假。

他们两个长得太像了，简直一模一样，我一直都分辨不出，到底哪个是真哪个是假。

谁在说话

高新从总部被派往某省的分部，这个决定对大家来说有些突然，因为事先并没有一点风声。一般人事变动，在酝酿的过程中，多多少少会有一些信息泄露出来的，但这一次似乎是谁在有意隐瞒，而且瞒得滴水不漏。

因此大家会对此事想得比较多比较远，似乎暗示着公司在人事问题方面会有新的大的动作了。

其实他们是多想了，事情没那么复杂。几个月前的一次会议上，高新和总裁在厕所里遇上了，老大平易近人，问问高新的情况，高新说挺好，又问有什么想法没有，高新其实也没有什么想法，但既然老大关心，自己如果什么也不说，会显得不把老大的关心当关心，高新就随口说，在总部的岗位时间长了，如果有机会，想下去锻炼锻炼。老大当时只是"呵呵"了一声，看起来并没有往心上去。

但是其实老大对每一个人的每一种想法，都会牢牢记在心上，所以他了解他们。也所以，他是老大而别人不是。

等到某省的分部缺一个副总了，拿到会上讨论的时候，老大立刻就想到那个想下去锻炼的人，那就是高新了。

所以高新离开总部到基层工作，说起来是派下去的，其实更多是高新自己的临时的想法。幸好这个想法也没有什么大不了的，公司内部的这种上调下派、你来我去的事情平常得很，何况又没有提拔，平调暗升、平调暗降也都没有。

高新所在部门的正职快到年龄了，一旦这个警示摆到日程上来，几个副部长之间，无论原先再怎么要好，无论现在再怎么看淡，都没有用了，事情就逼到你面前了，你是不可回避的。即使你自己真的很看淡，别人也会让你看不淡，别人也不相信你会看淡，大家都会想方设法让你心里纠结，让你连做梦的时候都想到这个敏感的问题：谁来接班？

好吧，你就刻意地避开，对这个话题不谈不说，但那些事不关己的同事，就会和你开玩笑，说，这么沉得住气，胸有成竹了吧。冤吧。那你就换一种姿态，你主动出击，见人就谈这个事情，以表示自己心里很放松。大家就说，你们看看，肯定已经十有八九了，要不怎么这么兴奋。总之，在这样的时候，在这样的一个阶段，你怎么表现自己无所谓也都是多余的。无人相信你。可同事说话那都是玩笑，你跟他们急也急不得，恼也恼不得，你急了，你恼了，正好说明你心里有鬼，你不急不恼，也说明你心里有鬼。再看看其他几位当事人，但凡听到这个话题，眼神慌张得让人不忍与之对视。人生真的很残酷哦。

所以在这个当口，高新忽然觉得，离开一阵也好。靠得太近，胶着太紧，让人觉得透不过气来，后退一步，天地也许会宽一点。

这甚至也算不上真正意义上的调动工作，派下去一阵，又调回来工作，在公司也是常有的事，因为习以为常，大家也不太看重这种变动。但是高新的这次下派，却引起了不同的反响，有人说部长的位置非高新莫属了，现在提拔干部，有没有基层工作经验是很重要的，也有的从反面想，觉得那是为了让别人上岗，故意把高新支开，等等，各种说法都有。

最后，高新临走前两天，有几个人起哄要喝一场，结果临到真的要聚了，又因为各人有各人的事情，没凑成。高新心里多少有一点被抛弃的失落感，没想到人情一下子就这么薄了。

现在不管它了。

现在高新已经来到另一个城市，另一个地方了。对于高新来说，这是个陌生的城市，在这个地方他是举目无亲的，孤身一人，暂时没有了纠结，没有了紧张的同事关系，他应该可以深深地呼吸一口新鲜而又自由的空气了。

他确实是呼吸到了不一样的空气，这是一个南方的城市，清爽，滋润，空气中甚至有点甜味。可是此时此刻，高新却没有新鲜自由的甜蜜感，他站在这个城市的火车站的出站处，眼前人山人海，没有一张熟脸，没有一句乡音，那一种被彻底抛弃的失落感再一次油然而生了。

还好，在强烈的陌生感中，他一下子看到了自己的名字。分部来接站的同事不认得他，特意举了一张纸，写着他的名字，使得高新能够在熙熙攘攘的人群中一下子找到自己。

分部的同行对他是很友好的，毕竟是总部派来的，不看僧面看佛面，远来的和尚好念经，大家都熟知这一套。更何况，总部对于高新的职务，虽然宣布是分公司的副总，而且也明确了分工，但谁也不敢保证这个上面派来的副总还有没有身兼其他职能，比如监督，比如探察问题，比如准备接班，等等。

所以分公司的总经理首先责成行政办要安排好高新的生活，要住得舒适，吃得合适，过得恬适。然后，才是工作。

行政办得令先行，在高新到达之前，已经替他选好了住处。在离分部办公地点不远处，替他租下一幢酒店式公寓里一室一厅的套间。这个酒店式公寓精装修，奢华却又是简洁的，而且出行方便，又闹中取静。大多数的户主，是这城里有点闲钱的中小户人家，买一套酒店公寓用来投资保值，又可以出租赚点房钱抵了贷款。而大多数的住户，则是外来工作的白领，薪水高，住宿要求也高，孤身一人来这城市工作，房间不需要多大，要的是品位和适宜。

高新就是这样的一个典型，高新即将入住的这个套房，也是这样的一个典型。

就这样，高新既不用自己和房屋中介打交道，也不用和房主发生任何联系，一切的事项，连卫生打扫、检查电器之类的杂活，行政办都给办了，而且办妥了。高新今天拎包入住，哪一天如果又调回总部，仍然拎包走人，一切方便。

高新由行政办主任和另一位办事员引导着，进了房间，打量一下，实在是挑不出任何毛病。其实，即使哪里有点儿不足，他也不会说出来，他会自己克服的。但事实上分部行政办的工作真是得力，这房间几乎是完美无缺的，几乎是天衣无缝的。

其实，这幢楼和这套房的高质量，除了高新现在眼睛能够直接看得见的部分，还有一个最重要的特点，现在高新还不得而知，但是他很快就会了解的，那就是它的隔音效果，进了房间，关上门，简直就像进入了一座无人之楼，门外的一切，走廊的动静，电梯的声响，窗外的一切，远处的喇叭，近处的车声，一切的一切，都被隔离得无声无息、无形无影。

当第一个夜晚降临的时候，高新就已经体会到了这个特点。那时候，他收拾停当，躺上床，关掉了电视，平息了片刻之后，他竟然听见了自己的心跳。

这地方，真是万籁俱寂啊。

这住处，真是太中人意了。

第二天上班，高新特意到行政办去表示感谢，行政办说，这是应该做的，而且是小事一桩。高新说，小事就能反映出行政办的良好的工作作风啊。行政办的人员受到新来的高总鼓励，都很高兴，有一个人说，哎呀，我买的新房子在高架桥旁边，每天晚上都像地震，整死人了。另一个说，我神经衰弱，有一点声音就睡不着，偏偏对面的大楼平台上有一台巨大的锅炉，吵死人……总之听了他们的话，高新只会更加觉得自己是幸运的。

高新的睡眠一直挺好，可是来分部工作以后，稍有点波动。这也是可以理解的，刚刚调动工作，心情不是太平静，所以晚上不能像从前那样倒头入睡，得在床上躺一阵子，有时候还会辗转反侧几下子。

这时候高新深深体会到，四周太安静啦，他努力地侧耳倾听，想听出一点动静来，哪怕是最细小最轻弱的声音，但始终什么也听不到，一点也听不到。高新掏了掏耳朵，他觉得是自己的耳朵出问题了。但是掏耳朵不能证明自己的耳朵有没有问题，他又重新打开电视机，将它的音量调到更小、最小，还是能听见，耳朵没出问题，关了电视，四周又是一片寂静。

就这样，倾听，无声，再倾听，再无声，反反复复中，高新睡着了。

第二天，第三天，以后，一直是这样的重复。

渐渐地，高新有了一个奇怪的习惯，每天晚上入睡前，总是竖起耳朵想听到一点什么声音，以此来证明自己的听觉没有出问题，甚至证明自己还是有听觉的。

到后来，高新依稀觉得，自己做梦的时候都在侧耳倾听了。

高新到公司上班，闲聊的时候，和同事们随便说起这个话题，他住的地方太安静了，安静得以为自己聋了。行政办的同志听到了，有点不乐，赶紧解释说，从前给别的领导安排住处，都是希望要安静的，没想到高总不喜欢安静。高新也赶紧解释说，不是不喜欢安静，只是觉得四周完全无声无息，不知道自己身在何处了。大家都笑，说高总真是个敏感的人，是当艺术家的材料。也有人提建议说，高总，你如果觉得太静，不妨试试开着电视睡觉，有许多人都是开着电视睡觉的，有人养成了习惯，关了电视就睡不着。

高新并不赞同这种不科学不健康的生活方法，何况他知道自己并不是想要听电视机里这种近近切切的实实在在的声音。

终于有一天，高新听到声音了，那是在他将睡未睡、不知道到底睡没睡着的情况下，蒙蒙眬眬中，听到房间里有人说话，没听得太分明，好像是在说欢迎什么什么。

欢迎？谁欢迎谁呢？怎么会有人在这里说欢迎词呢？高新一下子惊醒了，睁开眼睛，四处漆黑，声音没有了，仔细辨别，到底是梦里还是醒着时听到的声音，却怎么也辨别不出来，他又等了好一会儿，说话声再也没有出现过。

恐怕只能判断是他在梦里听到的说话声。

更何况，他的这个房间里，什么声音也进不来，怎么会听得见人说话的声音呢。除非说话的人就在房间里。

当然那是不可能的。

所以在这里要先说明一下，我们讲的这个故事，肯定不是鬼故事，和外星人高科技之类也没有关系，没有什么惊悚悬疑的因素，先请大家不要寄予厚望，以免最后有所失望。

第二天晚上，第三天晚上，以及以后的好些晚上，高新都在等待着说话的声音再度发出来，可是他一直没有等到。

一直到他不再等待了，蒙蒙眬眬将要睡去的时候，说话的声音再次出现了，这一次好像不是欢迎什么什么，而是感谢什么什么。

感谢？谁感谢谁？感谢什么呢？

就像上次一样，除了勉强听出欢迎和感谢这两个词，其他说的什么听不清楚，但是，这是人说话的声音，他是能够明确分辨出来的，还有一点也是十分明确的，就是这说话的声音，肯定是在他的这间屋子里，更确切地说，这声音是从他的套房的外室——小客厅里发出来的，只不过等高新从床上跳起来，拉开卧室门，冲到客厅时，声音早就消失了。

如果只有一次，也许就算了，就算它是做梦吧，但是偏偏它又出现了一次，高新仔细地想了想，推断出一种可能：这房子是出租房，他来之前，肯定有别的住户住过，会不会是前面的住户遗忘了什么东西在这屋里，比如会说话的玩具，比如会模拟各种声音的电子产品，等等。

这个屋子里，有壁橱，有碗柜，还有写字台的抽屉，都可能有东西在里面。高新甚至有点兴奋，有点猎奇，他在屋里四处寻找，结果呢，你们应该猜得到，他一无所获。

高新放不下这个声音，他去行政办了解了一下，他入住之前，这屋子是什么人住的。行政办并不清楚，他们是直接和房屋中介打的交道，只关心能够给新来的领导找一个好住处，并不关心前面是谁住的。

高新撇开他们，自己直接去了房屋中介公司，从那里他了解到，在他前面，是一对新婚夫妻住的。他们婚期到了，婚房却被房产公司拖延了，只能先租个小套过渡一下，把婚结了。租了十个月，婚房到手了，他们就搬走了，高新就搬进来了。

高新刚进去时，房屋中介很热情，介绍说，我们公司的房很好租的，今天退房，明天就有人租，你住的这套房，也是刚刚退掉的。等高新提出来想要这对小夫妻的联系方式，中介方面顿时警觉起来了，现任住户和前任住房要联系，这在他们的经营中，还是第一次碰到，有这个必要吗，他和他们见面想干什么呢。

他们当然能够从高新脸上看出了一些疑虑，他们问高新，你是怀疑他们吗？你怀疑他们什么呢？他们有什么可怀疑的呢？

高新赶紧解释说，我不是怀疑他们什么，我只是想跟他们了解一下，他们住的时候，半夜里有没有听到有人说话的声音。中介那妇女惊叫了一声，说，半夜有人说话？你不要吓我啊，这又不是老宅子。高新说，我不是那个意思，我也不相信迷信，我只是觉得半夜有人在房间里说话。那妇女更恐惧了，说，你没有搞错吧，会不会是你梦游啊？另一个中介的人说，前面肯定是没有的，前面要是有，他们怎么不来向我们反映。再一个中介的人似乎喜欢开玩笑，说，难道墙壁会吸音，把人家小夫妻说的话吸进去了，现在又放出来？

他们最后还是把小夫妻的联系方法提供给了高新，那个喜欢开玩笑的人，还对高新说，要是捉住了鬼，告诉他一声，他从来没有看见过鬼，很想见识见识鬼长得什么样子。那妇女赶紧呸他，骂他不吉利。

那倒也是，搞房屋中介的，要是和鬼攀上些关系，就准备着关门打烊吧。

高新得了小夫妻的手机号码，就直接打了过去，接电话的是女方。高新没想到他们留的是女方电话，一般租屋之类，应该是先生出来办的，他们家太太出来办，要不就是先生太忙，要不就是太太很能干，这个高新管不着，但是对着一位年轻的女士，高新还真不好随便开口说这事情，女士一般都胆小一点，就像房屋中介的那个妇女，不说话看上去还蛮强大的，他一说半夜屋里有人说话，她就尖叫起来，到底是妇女啊。

高新愣了片刻，那边有些奇怪，"喂"了一声，说，你找谁啊？高新犹豫着说，请问一下，您和您先生，以前租住某某公寓几零几室吧？那女士情绪很好，口气十分热情，说，是呀是呀，我们拿到新房了，才搬出来不久，您有什么事，您是中介公司的吗？高新说，我是你们后面的住户。那女士又笑说，哦，那我们是邻居，哦，嘻嘻，不对，不是邻居，我们是同房，哦，哈哈，对不起，我不是那个意思，不过我还真说不出我们之间的关系是什么关系呢。高新也说不出来这算是什么关系，在人与人关系的称谓中，恐怕真没有这一条，他只是觉得这位年轻女士特别兴奋，虽然他不知道她为什么这么高兴，他也拿不准，如果这时候他直接告诉她，他在她曾经住过的房间里，听到莫明其妙的人说话的声音，她会是什么反应，高新最后还是觉得没法直接和她说，他想要她先生的电话，就问了一声，你先生呢？她马上告诉高新，她先生已经被单位派到外地去工作了。听到高新"咦"了一下，她也很敏感，马上又说，是呀，人家都觉得不应该，我们刚刚新婚不久嘛，不过，工作需要嘛，我应该支持的——哎哟，不好意思，我正在QQ聊天呢，人家来催了，拜拜。也没有问高新给她打电话什么事，就挂了电话聊天去了。

第二次的电话，不知怎么一搞，又被她的过度热情搞得无法开口。第三次打通了手机，高新干脆直接问她先生的手机号码，她笑着说，哎呀，你这个人，扭扭捏捏的，你要我先生的手机就直接跟我说，你打了第三次电话才憋出来，多难受啊。就将她先生的电话告诉了高新。

高新给那位先生打电话，先报了名，然后说，我是你们从前租住的那套公寓的现在的住户。对方立刻警觉地说，你是谁？你说你是谁？高新又重复了一遍，觉得自己说得很清楚，没有口误，对方的怀疑却更加明显，说，你什么意思，你想干什么？没等高新再解释，又说，现在骗子的花招层出不穷，推陈出新。高新说，我不是骗子，你的手机号码也是你太太给我的。对方一听这句，顿时打了个嗝，愣了一会儿，说，什么，什么，她把我的手机号码给你，让你给我打电话？高新说，是——呀，一个"呀"字没出口，对方就掐掉了手机。

大约过了一两天，对方的电话主动打过来，高新心里刚刚一喜，就听对方骂道，你个狗日的，原来就是你个狗日的在网上骗我太太。高新说，你误会了，你一定是误会了。那边说，怎么可能误会，有铁证，我让朋友查了她的手机通信情况，三次以上的联系，就是你！高新说，我那是想找你的电话。那边怒道，你找了我的电话，想和我摊牌还是怎么的，你狗胆不小，给我戴了绿帽子，还敢跟我叫阵？高新说，你这是哪里跟哪里啊？那边说，哪里跟哪里，你装孙子是吧，我就告诉你，我早就发现，我刚刚调到外地工作，我太太那儿就出问题了，我留了个心眼儿，知道她是网恋了，还恋得热火朝天的，不过网恋嘛，我也不怎么看重它，很快会过去的吧，没想到你个狗日的，竟敢公开跳出来。高新知道他是彻底地弄错了，赶紧说，你搞错了，我没有和你太太网恋，我是因为，因为——在这样的情形下，在对方如此的心情下，他觉得实在无法说得清楚。但如果不咬牙说清楚，事情会越来越误会，越来越糟糕，高新硬着头皮说，你听我说，你们曾经住过的那套公寓，现在我住在里面，我经常在半夜里听到有人说话，房间里又明明没有其他人，我搞不明白，只是想问一问你，你们从前住的时候，有没有这种现象？那男的一听，更是勃然大怒，什么？你什么意思？你的意思，我们还住出租房的时候，她就有外遇了？半夜里就偷人了？

高新彻底失去了再和他说话的想法，他挂了电话，长吁短叹了一阵。怎么不呢，真是家家有本难念的经，谁能想到，这对幸福的小夫妻，已经搞成这么样了呢。

后来这个男人倒也没再来纠缠高新，估计是知道自己搞错了对象，也没脸再来了。

可是高新的问题还是没有得到解决，偶而的，他还是在半醒半睡时分，听到有人说话，就在屋里，他努力想搞清楚一点，听到说话声的时候，到底是醒着还是在梦里，但始终分不清楚，搞得精神都有点异常，一会儿以为是梦境，一会儿又以为是幻听。

他还回头去分析曾经听清楚的"欢迎"和"感谢"这两个词，谁会和他说欢迎和感谢呢，难道是分部的同事跟他开玩笑，但这玩笑又安放在哪里呢，躲藏在哪里呢？

高新听从了同事的建议，去看一趟心理医生，医生给他做了各种测试，没有发现他有心理上的问题，建议他说，既然你一心要解开这个结，既然你放不下这个谜，你就牺牲几天睡眠，晚上你设法让自己一直醒着，如果再有说话声，你就能判断是真的有人说话，而不是梦境了。

高新依了医生的建议，晚上喝咖啡，喝浓茶，坚持不睡，坐等天亮，但是等了几天，也没有说话声，实在熬不下去了，就睡着了。

这招没成，再换一招，麻烦同事，请他们来陪他同住。可同住也没用，没有一个人听到半夜里有人说话的，他们都说自己没睡着，但谁知道呢，也许他们都睡着了，或者，根本就没有人说话。

等到这些招都一一试过了，一切又回到原来，高新独自一人的时候，将睡未睡的时候，说话声出现了。这一次，高新听出来更多的一些内容，但仍然是断断续续的，不连贯的，比如他听到一个词——优尔敏，以为是一种抗过敏的药，上网查药，没有查到这种药；又比如他还听到一句比较完整的话：给您提供完美的享受，这句话让高新吓了一跳，该不是夜店的小姐找上门来了吧。

当然不是。

根本就没有人在说话。

高新的不宁，虽然不是行政办造成的，但多少也给了行政办一些压力，他们很想替高新分忧解难，但又无从下手，思来想去，只有再找房屋中介，因为房子是从他们手里租过来的，房子到底有什么问题，不问他们问谁。

可是房屋中介也很冤哪，说，前面的租户住的时候，明明很正常，为什么到了你们这里，就冒出个半夜说话的吓人倒怪的事情呢？这个问题行政办的人被将军了，回答不出来，但恰恰提醒了高新自己，高新赶紧问他们，在那对小夫妻搬出去之后，我住进来之前，房子有没有什么变化，你们在这屋里有没有增添什么东西，有没有拿掉什么东西，有没有换上什么东西？

房屋中介赶紧查记录，查了半天，说，也没有什么呀，真的没有什么，就是换了个门铃。

门铃这算什么呢，门铃最多只会放音乐，怎么会有人在门铃里说话呢。

仍然一无所获。

但其实还是有了收获的。很快高新就有了一条新的线索，这是单位的一位女同事提供的，女同事心细，也很关心高新碰到这个事情，就上网去查，输入门铃两字，结果果然受到了启发。

高新和同事一起来到公寓，按门铃，门铃发出清脆美妙的音乐声，很正常，再把门铃拆下来看看，看不出什么名堂，那女同事说，网上说的，断电，断了电，电再来的时候，会有变化。于是他们将电闸拉断，稍等一会儿，再重新推上，果然，门铃说话了，门铃说人话了：欢迎光临优尔敏企业。

坑爹啊。

这门铃神奇，如果半夜里断了电，再来电，它半夜里就说上人话了。所以呢，你等它说话的时候，它不说，因为那天晚上没有断电，你不等它的时候，忽然断电又来电，它就说话了。

事情终于水落石出了，行政办替高新换了门铃，新门铃质量得到保证，怎么断电，怎么揿按，都不再说人话了。

现在高新又回到了刚来时的状态，房间真安静，每天入睡前，他都会侧耳倾听着任何的一丝丝一点点的声音，来证明自己的耳朵没有聋。什么东西也听不见的耳朵，那叫耳朵吗？

高新在这些寂寞的夜里，想念和依恋起先前给他带来麻烦的吓人的门铃来，他甚至想换回那个门铃，想让它在夜深人静无声无息的时候忽然地说上几句话。

高新跑了几家装饰商场，都没有那个优尔敏牌子的门铃，就上网去找，网络真宏大，一找就找到了，赶紧网购，没几天，快递来了，高新立刻自己动手，重新换上优尔敏门铃，换上以后，迫不及待拉了电闸，再推上电闸，门铃却不再说人话，无论高新怎么反复地拉闸断电和推闸送电，它死活不说人话。

高新到网上去问是怎么回事，那个看不见的空间回答说，以前那个会说话的门铃是次品，生产中出了问题，后来他们企业整改了，现在保证质量，请用户放心，绝不会再出现门铃说人话那样的问题了。

又过了些日子，高新调回总部去了。

回总部不久，高新和几个同事出差，因为会务订房出了点意外，只能和另一个人同住。

第二天早上，同住的人说，高新晚上说梦话，说欢迎使用优尔敏产品。

大家问高新，优尔敏是什么，是避孕套吧？

名字游戏

  我同学大学毕业后，干什么的都有，但是干送水工的不多。其实他们不知道，干这一行虽然辛苦，还没面子，但挣钱还说得过去。比起他们在小广告公司看小老板的脸色，或者在写字楼里打零工，有一着没一着的，也或者，去推销保险，被看成是上门要饭的，想要跑成一单，不知要咽下多少辛酸，这样一比，我还是有点自我安慰。送水虽然社会地位低下，身份低等，但我一般不需要求人，不用看人脸色，我送水上门的那些人家，都文明礼貌，对送水工很客气的，都说谢谢，还有更热情的，会拿根烟给我抽，可惜我不抽烟，偶尔他们还随手拿一个水果给我，一般我也不大吃水果，但是水果我会拿着的，拒绝香烟是有理由的，但拒绝水果会让他们觉得我这个人不好说话，对我的信任就会打折扣。我会把水果带回店里，给我同事吃。我同事里什么人都有。

  用户懂礼貌，我也懂礼貌，我自带着鞋套，免得踩脏了人家的地板，我还自带一块干净的抹布，万一送水时不小心把人家家里弄湿了，我往下一蹲，手一伸，就替他们擦干净了，如果我发现他们的饮水机长时间没洗了，我也会主动提出来替他们清理一下。他们又说谢谢。

当然，客气归客气，我们之间很少交流，偶尔会说上一两句话，无非就是来了啦、麻烦啦、慢走啊之类，我基本上不用回答，只要微笑一下就行了。

他们一般都不会问我的名字。

我也不需要他们问我的名字，我的名字跟他们没有关系，跟我的工作也没有关系，我按一下他们的门铃，他们会在里边说，送水的来了，等我走的时候，他们也会自己说，送水的走了。

人的名字本来只是一个符号而已，用送水的、抄表的、搬运的、扫地的等这样的符号来表达，更有实际意义，让人一目了然地知道这个人是干什么的。很明显，在现代这个社会，一个人是干什么的，比这个人的名字要管用得多，也重要得多。

所以，在送水工和用户之间，根本就不需要有人的名字，我和他们之间的这种关系，简单明了，干净清爽。

这个我想得通，我没有意见。我生活的这个城市很大，人很多，名字更多，何况现在有的人可不止只有一个名字。真名，假名，化名，网名，小名，曾用名，什么什么名，到处都是。

不应该有人在乎我的名字，这是一个再正常不过的事情。

当然人和人也不是完全一样的，也有人曾经问过我的姓，我说我姓王，她笑着说，好的好的，我记住了，小王。可下次去的时候，她记错了，喊了我小张。我纠正了一下，说，我是小王。她又笑了，说，哎呀呀，你看我这记性。她的记性真的很差，我再去一次的时候，她又再次给我换了个姓，喊我小李。我也不再纠正她了。随她喊我小什么我都答应。

我并不是有意要捉弄她，我只是觉得没有必要，因为姓什么叫什么和送水实在没有什么关系，我姓什么叫什么都可以，我姓什么叫什么人家都能接受。

我觉得这样也挺好，所以后来在漫长的送水的日子里，如果再有人问我姓名，我都会随口说一个，赵钱孙李周吴郑王任我选。不过我并不是那种急智型的人才，我随口编个姓还可以，但要我随口编名字，我会打咯噔的，一打咯噔，人家岂不怀疑我，难道连自己的名字还不能随口说出来？我就想了个主意，将自己同学的名字报给他们，因为同学的名字最好记了，个个都在嘴边，张嘴就出来。

有一回我还失口将我暗恋过的一个女同学的名字报了出来，报出来以后，我以为人家会奇怪或者会怀疑，怎么一个男人取了个女生的名字，可是人家听了，一点反应也没有。

我才知道，人家并不在乎我的名字，只是礼节性的随口一问而已，我大可不必为名字犯愁。

就这样我有好些同学的名字都被我报给了别人，你们大概会觉得我这个人心理有问题，自己干了这一行，希望我的同学也都和我一样沦落风尘。这样想的话，你们就误解我了，首先，我从来没有瞧不起自己的行业；其次，我也不是个心胸偏狭的人，我只是不在乎人的名字而已，无论是我的名字，还是我同学的名字，我都觉得无所谓。

一方面，我在现实生活中，几乎不用名字，最多也只是"小王"，但同时，我又像在虚拟的网络世界一样，爱用什么名字就用什么名字，爽啊。

我干送水工虽然辛苦，却如鱼得水，自由自在，只是有一回有点尴尬，我送水到一家人家，恰好碰见我的大学同学，他见我扛着水桶进去，吓了一大跳，大叫了一声我的名字，然后说，怎么会是你？又跟他家长介绍说，这是我同学。他的家长更是惊异，问说，真是你同学吗？是你大学同学吗？我同学马上为我打掩护说，我记得你表哥是送水的，你是临时顶替他的吧。

我挺感激他。但其实他完全没有必要这样在意。可他真的很在意，竟然还把我当送水工的事情告诉了其他同学，我们在QQ群里聊起这个话题，我向同学们报告了我的收入，引发了他们的感叹，纷纷发表，有一个人说，真是原子弹不如茶叶蛋，这话是我父亲上大学的时候听说的，想不到到今天还是有这样的事情。另一个说，我也要当送水工。大家又纷纷赞同。

其实除了我，没有同学会当送水工的。

过了一阵子，却有个人来找我了，他是我大学同学的高中同学，他通过我的大学同学知道了我的情况，就来找我了，他想当送水工。

想当送水工其实非常方便，现在招送水工的公司很多，条件也比以前好多了，有的公司规模大一点，还给底薪，再计件，像我们公司就是这样，属于旱涝保收型的。当然，没有底薪的公司也有他的好处，他的计件工资高，如果有人力气大，腿脚快，一天快跑多送，收入也是可观的。据说有个极品，一天爬了六百层楼，送了一百一十桶水。不过这也只是听说而已，我没有见过。我们公司也没有这样的人。

来找我的这个人，他说他叫陈新洪，或者是陈兴宏，也或者是陈星鸿，我只是随意地听了一下，没有细问，反正一样，叫他小陈也可以。我跟他说，小陈，现在送水工这工作不难找，有没有我介绍你都能干上这一行。小陈说，他是听了他同学的介绍后，专门来找我的，他早就想当送水工，但因为自己是高中生，当送水工有点难为情，听说有个大学生也当送水工，他就拿我当他的精神支柱，向我学习，放下架子，来了。

我不怎么相信他的话，但也没觉得有什么大的不妥。这事情本来很简单，公司正需要人手，我一牵线小陈就加入进来干上了。前一阵江里漂满了死猪，桶装水的生意越发地好起来，老板饥不择食，只要是个活人，他都可以吸收进来送水。不知道人们有没有想一想，桶装水的源头其实也在江里啊。

小陈和我成了同事，但是我们接触并不多，平时也没有什么来往，每天早晨上班的时候，我们一般会在店里见个面，然后就各奔东西去了。我们没有统一的下班时间，所以一般不会在下班时碰上，只有一回，我老板忽然问我说，新来的那个，就是你介绍的那个，叫什么名字？我愣了一下，说，小陈吧，他姓陈。我以为老板会对我不满，介绍个人，连名字都说不周全。其实老板才没时间不满，他"嗯哼"了一声就走开了。

虽然老板没别的意思，但我却是个心思缜密的人，心想这回问了没答出来，如果下回再问又答不出来，这可不是好表现。虽然这事情看起来和送水没有关系，但和一个人的责任心有关系，既然和责任心有关系，和送水也就多少会有点关系。

所以下次我看到小陈的时候，我问他叫陈什么，小陈告诉我叫陈什么。我就记下了，等着老板下次再问。老板却一直没再问。

过了些时候，我们大学同学聚会，我无意中和介绍小陈来的那同学说起小陈，那同学似乎有些吃惊，说，小陈？哪个小陈？我说，你怎么会不知道小陈，他不就是你介绍来的吗。他又愣了半天，自己嘀咕说，小陈，小陈，哪个小陈？不会是那个小陈吧？我倒被他搞糊涂了，说，你说什么呢，什么那个小陈，这个小陈，难道还有几个小陈？那同学脸色就不对了，说，小陈只有一个，但他早已经不在了呀。

我并不太吃惊，想必是哪里搞错了，或者我同学曾经有几个同学都姓陈，他是把姓陈的同学和姓陈的同学搞混了，其实是那个姓陈的同学走了，他却以为是这个姓陈的同学。也或者，小陈并不是我同学的高中同学，他只是在什么偶然的机会听到我同学说我的情况就找来了，他只是想通过我能够更方便地找一个工作而已，这都是可以理解的。当然也还会有许多未知数，有许多种的可能，比如，会不会我同学的姓陈的同学确实去世了，而现在我的这个同事小陈，是冒了那个死去的小陈的名来的？

我起先确实并不吃惊，但想到这儿，我觉得还是需要谨慎一点的，如果真是冒名，他为什么要冒名呢，难道他自己没有名字？这不可能。那唯一的可能就是，他自己的名字不能让人知道，他要借用别人的名字。

一个人的名字不能让人知道，这意味着什么呢？

我得认真对待这件事情了，因为小陈是我介绍到公司的，我是有责任的。虽然送水工和公司的关系是比较松散的，但是一旦出了什么事，再松散的关系也

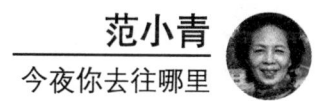
是摆脱不了关系的。

我问我同学，他的同学小陈长什么样，脾气性格怎么样，我同学想了半天，也不能准确形容出来，他用了几个词，都是相互矛盾的，比如他说小陈精干，又说有时候淡漠，最后还说小陈善解人意。我听了半天，也听不出个所以然来，把我同学对于小陈的形容拼凑起来，是无论如何也拼凑不出我的同事小陈的模样。

过了片刻，我同学又出一主意，问我，你有小陈的照片吗？有照片我一看就知道他是不是小陈了。

他这是想哪里去了，我怎么会有小陈的照片。

我们两个都没辙了。

我和我同学都无法证实我们俩说的小陈是不是不同一个人。如果是同一个人，那就是我见鬼了。如果不是同一个人，那这个小陈是谁呢。

别的同学看我们俩聊得投入，说，没看出来啊，原来你们关系这么好，大学四年，也没见你们说过这么多的话。我们的谈话就被他们打断了，只好跟到他们感兴趣的话题中，无非就是谁谁谁和谁谁谁当初那么好，最后却没成一对，可惜了；谁谁谁和谁谁谁当时在班上互相瞧不上，还互相攻击，最后反倒走到一起了，意外啊；又坦白出很多鲜为人知的暗恋故事和多角恋故事。但是在这个过程中，他们发生了很大的争执，主要就是人与人对不上号，有人说张同学和李同学在校时好得十分招摇，但另外一个偏说不是，说好得人人知晓的是张同学和赵同学；又比如，有人说早就看出钱同学和吴同学暗送秋波、暗度陈仓，又有人反对这个说法，说暗度陈仓的明明是吴同学和周同学，我听他们这么争来争去，纠缠不清，就用心地想了想这些同学，同学的面孔倒是一张一张清清楚楚地在我眼前浮来浮去，当我试图把他们的名字和面孔对上号的时候，我发现我也已经有些力不从心了。

这不能怪我记性不好，主要是因为我和我那同学，我们的心思一直还在小

陈那里。

你们想想，这难道不是一件事情吗。一个人死了，却又出现了，或者说，有一个人顶替死人在活着，这事情说起来怪瘆人的，何况这事情和我们两个都有密切的关系，我们无法把这个事情当成无事一样。

最后我同学和我约定，过一两天，他会来我们公司看看，看看我说的那个小陈到底是谁。我提醒他，要看人，得一大早就来，我们六点半到店，七点前必定就出发了，赶在一些用户上班前把水送到他们家去。这一出发了，这一天就不知道什么时候再能见到。我同学说，你放心，我习惯早起的。向我要了我水站的地址，并且记下我的店里的电话，以保万无一失。

可惜的是，后来我一等再等，他一直没来。

本来这事情很简单，只要他一来，小陈的死活、小陈的真假，立刻就确定了，我就没心思了，可现在他不来，就该我上心思了。

我不想让公司的任何人知道这件事。因为我一旦公开了这个怀疑，即便最后把小陈的身份搞清楚了，或者就算最后把小陈赶走了，老板也会责怪我荐人不慎的。所以我得把这个事情不为人知地处理干净。

我也不便直接找小陈去对质。如果他是假的，他一定是有准备的，随时准备着有人怀疑他，质问他，他一定早就有应对的方案，甚至烂熟于胸了。甚至我还想，他在来我们公司干送水工之前，不定有多少回这样的怀疑和询问呢，他一定是对答如流了。

再如果，他真的有什么大问题，我点了他，就等于提醒了他，他也许就赶紧逃离，那倒也好，省却了我的麻烦。但万一他不逃走，反而想到要灭口，那我就惨了，无缘无故送掉一条命那多不值。

我既急于想弄清楚小陈的真相，又不能打草惊蛇，还想着要保护自己，所以我不能马虎，我先设计了一个方案，要迂回曲折地实施。

我计划的第一步，先看看他的身份证。至于我怎么不为他所觉察地看到他的身份证，我也已经想好了对策。

这一天，我比平时更早一点来到店里，打算守候小陈。我到店门口的时候，还没有发现今天和平时有什么不一样，进了店一看，才发现问题了，不仅我们老板亲自坐在店里，还多出两个陌生人，老板脸色不好看，陌生人的脸色也不好看，我就知道出事了。

我老板指着我对那两个人说，他就是王天明。老板没说错我的名字。虽然我可以对用户乱报名字，但我一定是有真名实姓的，只是我有很长时间没有听到人喊我大名了，在这么漫长的日子里，有些人喊我小王，更多的人根本不用喊我的姓名，"喂"一下，或者"哎"一下就行了。所以乍一听到"王天明"三字，我还稍稍愣了一下，而后才想起来那就是我。

虽然他们没穿警服，但是我猜测他们是警察，是来查案的。查案就查案吧，我虽然是王天明，但我不用心慌，我又没犯案。我只是觉得老板说的"他就是王天明"有些刺耳，因为这个句式暴露了他们不是随便来找人聊聊的，他们找的就是我，他们是冲我来的。

我抢先表态说，警察同志，有问题你们尽管问。我老板瞪了我一眼，批评我说，小王，你没事找事，还真希望有警察来找你麻烦啊？我才知道我猜错了，他们不是警察，是公司总部的老板。

我们公司叫作某某商贸有限公司，诚信等级是五颗星，公司人员众多，下设诸多水站。这"诸多"到底是多少，我也不清楚，跟我无关，我只知道我老板就是我们水站的老板，虽然我尊他为老板，其实他只是个小站长而已。现在坐我面前的两个人，那才是真老板，不说别的，单说他们的气质扮相，也是和我老板有差别的。

虽然我老板已经报了我的名字，但总部的一个老板还是重复问了我一遍，你叫王天明？我点头称是。另一个老板说，把你的身份证拿出来我们看看。

这算是报应吧，我本来是想着来查看小陈身份证的，结果他们要看我的身份证。

我的身份证一点问题也没有。我也是有经验的人，我出门时永远随身带着身份证，干我们这种活的人，很容易被人怀疑上什么，有时候，拿个身份证出来，还真管点用。尽管现在假身份证也很多，但毕竟没有比用身份证查人更直接和简便的方法了。

他们仔细地检查了我的身份证，他们当然看不出这是假身份证，因为它就是真的。

看过我的身份证后，他们向我提了几个问题：第一，你这个名字是从小就取的，还是后来改名的；第二，你一共用过几个名字；第三，你有没有碰到过和你同名同姓的人。

他们虽然不是警察，但他们做的事情和警察差不多，甚至一点也不比警察差，所提问题逻辑性强，思路缜密，层层递进。只可惜，我的回答不能让他们满意。本来我就不应该对他们有什么帮助，我肯定不是他们要找的人，他们从我这儿得不到什么的，不是我不肯给他们，而是我没有什么可给他们的。

他们才不这么想，他们不会轻易放过我的，他们得准备新的问题，调整思路再来侦察我。

我有点着急了，我工作是底薪加计件的，我问老板，今天误工算谁的。老板生气地说，你把总部都惊动了，对我水站信誉影响很不好，我还没找你算账呢，你倒跟我计较起来了。我听了老板的话，觉得倍有道理，又觉得毫无道理，总部的老板又不是我找他们来的，是他们来找我的，如果我真犯了事，他们找我也是合理的，但我没有犯事，他们来找我，耽误我的事情，一切损失还要我一人承担，这算什么呢。

我虽然没有顶撞我老板，我老板却对我不客气，又说我，天下那么多的名字你不取，你偏偏取这么个名字。我说老板你错了，我的名字是我爹妈取的。老板说，那我就怨你爹妈，取名就得动动脑筋，取一个特殊一点，不会跟人重名的，你爹你妈好懒，偏偏要取这么个名字，跟别人一样。

我正奇怪老板的话是什么意思，他们制止了老板，因为第二轮的侦讯题目已经出来了，仍然是三个：第一，三天前的下午两点，你有没有进入皇冠花园小区；第二，江一红这个人你认不认得；第三，如果你否认第一和第二个问题，那么，有没有人能够为你证明三天前的下午两点，你在哪里。

我当然否认第一和第二个问题，皇冠花园小区不属于我们水站送水区域，我的送水范围再大，也大不到那里去；至于江一红，名字倒蛮喜庆的，她要是我的女朋友，我一定会承认的，可惜不是。

至于下午两点，这也不难，我找出当天的送水清单，大致上回想一下，就知道了，那时候，我正在绿园小区送水。

我以为他们又会不高兴，因为我仍然说不出他们希望的答案来，可结果却出乎我的意料，他们相视一看后，朝我点了点头，似乎我说到他们心坎上去了。

原来，关于我的三天前那个下午的行动，他们早已经掌握在手，就看我说的对得上对不上。现在当然是对上了，下午两点左右，我确定是在绿园小区送水，那户人家姓许，是一对中年夫妇，如果这个还不能算证明，我想绿园小区应该是有摄像头的。

现在我有点不乐意了，我说，老板，容我发表一下愚见行吗，既然你们早就掌握了我的行动，能够证明我三天前的下午两点不在皇冠花园小区，你们为什么还要来找我呢？这说明你们还是怀疑我的，也说明你们的怀疑是完全没有根据的。

你们别以为他们就此相信了我，只是因为他们暂时抓不住我的任何把柄，所以他们才会以退为进。他们会退到哪里去呢，当然是去找另一个王天明。只是不知道在我们这个地方，送水的王天明到底有几个。

他们临走时还不忘教育我一番，吩咐我以后不要乱说自己叫什么，每个人都有自己的名字，一个人的名字代表一个人的人生，代表一个人的身份，甚至代表一个人的尊严，名字是一个人的标志，名字是受法律保护的，等等。

我虽然听不太懂他们的教育是什么意思，但我首先不能赞同他们的说法，我反对说，有些人的名字确实能够代表身份、代表尊严，等等，但有另一些人，他们的名字什么也不能代表。比如我，自打当了送水工，就根本没有人来关心我的名字，如果不是因为出了事情，你们会对我的名字有兴趣吗？

总部的老板觉得被我问住了，他们跌了下风，其中一个有点不服，还想和我理论，另一个说，算了算了，你说不过他，人家是大学生呢。

那个不服的，本来已经往前走了，听到这话，忽然又停下了，回过头来警觉地问，你大学生为什么干送水工？我现在不怕他了，我没好气地说，我不干送水工，你能让我干总经理吗？

他们走了以后，我胆子更大了，胡乱发泄一通，说他们乱怀疑人，侮辱我的人格……我老板说，他们对你还算客气的呢，没有报警把你叫去，还亲自上门来找你，还客客气气地问你。我有个朋友，和一个贩毒的重名，被叫到派出所无数次，告诉他们不是了，他们也查清楚不是了，但下次毒贩犯了案，又把他叫去，甚至其他毒贩犯了事，也要把他叫去，你看看，就是重了个名，多倒霉。我说，是够倒霉的，哪个狗日的，也叫王天明。我这话一出来，大伙儿乐了，跟着我的口气说，哪个狗日的，也叫王天明。我抱怨说，明明知道我不是王天明，不，明明知道我不是他们要找的王天明，还来找我麻烦。我老板说，你以为人家找你是抽签抽的啊，抽到谁是谁啊？我气恼地说，我看像是抽签的，我中彩了。老板骂说，喷你个粪，你也不想想，既然他们知道不是你，为什么还会怀疑你。这我还真想不出来。老板说，他们并不是一下子就来找你的，他们已经对你做了大量的外围调查工作。这可把我惊出了一身冷汗，原来他们已经了解了我更多的情况，说不定比我自己还更了解我自己。但冷汗过后，我又觉得大可不必，我又没有见不得人的事情，连和女朋友接吻都没有，因为我没有女朋友，他们做我的外围调查，爱做就做吧，他们只会做出一个比纯净水还纯净的我来。

我老板向来饶舌，又告诉我说，比如吧，他们带着你的照片，去了你长期定点送水的几户人家叫他们认。我放心地说，那有什么，什么也没有，我又没有偷过他们东西，我更没有杀人，他们肯定都说我好话。老板哼一声说，好话倒是有不少，可惜对不上号。我不知道什么叫对不上号。老板说，你的名字对不上号呗，有的人家说你叫这个名字，有的人家说你叫那个名字，你说，换了谁，谁不怀疑，换了我，我也会怀疑的。听说还有一个妇女，特别觉得你可疑，因为她问过你三次姓什么，你说了三个不同的姓，有没有这回事？

是有这回事的，原来那个妇女是假装记性不好，她干什么要假装呢，我真吃不透他们。

老板又说，不仅到客户那里调查，在我们水站也都问过了，他们好多人居然不知道你叫王什么，只知道你叫小王，你说你是不是令人怀疑。

摊上这样的同事，我也只能自认倒霉，我跟老板说，老板，以后我在我额头上和我背心上都写上我的名字，让人一目了然。你现在能不能告诉我，我到底在哪里惹上总部了。

老板这才告诉我，一个叫王天明的送水工，可能顺走了皇冠花园用户江一红的钥匙，还好那个用户没有报警，只是投诉到总部，总部就查到你了呗，你是叫王天明吧。

我说，我是叫王天明，可是有铁一般的事实可以证明，那个时间，我在别的地方。老板说，所以嘛，他们知道不是你，就走了嘛。

至于江什么红的钥匙，没了就没了，钥匙没了也不能说明什么，第一，还不能确定就是送水工拿的，第二，就算是送水工拿的，他也没有用钥匙干什么坏事，或者也许他是想干的，但毕竟没有干成，或者还没来得及干，总之是什么也没有发生，所以那姓江的换了锁，事情也就过去了。

我同事对这事情有新鲜感，因为刚才轮不到他们说话，现在他们也不急着去送水赚钱了，好像我的名字比那个更重要。我同事说，小王，你是叫王天明吗？我们怎么不记得你叫王天明。我来气说，你们有问过我叫王什么吗，你们喊我小王就足够了。

我同事都承认我说得对，所以他们说，既然你喜欢自己的名字，我们以后都不喊你小王，喊你王天明就是了，这又不难。

我才不会把他们的话当人话，我不认为他们有这么好的记性，他们才不会记得我叫王天明，就像我不记得他们的名字一样，彼此彼此，我们互不计较。

果然他们很快就失去了对我的名字的兴趣，四散送水去了。我却还坐着发一会儿呆，因为王天明钥匙事件，我和我自己较上劲了，我甚至怀疑起自己来，难道顺走人家钥匙的那个人真的是我吗。

或者，难道真有那么巧，有一个人，和我一样的名字，而且也是个送水工。

或者有人冒用了我的名字。

可人家为什么要冒用我的名字呢，我又不是什么人物。

正在我疑惑不解的时候，小陈进店来了，他今天上班来迟了，没有赶上盘问我的现场。

接电话的大姐转告他，有个用户来电话说饮水机脏了，请他送水时带点消毒液帮忙清洗一下。我说，小陈，你刚来不久就能兼带做清洁工了啊。大姐听我一说，有点奇怪，摘下近视眼镜，朝小陈看了看，又戴上眼镜重新再看看，疑惑说，你是小陈啊？我一直以为你是小王呢，我新配的这副眼镜有问题，看人都走样。我说，我才是小王。大姐又摘掉眼镜朝我看看，说，嘿嘿，我这眼睛，长着也没什么用，还真分辨不出来。

大姐的话让我想起我还有一个对付小陈的分辨计划呢，只不过这时候我改变了原来设定好的慢慢试探的主意，开口就说，小陈，你同学说你已经死了。小陈比我想象的还要镇定，笑了笑说，是呀，有一次我给一个女同学打电话，她一听我自报姓名，尖叫一声就晕过去了。

　　我没料到他会这么说，我的思想有点堵塞，小陈见我发愣，提醒我说，大哥，我看出来了，你对我的名字有兴趣哦。我立刻否认说，才不，你不过和我一样，一个送水的，有没有名字，有什么样的名字，都无所谓。小陈说，就是嘛，既然你连自己的名字都无所谓，你管我的名字干什么呢？

　　瞧他那样子，嘴上喊我大哥，可看起来他却像我大哥在教导我呢，我心里不爽，自以为聪明地说，其实也不用那么悲观吧，总有一天，有人会关心我们的名字。小陈说，哪一天呢？我说，等我们死了，死了以后总会吧。小陈说，为什么死了就有人关心我们的名字呢。我说，人死了得安葬呀，安葬要立墓碑，墓碑上得写名字吧。

　　小陈却不同意我的说法，他说，也不一定哦，你没有见过许多无名氏的墓碑吗？我说，见倒是见过，但那大多是从前的人，比如烈士啦什么的，现在的人，哪还有无名氏墓，小陈仍然不同意，说，就算现在没有无名氏墓，但现在人的名字，真真假假，你真以为墓碑上的都是真名实姓吗？

　　我说不过他，心里又不爽，我说，这个问题，我们现在探讨还早了些，等我们死了以后再说吧。小陈说，我们不是已经死了吗。

　　我的手机响了，一看，是我同学发来短信，说找到了小陈的照片，马上发过去让我看一看是不是我的送水的同事小陈。随后他就把照片发给了我。

　　虽然我对照片上的人是不是眼前这个送水的小陈，已经感觉没那么重要了，但我一看照片，还是晕了。

　　那竟然是我的照片。

　　我同学够糊涂，竟然把我和小陈搞混了。

　　不过也难怪他，我和小陈毕竟都是他的同学嘛。

　　等我清醒过来的时候，我老板正站在我面前，说，小王，总部来电话了，是那边搞错了，那个人叫王开明，不叫王天明。

　　那个人登记表格的时候，字写得太潦草，把个"开"字写得像个"天"

字，王开明就成了王天明。

据说他们那边大家一直都喊他王天明，他也不反对，个狗日的，够应付的，险些害我声名狼藉。

我老板还心有余悸地问我，小王，你确实是叫王天明，不叫王开明吧？我说，老板，你把一个人撕成两半，我就是王开明了。

真相是一只鸟

老吴和老史是一对性情相投的老友，又是一对欢喜冤家，吵吵闹闹，谁也不肯让谁的。他们在某一个下午，照例去公园喝茶，下了两盘棋，一比一下平了，嘴上互相攻击，骂骂咧咧，有心再下一盘，杀他个二比一，可是把握又不大，下也不一定能赢。所以犹犹豫豫的，这最后一盘，其实，不下也罢。

可是谁也不肯先开这口，谁先说了，就等于是认输了。两个人就僵持住了，很尴尬，脸也涨红了，那是让话给闷的，但宁可闷死憋死也绝不先开口。

这时候有一个人恰到好处地来救他们了，这是一个和他们半生半熟的人，跟他们年纪差不多，也常常到这里走走，但他不下棋，只是朝他们看看，似笑非笑地笑笑，算是有点认识了。现在他走到他们两人面前，朝他们的棋盘看了看，说，听说，文庙那里新开了旧货市场。他的话太中老吴和老史的下怀了，老吴说，是呀，听说搞得很大。老史见老吴中计，赶紧对老吴说，听你的口气，你想去看看吧？老吴说，你自己想去就说自己想去，非要借我的名头干什么呢？老史说，我怎么是借你的名头呢，我想去我自己不能去吗？他们争执起来了。那个人也不再理睬他们，反背着手独自走开了。老吴冲着他的背影，顿了顿，说，去就去。老史也说，去就去。两个人好像是很不情愿地被那个人拖去的。

其实他们是自己想去的，而且他们两个人的心意完全一致，他们不想下最后的那一盘棋。他们丢下了棋，就去文庙了。其实他们是一种躲避，是怕输，是对自己没有信心。

旧货市场说是个市场，其实只是摆些地摊而已，而且很杂，什么都有，他们对旧货本来也没有什么兴趣，更没有什么需要，到这里来只是一个借口，他们漫无目的地转了转，很没兴趣，完全是在打发时间，在消磨对输赢的念想。

但后来他们还是被一个古董摊上的一幅画吸引了一下。其实他们两个人，既不懂画，也不爱画，但是这幅画上画的东西他们是比较喜欢的，有一座山，很高，很安静，花鸟树丛，山脚下有个茅屋，里面有两个人在下棋，看起来跟老吴老史他们差不多的样子，所不同的是，他们生活在城市，那两个人在山里，他们生活在现在，那两个人在古代，所以，他们的安逸，太让人羡慕了。老吴和老史都想买这幅画，但是两人掏尽了口袋，也没有多少钱，两个人的钱凑起来，也没凑够。摊主的眼睛一直盯着他们的口袋和他们的手，希望从中掏出他想要的那个数字，可最后他失望了，失望的同时他也让步了，他让老吴和老史还了价，买走了那幅画。

画既然是两个人合买的，两个人就都有份，首先就碰到了一个问题，画放在谁那儿呢。他们虽然常来常往，性情相近，但毕竟不是一家人呀，老吴说，放我那儿吧，你家房子小，你还和孙子挤一间屋，放你那儿不方便。老史不乐意，说，我家虽然比你家小一点，但你家也不见得就大到哪里去，我是和我孙子同住一间，但也没有挤到放一张画也放不下的地步，你跟我比谁的房子大是没有意思的。老吴说，问题不在于比谁的房子大，问题是这画到底放在谁家比较妥当。老史说，你说放在谁家妥当呢。老吴毫不客气地说，当然是放在我家妥当。老史说，也未必，就说你那儿子，虽然年纪不大，倒像是一肚子阴谋的样子。老吴见老史攻击到他的儿子了，也就攻击了老史的老婆，他们这么攻击来攻击去，最后也没有攻击出结果来，如果旁边有个第三者，肯定会被他们急出病来。所幸的是旁边没有第三者。其实，就算曾经有个第三者，那肯定早就被他们气跑了。哪个第三者愿意守在他们旁边听他们这种没完没了的没有意义的斗嘴皮子。

但是老吴和老史觉得十分有趣，他们乐在其中。肯定老吴和老史都想要这幅画，但他们不懂画，也不是十分喜欢画，这幅画完全是躲避输赢躲避出来的。但既然掏了钱，就有价了，不能白白便宜了对方。当然这还不仅是钱的问题，更是一个输赢问题，面子问题。这幅画就是为了保住面子意外得来的，不能争来了面子最后又丢了面子呀。

后来天都快黑了，老吴老史都有点累了，老史说，要不这样吧，轮流放，先在我家放一段时间，再到你家放一段时间。老吴说，你这主意，倒像是儿子养老娘，老大家住几天，老二家住几天。老史说，你别说，拿了这东西，还真是添了个累赘呢。老吴说，你嫌累赘，那就先搁我家，先搁一年，明天的今天，就交给你。老史说，一年？要搁你那儿一年，岂不是我一年都见不着它。老吴说，你嫌一年太长？　那就半年。他觉得老史又会认为半年也太长，又抢先说，如果半年还不行，就三个月。老史说，我不像你这么鸡毛蒜皮，半年就半年，先放我这儿，过半年你拿去。老吴说，咦，不是说好先放我这儿的吗？

还是争执不下，但是画总得跟一个人回家，不能撕成两半呀，结果只好划拳定输赢，划出的结果是老吴得胜。老史输得心不服口不服，嘀嘀咕咕先骂了自己的手臭，又骂老吴偷鸡，但是在事实面前，他再也找不出什么借口，勉强答应画先放在老吴家，半年以后，再转到他家。

老吴把画卷了卷，带回家去。他心情很好，没觉得自己是带回了一幅画，他觉得自己是带了一个胜利回家的，虽然下棋下平了，但是划拳他赢了。家里人也没在意他带了个什么东西回去，老吴也没说买画的事情，因为他没觉得这是个事情，顺手就把画搁在一个柜子上了。过了两天，老吴的老伴打扫卫生，看到有一卷东西，纸张已经很旧了，发黄的，结绳还有点脏兮兮，她也没展开来看看是个什么，嫌它搁在柜子上碍眼，就塞到小阁楼上去了。

起先老吴还是记着有幅画的，回来时见它不在柜子上，曾经问过老伴，老伴说，放阁楼上了。老吴"噢"了一声，心里踏踏实实的，没再说话。

半年很快过去了，老吴早已经忘记了画还在阁楼上搁着呢，老史也一样没有再想起那幅画的事情，他们仍旧下棋，仍旧因为怕输而不敢下决赛局，仍然过着和从前一样的日子。

但是后来事情发生变化了，老吴搬家了，搬家前整理家里物事的时候，才知道家有多乱，废旧的东西有多多，本来想把该丢的东西丢尽，整理干净了再搬的，后来等不及了，干脆先一股脑儿搬过去，再慢慢清理吧。

老吴搬了新家，住得远了，和老史来往不方便了，偶尔通通电话，很长时间才聚一次，见了面似乎还有点陌生了，说话也小心多了，不像从前那样随随便便，甚至动不动就互相攻击，现在他们变得客气起来，下棋也谦让了，再到后来，他们的来往就越来越少了。

又过了些时候，老吴中风，在医院躺了几个月后，恢复了一点，但是腿脚却再也不像从前那样利索了。

在住院期间，老吴还一直惦记着老史，他让儿子小吴给老史打电话，可是老史一直没有来看他，老吴骂骂咧咧地责怪老史，虽然他也曾经想到可能是小吴根本没有给老史打电话，但他还是愿意把老史拿出来骂几声。当然他更愿意老史站在他面前让他骂，可惜的是，老史从此再也没有出现过。

老吴在搬家前，老伴老是在他耳边说，儿子媳妇好像有点不对头，但他们之间到底有什么事情，小两口都不肯直接说出来，要说话也是借着孩子的口说。老伴说了这个现象之后，老吴也注意观察过几回，确实如此，老人虽然嘴上不说，心里却是明白的，这是小夫妻冷战了，可能就是外面经常有人说的所谓多少年多少的什么痒吧。但老人不便多管小辈痒不痒，只是希望他们的冷战早点结束。

没想到这冷战随着搬家就真的结束了，现在小吴和媳妇每天下班回来，就躲进自己屋里，关上门，鬼鬼祟祟地不知在干什么，有一回他们性急地进屋，忘了关门，老吴不经意地朝里看了一眼，看到他们的大床上展开着一幅画，两个人双双跪在床前，头靠头地凑在一起，拿着一个放大镜在照什么东西呢。

过了一会儿，小吴出来了，问老吴有没有更大一点的放大镜，老吴说没有，这个放大镜已经够大的了，书上的字能够放得蚕豆那么大。儿子说，我不是放字的。又回身进屋里，这回小心地把房门关上了。

过了一天，儿子带回来一个超大的放大镜，举起来差不多有一个小扫把那么大，他们又去照那张画了，照了一会儿，小吴和媳妇一块出来了，到老吴房间里，说，爸，那幅画是爷爷留给你的吗？

老吴很莫名其妙，他不记得他的爸爸给他留下过什么东西，小吴夫妇很客气地把他请到他们的卧室，那幅画仍然展开在大床上，老吴看了看画，觉得有点眼熟，山，花鸟树丛，茅屋，下棋的人……渐渐地，老吴想起了许多往事，想起从前和老史一起下棋斗嘴的快乐，现在老史倒有很长时间没见着了，老吴心里有点难过，长长地叹了一口气，说，这是你史伯伯和我一起买来的。

小吴一急，脸都白了，赶紧说，爸，你可千万别去找史伯伯。没等老吴问为什么，小吴又说，现在我们正在托人请专家鉴定，很可能真的就是南山飞鸟的画。媳妇见小吴只说了一半，又赶紧补充说，爸，如果是真南山飞鸟的画，那就值大钱了。老吴没再问他们南山飞鸟是谁，因为只要看看小夫妻的脸色，想必这飞鸟并不是什么鸟，而是一个了不起的大人物。

小吴夫妇对老吴不放心，他们怕他去找老史，说，史伯伯说不定也搬家了，也不知搬到哪里去了，你现在腿脚也不大好，就别去找他了。

老吴还是忍不住想给老史打电话，但他已经记不清老史家的电话了，他摸索出早年的一本电话本子，从上面找到老史家的电话号码，打了过去，但是老史家的电话已经成了空号。

小吴夫妇从专家那儿得到的结果是又喜又忧，喜的是专家一致认定这就是南山飞鸟的画作，忧的是印章错了，印章不是南山飞鸟的，是谁的，竟然看不出来。

这就难倒了专家，也愁坏了小吴夫妇，眼看着好梦成真，却被一方莫名其妙的印章阻挡了，他们像患了绝症四处求医的病人一样，到处寻找有水平的专家，到处求人鉴定，大家始终都是一头雾水。有一次他们甚至赶到北京去了，曲折辗转地到了一位老专家家里，在老专家的书房里的大书桌上，摊开了那幅画，老专家躬着身子用放大镜看了半天，小吴夫妇就一左一右地守在老专家身边，心提到了嗓子眼儿上，那等心情，无疑是等待法官判决的重罪犯人的心情。

结果仍然没有出来，老专家也和其他许多专家一样，看得云里雾里，只能对他们摇头苦笑。

小吴夫妇的心一下子沉下去，沉得摸不着，一下子又吊起来，卡在嗓子眼儿上，把好端端的人，搞得如同汪洋大海中的一叶小舟，起起伏伏颠颠倒倒完全由不得自己做主，小吴媳妇捂着胸口说，要得心脏病了，要得心脏病了。

正在这时候，事情却忽然出现了转机。老专家的小孙子，大约六七岁的样子，他从外面跑进来，一直跑到爷爷的书桌前面，趴上前一看，小孙子脱口说，南山飞鸟。

老专家和小吴夫妇大惊失色，惊了半天，老专家才想起来问孙子，乖乖，你怎么看出来的？小孙子说，嘻嘻，就这么看出来的。老专家一拍脑袋，幡然猛醒，快步绕到小孙子的位置上，小吴夫妇也紧紧跟过来。

天大的谜团瞬间就破解了，一切的疑虑立马就消失了。

原来，这方印章盖反了。

这可是业内的一个惊人的发现。

消息迅速地传了开去，大家都到小吴家去看这个千载难逢的错版，家里整天熙熙攘攘的，搞得老吴的血压再次升高。

看过错版的人，纷纷发表见解，对此画赞不绝口，至于为什么会出现印章倒盖，也是有据可依的，因为南山飞鸟本身就是一个很粗心脾气很急躁的人，倒盖印章，对南山飞鸟来说，应该是一件很正常的事情。据史书记载，有一次他还闹出乌龙，明明是他自己和别人合作的一幅画，过了不长时间，就忘记了，有人拿来请他指点，被他挖苦嘲笑一番，说那画是如何如何的不好，结果人家告诉他，这是大师你自己画的。南山飞鸟倒也不窘，说，我自己画的就骂不得啦。算是给自己的乌龙解个围。

总之，关于传说中的南山飞鸟的林林总总，足以证明将印章倒过来盖的，就是南山飞鸟本人。

当然，也有别的可能，比如说，是书童干的事，他打瞌睡或粗心盖错了，害得几百年后这么多人纠结犯难。

肯定的说法多了，就开始有了不同的声音，说，现在造假，已经达到了超高水平，你以为你了解南山飞鸟的脾性吗，造假的人比你更清楚，所以造假者故意弄个错版，好让有知识的聪明的人根据南山飞鸟的习性去分析，得出此仿件为真迹的错误结论。

也有人从更专业的角度分析，南山飞鸟最擅长画鸟，如果真是南山飞鸟的画，他肯定会画一只鸟，可是为什么这幅画上没有鸟呢。

小吴夫妇再一次陷入了不知进退的地步，他们苦思冥想，上下求索，终于想起了一句老话：解铃还得系铃人。

这个系铃人，当然就是老吴啦。

老吴早已经被他们忘记了，虽然他们同住在一个屋檐下，但是在小吴夫妇的眼里，既没有老吴，也没有老吴的老伴，别说老爹老娘，就他们自己的亲生孩子，也有很长时间没有关照了。

现在他们回过头来找老吴，他们把画举到老吴眼前，希望老吴能够回忆起当年的事情，当年，老吴是怎么在旧货摊上得到这幅画的，是多少钱买来的，那个旧货摊当时摆在哪里,现在还在不在,那个卖旧货的是个什么样的人,住在哪里,现在有没有搬家……

总之,现在,小吴夫妇的希望就在老吴的嘴皮子上了。他们紧紧盯着老吴微微张开的嘴,他们坚信不疑,那个黑洞里,有他们朝思暮想的东西。

老吴第二次中风后,不仅坐上了轮椅,说话也含糊不清了,但他还能够看东西,他看到那幅画后,微微张着嘴哆嗦了半天,勉强说出了两个字,"了勒?"

小吴夫妇听得出这是个疑问句,但是他们不知道"了勒"是什么,恳请老吴再说一遍,老吴说了,还是"了勒?"小两口又煞费苦心地猜了半天,始终没有明白"了勒"是个什么。老吴见儿子媳妇如此痛苦,心中很是不忍,又努力说了另外两个字:"老喜"。小吴夫妇还是没听懂,但毕竟比"了勒"要好猜一些,他们后来明白过来了,老吴说的不是老喜,而是老史。老吴是让他们去找老史呢。但是他们是最怕老史的,当初老吴从医院里回家后,曾给老史打电话,但打过去却是个空号,那不是因为老史搬家了,是小吴把老史的电话号码偷偷地改了两个数字,老吴老眼昏花,没有看出来,照着错号打过去,老史就不在电话的那一头了。

其实老史一直没有搬家,但他和老吴中断了联系。在开始的一段时间,老史也和老吴一样,骂过老吴,过了些时候,他也不骂了,再过些时候,他不提老吴了,再到后来,他连老吴的模样都记不起来了。

小吴夫妇本来是最不愿意提到老史的,但是事到如今,老吴不会说别的,只会说老史,他们在别无选择的情况下,退一步安慰自己,实在不行,就找老史吧。找到老史可能出现的麻烦,就是老史要分一半去,但是不找老史的结果,就是他们永坠无底之洞,永远生活在疑虑和焦躁不安之中,两者相比,最终他们还是选择了前者。

寻找老史,也不是一件容易的事情。老史虽然没有搬家,但问题是小吴夫妇从来就不知道老史住在哪里,只是知道在从前的时候,父亲有个老友,就住在不远的某个地方，他们常常在公园里见面，下棋，吹牛，对骂——这些事情，怎么那么的遥远了，遥远得似乎已经是几个世纪前的事情了。

小吴夫妇知道，凭着从前的一点记忆，是很难找到当年的印迹的，现在他们又把目标对准了老娘，老娘那时候曾经到那个公园去找过老爸，她应该还记得那时候的情形。

老吴的老伴就带着儿子媳妇去寻找从前的记忆了。她已经步履蹒跚，小吴夫妇心急，嫌她走得太慢，就搀扶她一起走。老娘感叹说，唉，我活到这么老了，第一次有人搀我。小吴夫妇听了，面露惭愧之色。

公园虽然还在那个地方，但早已经不是当初的那个公园了，他们在老吴和老史当初经常活动的场所转了几圈，哪里会有老史的影子呢，老史在不在了，还不知道呢。

但是他们没有泄气，第二天他们又来了，现在他们不用老娘带了，他们已经认得这地方了，他们会再来，再来，他们会很有耐心。

老天没有辜负他们的耐心。

老史还在。

就在小吴夫妇设法寻找老史的这段时间里，老史的生活也发生了很大的变化，根据老史的种种表现，医生告诉老史的家人，老史已经是早期老年痴呆症了。

这个病的重要表现之一，就是老史对从前的许多事情忽然一一地记了起来，有许多是早就忘记了的，甚至忘得干干净净的，现在全都想起来了，比如老吴，他其实早就忘记了老吴，可是有一天他突然对家里人说，我要去找老吴。

家里人都愣住了，他们不知道谁是老吴，早年唯一知道老吴的是老史的老伴，但是老史的老伴前年已经去世了。不过老史才不管别人认同不认同他的记忆，他既然想起老吴来了，他就要去寻找老吴。一想到要寻找老吴，他立刻就想起了从前的那个公园，一想起从前的公园，从前的许多事情也都想起来了。

现在老史，对从前的事情真的太清楚了，真是历历在目。

就这样，老史和小吴夫妇，在从前的那个公园里碰见了。可是，小吴夫妇怎么会认得老史呢，他们看到一个老人行动迟缓，两眼却放射着炯炯的光彩，他们无论如何也想不到他就是老史。

可是老史认出小吴来了，因为老史的早期记忆太好了，他认出小吴的脸来了，他以为小吴就是老吴，老史激动地上前握住小吴的手说，老吴，我总算找到你了。

经过一番说明，老史才知道，面前的这张熟脸，不是老吴，是小吴，不过那也不要紧，既然找到了小吴，再找老吴也就不难了。

而小吴夫妇在惊喜之中，又怀着很大的担心，虽然找到了老史，但是毕竟事隔这么多年，只怕老史早已经不记得当年的摊主了，更何况，从文庙摊主那儿购得，这也只是老吴自己从前的说法，万一老史不承认，万一老史说出另一个事实，他们该怎么办呢？

还好，他们的担心多余了，老史对于当年购画这件事的说法和老吴的说法基本一致。这要感谢他的病症，如果不是这样的病症，他恐怕难以记得这么清楚。唯一遗憾的是，老史和老吴，都不知道当年卖画给他们的摊主姓甚名谁，他只是他们人生中遇到的一个匆匆的过客，而且一掠而过，绝尘而去，后来再也没有出现在他们的生活中。

后来事情的发展，大家也都想象得到，小吴夫妇和老史一起去了文庙。文庙也早已经不是当年的文庙了，它现在是真正意义上的古玩市场了，比起当年规模，真是鸟枪换炮了，摊位都变成了堂皇的商店。

只是因为他们要找的人不知姓不知名，他们只能挨家挨户地找过来，当他们到达某一家店铺的时候，他们说出来的话，会让人觉得莫名其妙，或者让人心生疑虑，或者让人反过来对他们穷追不舍。

这真是大海里捞针啊。

但小吴一直以来都是抱着大海捞针的态度在做这件事，现在做到了最后的也是最关键的时候，他们一定会继续捞，他们必须得继续捞。于是，他们走进一家店，出来，又走进另一家店，再出来，再走进一家店，把同样的话说了无数遍。

最后他们到了一家名叫"闲趣"的古玩店，小吴夫妇看了看这个店名，心里不免有点失望，心想，这不是饼干吗。那闲趣店还确实是蛮闲的，只有伙计一个人，小吴夫妇又坚韧不拔如此这般问了一遍。伙计肯定是不知道的，他们说的那个件事情发生的时候，他还没上小学呢。

但是有一个人听到了，他就是当年的那个摊主，听着小吴夫妇和老史反复叙述这件事情，他终于回想起一些往事来了，只可惜此时此刻，他躺在二楼的房间里，他患了多年糖尿病，最后导致了并发症，双腿瘫痪，全身衰竭，因为一辈子搞古玩生意，他实在太热爱这个事业，所以他不肯见医生，宁可待在这个狭窄的二楼空间，每天可以感受到几乎伴随了他一辈子的那种亲切的有点腐朽的气息。

他几乎已经是气若游丝了，但是耳朵还灵，他在床上听到了楼下的对话，他想让他们上楼来，但是他喊出来的声音却很轻很轻，楼下的人根本听不见，他就耐心地等待。

现在楼下的小吴夫妇和老史再也没有办法了，但是在绝望中他们又看到了一点希望，他们看出来这个店伙计虽然年轻，但是为人很热心，也很周到，最后他们死马当作活马医，给小伙计留下了联系方式，拜托他留个心，听听风声，如果有什么信息，请他联系他们。

小吴夫妇在街头和老史分手的时候，以为老史会提出来去看看他们的父亲老吴，但是老史并没有提出来。小吴夫妇以为老史和他们一样被这幅画迷住了心思，其实他们错了。老史的病情，使得他只能记得从前的事情，却不知道现在他应该做什么。他不能把从前和现在联系起来。

在闲趣店小吴夫妇和老史说的那些话，店老板都听到了，所以他虽然躺在床上，却不着急，后来他一直等到小伙计上楼来伺候他吃晚饭，他让小伙计给小吴夫妇和老史打电话。

小吴夫妇和老史分别接到了他们急切期盼或者颇觉意外的电话，小伙计在电话里告诉他们，他们要找的人，就是他的老板，他姓吕。吕老板请他们明天上午到店里见面。

真是天大的惊喜。

小吴夫妇立刻感觉到，他们离事情的真相越来越近了。但是，另外还有一个事实，也正在越来越紧迫地逼近他们，他们因为对这幅画太投入，完全没有意识到。

许多年来，小吴夫妇为了这幅画，损失惨重，花费了大量精力和大笔开销不说，最要命的是，他们耽误了孩子的学习，本来他们的孩子学习成绩中上，再努一把力，就是上游，就能上最好的高中，结果因为夫妻俩为了求一幅画的真假，丢了对孩子的帮助和教育，孩子成绩一落千丈，并且迷恋上了网游，但是一直到这时候，小吴夫妇还执迷不悟。

现在，他们终于找到了当年的摊主。这么多年，他们经历了多少周折，走了多少弯路，但是这些弯路没有白走，因为最终他们明白了谁是真正的系铃人。

现在，很快，就是明天，他们就要从摊主那里得到最后的答案了。经过这么多年的折磨，小吴夫妇已经精疲力竭，斗志衰退，他们对画的价值，早已经不那么看重了，他们所想要的，就是一个尘埃落定的结果。

今天似乎是给这段人生画上句号的最后一个晚上，过了今天，这幅画或许就再也不属于他们了，因为如果它是真迹，他们会卖了它，来弥补这些年来为了证明它所造成的家庭经济亏空；如果它是假的，他们不会再把它当个事情，他们会把它当成一堆废品束之高阁，就像从前他们在搬家之前的那些日子里，它一直安安静静地待在家里的小阁楼上。

今天这个最后的夜晚，他们要把画拿出来看它最后一眼。

画不见了。

当小吴夫妇在网吧找到儿子的时候，一眼就看出来，儿子财大气粗，那画，想必是儿子卷跑了。

倒是小小吴比他们镇定，宽慰他们说，爸，妈，别着急，画没有卖掉，它在典当行里，三个月之内都能够赎回来。

这孩子，小小年纪，连典当东西都学会了。

小小吴又说，人家说了，你们是菜鸟。见父母亲发愣，他内行地告诉他们，你们的画上，应该有只鸟的，可是现在没有鸟，没有鸟的东西，不值钱的。

小吴夫妇，面面相觑一会儿，他们终于不再恋战，当即决定解甲归田，回家把重心重新放在孩子身上，他们现在认识到了，孩子才是他们的未来。

至于这幅画上到底有没有鸟，是不是曾经有过鸟，后来鸟又到哪里去了，或者从来就没有鸟，他们再也没有去想过。

第二天在那个约定的时间和约定的地点，小吴夫妇没有来，老史也没有来，老史没有来的原因，是因为他已经忘记了这个约定，正如医生说的，这是典型的早期老年痴呆症的症状，从前的事情，越遥远的事情越记得，越是眼前的事情，忘记得越快。老史就是这样，当天下午他和小吴夫妇去文庙找人，没有找到，他在回家的路上，就把找人的事情忘记了。晚上接到古玩店伙计的电话，老史欣然应答，但是搁下电话，他就将这事情忘记了。

小吴夫妇和老史一直没有来，店伙计急得上上下下跑了几趟，他怕老板怪他没有打到电话，怪他办事不周到，不得力，他给老板解释说，老板，我肯定打过电话，都是他们本人接的，而且，都答应得好好的，今天一定准时到，可是，可是——他越说心越慌，好像真的是他没有通知到位，最后他慌得话都说不下去了，涨红了脸站在那里。

老吕的心情却恰好和他相反，他开始是有点担心，不过不是担心小吴夫妻和老史不来，而是担心他们会来，随着时间一点一滴地过去，他渐渐地感觉到，他们可能不会来了，他们看起来是不会来了，最后他知道，他们肯定不会来了，这时候，老吕心情平静下来了，而且越来越平静了，他们不来才好，如果他们来了，他反而无法面对他们了，因为昨天晚上他一直在想着这件事，努力地回想那幅画的内容，他回想起了画上几乎所有的东西，但是唯独有一样他不能确定，那就是一只鸟。

画上到底有没有一只鸟呢？

在老吕没有能够确定真相之前，对于已经失去了事实的真相，他无法归还。

老吕让小伙计到他的床底下，拉出一个大纸箱子，纸箱里放满了笔记本。许多年来，老吕有个习惯，凡做成一笔生意，他除了记账，其他许多相关的内容也都会详细地记录下来，如果能够找到当年的那个笔记本，或者就会真相大白了。

小伙计帮老吕找到了那一年的笔记，可惜的是，这本笔记本被水浸泡过了，那上面的钢笔字全部融化成了一个个的墨团团，一点也看不清了。

摆地摊的头一年，没有经验，字画什么的就搁在一块布上，布就摊在地上，忽然来了一阵暴风雨，老吕只顾抢字画，其他东西都被淋湿了，包括这本笔记本。

多年后的这一天上午，老吕一抬头，看到一只鸟从他的窗前飞过去了。

人群里有没有王元木

老龚该换个手机了。其实老龚对手机电脑这一类的用品，并不怎么讲究，只要能用就行。若要赶着时尚更新换代，他是跟不上的。但是他的那个老手机实在太寒碜了，先不说样子有多老土，内存也小，功能也少，输入法只有一种，标点符号找不到，用起来要多不方便有多不方便，总之，它真是跟不上时代的变化和发展了，别说同事朋友奚落，儿子嫌out，连一向节俭的老婆也瞧不上他。

即便是如此的众叛亲离，老龚也还没有觉得手机非换不可，直到有一天，手机跟他罢工了，他才意识到了这个问题。

那是他往手机通讯录里输入一个十分重要必须保存的新号码的时候，手机告诉他，通讯录已满。老龚这才看了一下自己手机原有储存的数字，是158位联系人。他本来知道自己的手机内存小，所以在储存电话的时候，尽可能拣重要的存，拣经常联系的存，也有些电话他是很想存下来的，却因为容量有限硬是存了又删，删了又存，忍痛割爱。但即便是忍痛割了许多爱，通讯录爆满的这一天还是到来了。

老龚当时就问了一个同事，问他的手机可以储存多少电话。那同事马马虎虎地说，多少？具体我也不是太清楚，反正，一千多吧。另一个同事说，我的，不知道。老龚说，不知道是什么意思？那同事说，就是不知道存多少才会满吧。又反问他，老龚，你问储存量干什么？老龚说，我这个，怎么才158就存不进去了。同事都笑了。

老龚这才知道，真的该换手机了。

在儿子龚小全的指导下，老龚买了一款新手机。现在他扬眉吐气了，开会的时候，将手机调到静音状态，就搁在桌面上，瞧那机子嘿，超薄，大屏，乌黑铮亮，几乎是一台小电脑了。当然，这些还都是表面的光鲜，更令人满意的是它的内部的豪华设置，内存超大，功能超多，速度超快，尤其是通讯录空间无限，用龚小全的话说，这个手机能够储存的人和号，够老龚用一辈子。这让老龚有了一种自由奔放的随意性，过去条件不够被挤出来的，现在统统可以放进去，有一些为了某项临时性的工作而临时发生关系的人，用过以后就会作废的，明明是不必要储存的，但是既然有那个地方空着，不用也白不用，他便将那个暂时的名字暂时地储进去，等这项工作完成了，基本上不再会有下次的联络了，他再记得将那个名字和电话删除掉。也有的时候，储进去的时候是想到事后要删除的，但事后却忘记了，这也无所谓，反正通讯录里有的是位置，不碍事。

这样不知不觉老龚手机通讯录里的人名越来越多，有时候上厕所忘了带报纸，就拿手机玩玩，偶尔也会翻翻通讯录，看着那一排又一排的熟悉亲切的名字，爽。

有一天他翻通讯录找一个电话的时候，无意中看到一个储存电话的名字叫"不接"，不仅哑然失笑。虽然已经记不得这个"不接"是谁，但有一点是绝对能够肯定，他不愿意接这个人的电话，甚至厌烦这个人的名字，所以就录入了一个"不接"。但是在录入"不接"以后，他从来没有接过"不接"的来电，现在看到这两个字，自己也觉得好笑，太敏感，太怕人家纠缠，嘿嘿，你不接，人家还不打呢。这也算是新手机带给沉闷生活的一点乐趣呢。

所以，虽然他想不起"不接"到底是谁了，他也没有将他删除掉，反正有的是地方，让"不接"就安安静静在那儿待着吧。

这是一个星期天的早晨，老龚美美睡了一觉醒来，阳光普照，心情美好，起床后，不急不忙地打开手机，不用担心信息会"哗哗哗"地进来，星期天大家不必那么赶脚。

这应该是个安静的日子。

果然，过了好一会儿，一直到他洗漱完毕，拿了一张报纸准备去上厕所的时候，才有一条信息进来，打开一看，显示的是一个人名，是他储存的电话，这个人叫王元木，给他发了一个段子。

老龚一时有点懵，想了想，想不起这个王元木来了，他盯着这名字，怎么看怎么都觉得陌生，这时候便意来了，老龚就带着手机进了厕所，坐到马桶上慢慢研究去了。

他先看了一下段子，段子说的是皮鞋的故事，不仅不算精彩，而且也已经过时了，从段子里无法启发出发段子的王元木到底是谁。再说了，朋友之间，经常有段子往来，这些段子都是转来转去，发来发去的，又不是发段子的人自己创造的，所以仅从一个段子的内容上无论如何也分析不出这段子到底是谁发来的。老龚便扔开段子，专心想起王元木来。

他先想到了一个人，似乎还有一点印象，前些时候办行业年会时特地从总部过来指导工作的，单位让老龚负责接待安排，那个人好像就叫王元什么，但这个"什么"到底是不是"木"，老龚一时还不能断定。他努力地回想他在接待那位王指导的过程中有没有什么特别的印象和经历，灵感闪现，就想起来了，喝酒。一次喝酒的时候，老龚劝酒，王指导明明能喝，却又矜持拿捏，老龚忍不住开玩笑说，你肯定有酒量。那王指导说，怎么见得？老龚说，你的名字里有个洪字，那是什么，那是洪水般的量啊，说得大家笑起来，那王指导也就趁势放开来喝了。

所以，那个人不叫王元木，而叫王元洪。

老龚丢开王无洪，再想，又想起一个，这个人出现在老龚生活中比先前那个王指导更偶然，几乎就是一个不期而遇的过客。他本来不是来老龚的单位办事的，却阴差阳错地走进老龚的办公室，问老龚说，你们主任在吗？老龚又不知道他问的是哪个主任，回答说，主任不在。这人自来熟，说，主任不在，您不是在吗？向您报告一下也行吧。这话让老龚有点受用，就听他聊了起来，重要之处还记录下来，最后这人留下了自己的名字和联系方式，老龚答应他，等主任回来向主任报告后再答复他。

可是等到主任回来，老龚向他报告时，主任满脸的疑惑，似乎根本就听不懂老龚在说什么，最后七搞八搞，才知道这人根本就是找错了门，他说的事情，和老龚所在单位的工作没有一毛钱的关系。主任当着其他下属的面把老龚训了几句。老龚心里不爽，阴着脸说，主任，他到我们办公室来找主任，我怎敢怠慢？再说了，他谈的事情确实和我们单位没关系，但我当时想，也许是你的私事呢，我是想拍你马屁的呢。

这件事情现在重新浮现出来，那个在老龚脑海的某个角落若隐若现若即若离的名字，似乎也跟王元木有点关系，有点相像，但他到底是不是王元木呢，老龚又想起事情的后续，主任被老龚阴损后，有火难发，便怪到那个无辜的人头上去了，主任说，他叫什么来着？叫王丛林？我看他应该改名叫王杂草，他那脑子里，简直杂草丛生。

那个也不是王元木，是叫王丛林。

唉，又是擦肩而过。

老龚已经在马桶上坐了蛮长时间了，但是他没有感觉到腿麻，却是感觉脑袋有点麻，不仅有点麻，还有点乱，这个乱字一旦被他感觉到了，就像雨后春笋般地迅速生长起来，很快就乱成一团了。他心慌起来，恐惧起来，生怕自己会不可控制了。幸好这时候，老婆在外面发话了，怪声怪气说，奇怪了，报纸也没有带进去嘛，不看报纸也能在里边待那么长时间？他没吱声。老婆停顿了一下，似乎是进了卧室又出来了，又说，不带报纸必带手机，给人发短信呢吧。这下子他不能不吱声了，赶紧说，没有，没有发信。老婆说，别说你躲在厕所里发，你当着我面发，我也不稀罕看你一眼。老龚又不吱声，装死。老婆却不放过他，又说，幸亏当初我有远见，坚持买两卫的，如果照了你的意见，只买一卫，家里大人上班，小孩上学，还不都给你耽误了。老龚忍不住嘀咕说，今天不是星期天吗，星期天上个厕所你也要催。老婆说，我才不催你，你自己不要坐脱了肛才好。

老龚这才被提醒了，感觉到腿麻了，还麻得不轻，像有成千上万的蚂蚁在肉里爬动，还有那两瓣屁股，已经深深地嵌在了马桶坐垫的边框里，稍一挪动，老龚就"哎呀呀"地喊了起来。

老龚"哎哟哟哎哟哟"地出了厕所，老婆和儿子都在吃早餐了，老龚挪动两条麻木的腿，艰难地来到餐桌边，手撑住桌沿，问老婆，我认识一个人，叫王元木，他是谁？

老婆撇了撇嘴，说，你的关系户，什么时候告诉过我？他有点没趣，又问儿子，龚小全，你知道爸爸认得一个叫王元木的人吗？龚小全扯下耳机说，王元木？老大，你搞错了，我同学叫王元元，不叫王元木。老龚赶紧摆手说，不是你同学，是你老爸的一个熟人。龚小全说，你熟人？你熟人能不能搞到周六演唱会的门票？他母亲插嘴说，能，你爸爸熟人朋友多得数不清，他有什么不能的。龚小全说，老妈，你这句话还是比较中肯的，要不是我老大当初交友不慎，也就没有我龚小全喽。他母亲"呸"他说，那你就跟着他学吧，一辈子混在人堆里。龚小全说，一辈子混在人堆里，低调，安全，也不是什么坏事呀。他母亲来气了，指责他说，龚小全，为什么我说一句你顶一句，你存心跟我过不去是不是……见老婆和儿子开了战，老龚赶紧抓了根油条进里屋去了，不然一会儿战火就烧到他身上了。

老龚闲下来，心里还惦记着王元木，想不起来，总觉得是个事情，搁在心里横竖不爽，又不能直接给王元木打电话，问他，你是谁啊？那岂不是太不给人家面子，万一是个有身份的人，更是得罪大了。老龚给一个同事打了电话，问谁是王元木。同事说，不认得，没听说过。老龚说，你再想想，和我们的工作有关系的，不要往关系近切的想，要往关系一般的想。同事奇怪说，为什么？老龚说，关系近的，我怎么可能忘了他，肯定是有过什么关系，但又不怎么密切的吧。同事这回认了这个理，就往远想了想，还是没有王元木，说，没有，真的没有。见老龚还不罢休，干脆讨饶说，老龚，你放过我吧，你又不是不知道，我痴呆了，脑萎缩，什么事，什么人，过眼就忘。

老龚又换了一个人，是一个老同学，问认不认得王元木，又问同学中有没有叫王元木的？那同学手机那边闹哄哄的，似乎正在办着什么热闹的事，那同学有些不耐烦说，王元木？不知道，你找他干什么？老龚说，我不找他，我是想问一问，你记不记得我认得一个叫王元木的人？那老同学说，龚璞，你怎么啦，说话怎么叫人听不懂？老龚说，我认得一个叫王元木的人——老同学赶紧打断他说，切，认得你还来问我？老龚说，可是我现在又忘记了他，怪了。那老同学赶紧总结说，这有什么奇怪的，这太好理解啦，你得健忘症了吧。就挂了手机忙去了。

老龚听到健忘症三个字，愣了半天，才想起到自己的手机通讯录里去查看，检查一下自己的记性。哪知一看之下，顿时魂飞魄散，惊恐万状，手机里储存的人名，竟然有一大半记不起来了，对不上谁是谁。

包子力

关三白

吉　米

金　马

田文中

辛　月

言玉生

……

一个都不认得？

老龚赶紧闭上了眼睛，过了一会儿，再胆战心惊地睁开眼睛，小心翼翼地瞄到手机上，希望能有奇迹出现。

但是奇迹没有出现，那手机上仍然还是：

包子力

关三白

吉　米

金　马

田文中

辛　月

言玉生

……

一个都不认得。

老龚深深地吸了一口气，先克制住慌乱，稳住神，去泡杯茶，还好，茶叶放在哪里还记得。看着茶叶在茶杯里慢慢舒展开来，他想起了好多的事情，远远近近的，什么都像在眼前，哪里健忘呢，什么也没有忘呀，忘掉的只是手机里的一些人名而已。没等喝上茶，他就想出办法来了，给王元木回了一个短信，实事求是地说，你好，我的记忆可能出问题了，我看到你的名字，但是想不起你是谁了，你能告诉我你是谁吗？片刻过后，王元木的回信来了，说，神经啊你。老龚无奈，换了一个人，关三白，还是说，你好，我知道你是我的朋友，但是我只知道你的名字，却忘记你是谁了，你到底是谁啊？那个关三白回信说，我是鬼。这样老龚试了好几个人，他们都以为老龚恶作剧，都不耐烦他，有的说，你有病；有的说，你找抽；还有一个时髦的，说，不要迷恋姐，否则姐夫会叫你吐血。估计是个女的，以为老龚调戏她呢。冤枉。

发短信探问这一招彻底失败，老龚只得背水一战，直接拨打电话。首先仍然是王元木，是他惹出来的事情，当然得先找他。那王元木接了电话，先亲热地"嘿"了一声，老龚赶紧说，哎哎，真对不起，刚才给你发的那短信，是真的，我真的忘了你——那王元木的声音立刻就变得生疏隔膜了，硬呛呛地说，老龚，你升官了是吧，打官腔啊，我的声音你都听不出来。老龚赶紧解释说，不是的，不是的，没升官，不好意思，可能，确实，我的记忆出了点问题，你早晨是发了个段子给我的吧，我看到你的名字，可我怎么也想不起你是什么样子，想不起你是谁，怎么说呢，我好像忘了你这个人。那王元木来气了，说，你忘了我这个人，你还给我打电话，老龚你到底搞什么，你以为天天都是愚人节吗？老龚败下阵去，再换个人如此一番，又被骂了个狗血喷头。也有人很体谅他，建议说，老龚，你去精神病院看看吧。老龚说，你骂我？那人心平气和地说，老龚，我没有骂你，我有个同事，本来什么问题也没有，但自己总觉得有问题，到精神病院去了一趟，什么药也没有用，回来就彻底好了。

虽然他说得很在理，但老龚才不会听他的，最多就是健忘而已，跟精神病是扯不上关系的。为了证明自己没有这方面的问题，老龚干脆把手机关了，扔到公文包里，在家里喝茶上网看视频，做出一副十分惬意的样子给自己看看。

刚刚关机不一会儿，老婆就从外面回来了，轰开房门，生气说，给你发个短信你都不回？我到超市买东西，忘了带超市优惠卡，叫你送一下。老龚说，我关机了。老婆奇怪地看他一眼，说，好好的关机干什么？省电啊？老龚愣了片刻，忽然向老婆一伸手，说，把你的手机给我看看。老婆下意识地往后一退，身子一缩，警觉地说，干什么，你要干什么？老龚说，不干什么，看看你的通讯录。老婆说，我的通讯录凭什么要给你看？老龚说，难道你有见不得人的联系人？老婆说，你还管我见得人见不得人，你的手机什么时候给我看过？老龚哪是老婆的对手，他只得找儿子要手机，可不等他开口，龚小全就说，老大，淡定，你最需要的是淡定。老龚不服说，我怎么不淡定啦，我只是忘记了一些人，我想要回忆起来。龚小全说，老大，失意是忘记曾经的回忆，回忆是想起曾经的失

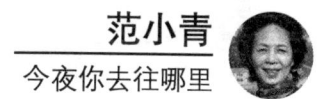

意。老龚咀嚼了半天，也没嚼出什么味来。

好不容易熬过了休息日，上了班，老龚忙不及地向大家诉说自己的遭遇，可周一上午是最忙碌的，大家似乎都没怎么听老龚说话。只有一个人听进去了，说，这有什么稀奇，我也有过的，有一个名字，我到现在还没想起来呢。老龚说，兄弟，你那是一个名字，我这可是大部分的名字。那兄弟不以为然说，一个和十个和百个，性质是一样的嘛。停顿一下，又说，想不起来就别想了吧，现在信息爆炸，脑子里东西本来就太多了，忘掉一点说不定是好事呢。老龚说，怎么是好事呢？那同事哀叹说，要不我和你换换，让我把你们他们都忘记吧。老龚说，怎么个换法？没法换的，这样吧，我知道你忙，我也不耽误你事情，你把手机借我看看。那同事赶紧带上手机走开了。老龚又到处找人要手机看，终于有几个人注意到老龚的异常了，他们一起把老龚攻击了一番，说，这年头，谁肯随随便便把自己的东西给别人看。老龚说，我就不相信了，这么大个单位，人情都这么淡薄。他又到其他办公室去尝试，结果搞得同事们见了他都绕道走。

老龚想到人情，便想到了自己的父母，人情再淡薄，父母不会淡薄的，中午休息时老龚就赶往父母家去了。老龚的父母合用一个手机，母亲一听说老龚要看他们的手机，也不问干什么，赶紧拿出来拱到老龚跟前，你看，你看。老龚心头一软，暖乎乎的。可是打开一看，父母手机里的通讯录却是空白的。老龚奇怪地说，咦，你们没有储存电话？父亲说，储那个干什么。母亲说，我们不会储呀。老龚不满说，我明明教过你们，好几次试给你们看，你们都说学会了，结果还是没存。父亲和母亲同时说，哎呀，我们老了，新的东西学不会了，不学也罢了。老龚有些泄气，顿了顿又说，那你们要找人的时候，电话号码怎么知道呢，你们记得住、背得出来？父亲拿出一个破破烂烂的小笔记本，摊开来给老龚看，老龚一看，上面果然胡乱记着一些电话号码，但是几乎没有人的全名，都是张阿姨、李大爷、王大妈之类，老龚看了看，头大，说，你们这样记人家的名字，搞得清谁是谁？父亲说，这有什么搞不清的，我们虽然老了，但没有老得连张阿

姨、王大妈都认不得了。

父母送老龚出来，走出好一段，他回头看看，父母还站在那里，母亲的手还一直没有放下。他心里忽然酸酸的，想到父母送他时那异样的担心的眼神，总感觉自己有什么地方不对头，浑身上下摸了摸，没摸出什么来，手往脑袋上按了按，脑袋也不疼，这让他心里更加不踏实了。

老龚绕了一点路，将车开到精神病院，挂号时人家问他，你一个人来的？没有家属陪同？老龚说，咦，人家说，来精神病院的也不一定就是精神病啊。那挂号的说，说是这么说啦。又问他，你看什么科？老龚说，我还、我还不知道我什么病呢。那挂号的笑了笑，说，到我们医院来看病的还能看什么病呢？又热情介绍说，看起来你是头一次来噢，我们有精神科、神经科，神经科呢，又分神经内科和神经外科，还有普通精神科、老年病专科、儿童心理专科、妇女心理专科，等等，你呢，既然不是老年，也不是妇女儿童，先挂个普通精神科看看再说吧。那人就给他挂了号。老龚到门诊去等就诊，坐在走廊的长椅上，坐下来时没有什么感觉，过了一会儿，觉得浑身有些不自在，抬头一看，吓了一跳，周边有一些神情异常的人都在盯着他看，老龚赶紧站起来想离远一点，就听到叫他的名字了。

进了门诊，医生是个和他差不多年纪的男医生，神色淡定，目光柔和，先听老龚自诉，老龚说着说着，就发现医生的眼神开始变化，起先是怀疑，渐渐地惊恐起来，最后医生阻止了老龚说话，说，你等一等。医生在自己的白大褂口袋掏来掏去，什么也没掏出来，急了，朝外面喊道，小张，小张。一个护士在门口探着头问，刘医生，什么事？医生急切地说，我的手机呢？护士和老龚同时"咦"了一声，医生才发现，他的手机正在桌上搁着呢。医生打开自己的手机通讯录仔细地看了看，一边收起手机，一边说，还好，还好，好像放了点心。但他继续听老龚自诉的时候，老龚总觉得他有点走神。

开CT单的时候，医生竟然把他的名字写错了，写成龚璟。老龚到CT室去做

CT，护士拿了单子一念，念成了宫颈，又说，你到底是名字叫宫颈呢，还是要做宫颈检查？话一出口，自己又笑，说，哎哟，你哪来的宫颈哟。把CT室的人都笑翻了。

做了CT，老龚从床上下来，拍片医生说，两天后来拿结果吧。老龚说，医生，你拍的时候大致能够看出什么情况吧，是脑子有病变吗？那医生大概想到宫颈了，笑道，当然，要有病也肯定在脑子里，不会在别的地方哈。吓得老龚哆嗦起来，急问道，你看出来了？你看出来了？医生指了指自己的眼睛说，我这是人眼，不是X光。要是人眼看得出来，还要你掏几百块钱做CT干吗，宰你啊？

这天下班回家，进了客厅，看到父母亲坐在那里，老龚正奇怪，中午明明刚去看了他们，怎么又来了呢？他老婆在厨房忙着，没有听到他进门，正背对着他的父母一叠连声地说，他的手机，我不知道的，他和谁谁谁交往，和谁谁谁密切，他从来不告诉我，他的手机总是随身带着，为什么？有秘密不能让我看吧，他可是从来不曾让手机落空过，上厕所也要带进去的，洗澡也要带着的。

老龚不满地弄出了声响，老婆才回头看了看他，说，我说的不对吗？我歪曲你了吗？你的手机不是这样的吗？老龚的父母才不关心老龚的手机呢，他们关心的是老龚本人，老龚一进门，老两口就站起来，到老龚身边，一个拉着手，一个在另一侧伺候着，好像一个正壮年的儿子随时都会倒下去似的。老龚为了让父母放心，拍了拍胸，说，看看，看看，像有问题的吗？不料他这一说，父母反而更加紧张，互相对视一眼，似乎早就有了商量，他母亲小心翼翼地说，你吴叔叔的儿子，是心理医生，我们是不是请他来看看。老龚哑然失笑，说，妈，爸，你们以为我是心理疾病啊？母亲赶紧说，没有没有。父亲说，只是向吴医生请教请教而已。老龚还没说话，他老婆从厨房那儿探过头来，说，我看有这个必要。

既然那三人意见一致，下面就由不得老龚了，父亲赶紧掏出随身带着的小本本，找到吴叔叔的电话，一通交谈，父亲搁下电话对老龚说，吴医生正在医院值班，这会儿来不了我们家，吴叔叔让他一会儿打电话给你，你准备好要说什么。过了片刻，电话果然来了，果然是那个吴医生，老龚见家里人个个如狼似虎地瞪着他，不乐意，拿了手机进卧室，"砰"地关上门，听到老婆在外面说，你们看到了啊，一直就这种腔调。

老龚向吴医生从头说起，事情开始于星期天的早晨，他收到一条短信，是个段子，段子水平一般。吴医生说，你拣最重要的，简单说明就行，我这里还有病人等我呢。老龚吃了一记闷棍，停顿下来，听到吴医生催促，才说了一句，我记不得手机上储存的人了。吴医生一时没听懂，说，什么意思，你再说一遍。老龚说，我也说不清，举个例子说吧，比如我收到一个短信，是王元木发来的，王元木的电话存在我的手机里，是不是说明我认得这个王元木？吴医生说，那是当然，不认得的人，你怎么会储存呢。老龚说，可是我不认得王元木，至少，我想不起他是谁了。吴医生清脆地笑了一声，说，噢，这个啊，没事没事，很多人都有过，我也有过，而且经常有，人太疲劳，精神压力大，工作紧张，家庭关系，子女问题，等等，处理不好，都会发生这种现象。老龚说，这是健忘吗？吴医生说，这不叫健忘，这可能属于间隙性失忆。老龚说，有什么办法治疗吗？吴医生说，不用治疗吧，你自己放松一点，想不起来不要硬想，慢慢会恢复的。老龚觉得这吴医生也太马虎了，反问说，就这样，就算好了？吴医生听出了他的不满意，说，当然，也还有别的办法，比如，你可以请两天假，到安静的地方去待一待，或许就好了。

老龚心情沉重，出房间来，对父母老婆说，间隙性失忆，医生让我出去待两天，安静安静，试试看。那三人正在发愣，龚小全回来了，照旧嘻里哈啦的，他妈看不惯他，说，龚小全，你别哼哼了，你爸得病了，失忆，说不定马上连你、连我都记不得了。龚小全"啊哈"了一声，朝老龚说，老大，多少人改姓了白，我可是看好你，你别变成老白啊。老龚说，你什么意思？他老婆说，说我们都是白痴吧。龚小全道，说你们吧，还真不忍心，不说你们吧，你们还真姓白，老大，你做什么CT，看什么心理医生，失什么忆啊，又不是你的病，这是一款手机病毒，"PNY"病毒。见大家目瞪口呆，龚小全又说，这病毒专门拆解汉字，上下拆，左右拆，里外拆。老龚虽然没太听懂，但已经隐隐约约意识到什么了，赶紧说，龚小全，你快说，怎么个上下左右里外拆？龚小全说，这还不好理解，一个姓郑的，就左右拆啦，姓郑的就姓了关，上下呢，比如一个贵字，就拆剩一个中，里外拆也是一样嘛，一个国，可以变成一个玉，以此类推，如此而已。

老龚愣了片刻，回过神来，赶紧拿起手机，打开通讯录，根据龚小全介绍的病毒特征一分析，顿时恍然大悟。

王元木——汪远林

包子力——鲍学勤

关三白——郑泽楷

吉　米——周　菊

金　马——钱　骏

田文中——黄旻贵

辛　月——薛　明

言玉生——许国星

······

啊哈哈，老龚大笑起来，王元木，关三白，田文中，啊哈哈，汉字拆开来用，太有才了。他老婆却不信龚小全，喷他道，龚小全，你说鬼话，病毒怎么不搞我的手机呢？龚小全说，老妈，你不够格，只有老大这样的人才有条件被感染，条件有三：第一，手机超豪华；第二，通讯录超大；第三，机主超烦。龚小全说罢朝着老龚一伸手，老大，拿来，我帮你解毒。

老龚将手机递给龚小全，还没到龚小全的手，他又缩了回来，忽然问，你刚才说的，三个条件最后一个是什么？龚小全说，机主超烦。老龚说，咦，机主超烦它也知道？它成心理医生了？龚小全说，它不是心理医生，它是自动统计学专家，通过统计机主使用通讯录的概率，来分析机主的心情。老龚恍然道，原来如此——既然如此，这病毒不解也罢，都拆解掉，都不认得，岂不就不烦心了。龚小全朝他做了个手势说，老大，你算是真正懂得了这款病毒的用意。龚小全这一说，老龚又不明白了，说，什么用意，病毒还能有什么好的用意。龚小全说，PNY，平你忧，老大，你要是真不解毒，我真喊你老大。

可他老婆来气了，冲老龚说，平你个头啊，他神经，你也神经啊，你不解病毒，手机里的人都不认得了，你要找人怎么办？老龚耸耸肩，潇洒地说，我找人干什么？老婆立刻说，龚小全马上要毕业了，工作还没着落呢，你不找人？

不找人还真不行呢。

隔了一天，有个朋友来找他，这人叫常肖鹏，写小说的，喜欢写真实的故事，还非要用人家的真名实姓，因此经常被对号入座，告上法庭，官司是必输无疑的。可必输无疑他还屡犯不改，臭毛病重得很，说是如果换一个完全不真实的姓名，没有了现实感，写起来不过瘾，不爽。

那常肖鹏消息灵通，开门见山说，龚璞啊，来找你求教呢，听说你的拆解法很神奇，能够把人的名字拆解开来，既不是原来的他，又还是原来的他——老龚打断他说，你搞错了，我才不是龚璞，我是龙王。常肖鹏反应足够快，笑道，龙王？你把自己也拆解啦，龚璞变龙王。老龚说，我帮你也拆解拆解吧，你这常肖鹏很好拆，一拆就成了小小鸟。

常肖鹏大笑说，小小鸟，小小鸟好。唱了几句：我是一只小小鸟，世界如此的小，我们注定无处可逃；我是一只小小鸟，生活的魔力和生命的尊严哪一个更重要。

后来常肖鹏就用小小鸟的笔名发表小说，并且使用拆解法将真实故事中的真实姓名改头换面，从此没有人再对号入座，写作进步，屡获大奖。

老龚的生活却没有什么变化，他依旧每天使用手机，每天都能看到手机通讯录里的人名，他们是：

鲍学勤

黄旻贵

钱　骏

汪远林

许国星

薛　明

郑泽楷

周　菊

……

梦幻快递

有一天我送快递到一个人家，收件人是个年轻的女孩，就是最热衷网购的那种，从屋里出来，接了快件就向我要笔签收，我提醒她说，先开箱看一下货吧。

这可不是因为我有责任心，这是公司的规定，公司规定一定要让收件人开箱后再签收，否则后果一律由我们送货人自负，我才不想负这么多的后果，所以我坚持要她先开箱后签收。她似乎有些不耐烦，对我送来的货物看起来也不怎么在乎，马马虎虎说，哎呀，不开了吧，我忙着呢。我说不行，不开箱不能签收的，除非——她赶紧问我，除非什么？我说，除非你在单子上写明。她又问要写什么，我说，写收件人自愿不开箱验货，与递送员无关，一切后果自负，等等，再签上你的名字。她又嫌烦，说，哎哟，烦死人，要写那么多字，算啦算啦，就打开来看看吧。可是箱子包裹得很严实，她又皱眉，又想马虎过去。还好，我随身带着小刀子，将包扎箱子的胶带划开来。我这小刀子这是专门对付那些嫌麻烦的收件人的。他们会以没有工具打开箱包为由，就强行直接签收，马虎了事。这种做法我是不能允许的。

当然你们也都知道的，其实收件人并不都是这样的人，有些人的习惯正好相反，他们对付快递来的货物的顶真程度让你简直忍无可忍。比如一个妇女喜欢从网上购买衣服，每次拿到衣服，她都上上下下、前前后后、里里外外反复检查，甚至连线缝都扒开来看个仔细，我在旁边看得心里暗笑，她是不是以为这衣服是我本人缝制出来的，就算看出线缝有问题，她拿我有什么办法呢。另有一个妇女也是经常买衣服的，有一次打开箱子验货时闻到一股橡胶味，她坚持说这是假冒伪劣产品，当场就要退货，又说穿这种衣服会得癌的，说得吓人倒怪。但无论是货真价实还是假冒伪劣，都与我无关，她这是在为难我，我耐心跟她解释了条例，验货时只有当货物损坏或原先确认过的尺寸颜色不符才能拒收，没有一条规定说，衣服有异味也能当场拒收的，最后磨了半天，她还算讲理，收下了那件可能很恐怖的衣服，决定打客服电话要求退货，后来怎么样我就不知道了，也不关我事。还有一个收件人也很奇怪，一定要问我叫什么名字，我说公司没有规定要报名字，可以不告诉她，但见她执意要问，我就告诉她了，我还心存侥幸地以为她要给我介绍对象呢。不料下次去的时候，她又问我的名字，我说上次告诉你了，她说记性不好，忘了，我又告诉一遍，如此三番几次的，我心里有疑问，我跟她解释说，其实，送快递跟名字没有关系的。她说，怎么没有关系，我连送水工都要问他们名字的。我想她可能是防患于未然吧，生怕哪天出了事找不到人。但其实她不知道快递公司都有规定的，哪一片区域归哪一个快递员，都是清清楚楚的，她只要说出她的地址，公司就能知道是谁送的，除非那是个不规矩的公司，如果是不规矩的公司，你知道快递员的名字有人才通知，你就算知道老板的名字，也同样不能解决问题的。

真是林子大了什么鸟都有。什么鸟你都得小心应付，谁让你是快递员呢。现在快递中的差错很多，无论谁是谁非，最后鸟屎总是要拉在我们头上的，我们只能如履薄冰地保护着自己的脑袋不受鸟的欺负。

不说鸟了，还是回到眼前的这个人身上吧，她终于打开纸箱，拎出那个货物，我才没心思管她是什么货物，就算大变活人也不关我事，可是她还偏偏把那货物扬到我的眼前，喏，看见了吧。我貌似瞄了一眼，是一条打底裤，还洋红色呢，我心里就很瞧不起她，别以为我不知道，网购一条打底裤，贵不过几十元，最便宜的十块钱就卖了。她倒没为她的低廉的打底裤难为情，扬过打底裤后，又说，行了吧，算验过了吧，可以签收了吧。

当然可以了，我又不是有意要刁难她，只要她按规矩办就行，我请她在单子上签了名，我撕走上面一张，就可以走了，她也回屋里去了，两下刚刚转身，忽然我听到她那里发出一声尖叫，我以为又出错了，赶紧回头看，她却已经笑得直不起腰了，弓着身子在那里哎哟哟，哎哟哟。我不知道她哎哟个什么劲儿，既然她不是找我麻烦的，我赶紧撤。她见我要撤，才勉强直起了腰，冲我说，哎哟，我买过一条一模一样的哎，哎哟，我怎么忘得干干净净，一点也记不得了，看到它，我才想起来，前几天才买过的呀。这与我无关，我还是得撤。她又说，我不会得老年痴呆了吧，我才二十五岁呀。这仍然与我无关，我再撤。

我这才撤走了。

我开始干这一行的时候，还有些新鲜感，但时间一长，什么感也没有了，什么都一个样，收件人呢，恐怕有七八成都是刚才那样的小八婆，手里有一点钱，钱又不多，尽在网上淘些不值钱的甚至没多大用的东西，我真是替她们想不通，她们那手，整天就那么的痒，非得拿鼠标点一下，又点一下，再点一下。当然，就是因为她们手痒痒地点一下，又点一下，快递公司就那样如雨后春笋般地冒出来了，而且越冒越多，越冒越强，我都听说了，现在有一千多家快递公司。我同事说，一千多？谁统计的，那些连册都不注的黑公司他统计得了吗？我同事比我有想法，按照统计的数字是一千多家，按照他的想法，那就不知道是多少家了，难怪竞争这么激烈。

当然，这无数无数的收件人，她们收到的东西，也不一定都是她们自己买的，也有别人赠送或代购的，比如男朋友啦，比如父母啦，比如别的什么人啦，但那个比率是很小的。

说起来，我不应该抱怨她们，更不应该瞧不起她们，有了她们，才有快递公司的生意，才有我们的饭碗。其实她们中间也有好多不错的女孩，如果她们的手不那么痒，其实真是很好的，如果我能够找其中的任何一个做老婆，也都心满意足了。

有一次我到一家送快递，那姑娘开了门，还客气地紧着请我进去，我知趣，才不会进去，但她太热情了，甚至还过来拉我，说，进来呀，进来呀，没事的。那我也只能站在她家门口，就这么一站，我顺便朝她屋里一望，我的个妈呀，堆了半屋子的快递，多半都还没有开包呢，封得死死的。我不知道这是哪家快递公司递送的，怎么能不开箱验货就给她了呢。不过这也不关我事，我只要做好我的工作就行了，还管别家快递公司干什么，各家有各家的规矩。我只是想，这样的老婆我不娶也罢，她这哪里是购物，分明是在做游戏，我一个送快递的，哪有那么多钱给她过家家啊。

我这算是自卑呢，还是自卑呢？我这算是一厢情愿呢，还是一厢情愿呢？

这是关于收件人的林林总总，关于寄件人呢，我是看不见他们的，但我也知道，反正五花八门，什么样的都有，因为我看不见他们，我也懒得说。

我还是更关心一下我自己吧。有时候我到了某一个小区的时候，会有一种做梦的感觉。为什么是做梦呢，因为对这些小区太熟悉了，因为这些小区也太相像了，我每天进入不同的小区，但它们好像又都是同一个小区，无法区别，不仅梦里会梦到它们，就是醒着的时候，也会把它们当成是梦境。

其实，即使你不进入这些小区，你闭上眼睛想一想，难道不是这样吗？这许许多多新建起来的小区难道不是差不多的模样吗？火柴盒似的竖在那里，一幢贴一幢，只是有的贴得紧密一点，有的贴得宽松一点，这就是小区与小区之间仅有的差别了，前者呢，就叫个普通小区，后者则可以称作高档小区，至于那些楼的形状和颜色虽略有差异，但这不是问题的关键，只是表面现象而已。我们都是成年人，不会被表面现象蒙蔽了双眼哦。

然后你再找到某一幢，到几零几，是高层的话，就坐电梯，不是高层，就爬楼梯，然后，你敲门，或者按门铃，然后，有一个人在里边问，谁呀，你说，快递。然后，门就开了，你向里边一瞧，别说大楼和大楼相似，这屋里的装饰也差不多少。

如果你每天每天都行进在这差不多的空间和时间里，你也许真的会搞不清什么时候是梦，什么时候是梦醒了。

好了好了，别做梦了，现在我已经从"打底裤"那儿出来，又来到另一个差不多的小区，找到一幢差不多的楼，上了几乎一模一样的楼梯，然后，按响门铃，里边问，谁呀，我答，快递。门立马就开了，都没从门镜里朝外看一看再开门，不知道是他们的警惕性太差，还是对递送来的货物太看重，太着急。

前些时候有个新闻说，某女独住，被快递员杀了。这个新闻出来后，我和我的同行以及我们的老板都有些沮丧，有很不好的感觉，以为快递业要下滑了，以为快件会大大减少了，结果呢，根本就没少，还越来越多了，所以我们老板又神气起来了，到那一年的11月11日凌晨，那个电子购物，不叫购物，叫秒杀，那可是杀得个昏天黑地。

有时候我也很无聊，就幻想着哪一天能够碰到一个不太相同的收件人，但是没有，真的没有。现在站在我眼前的这个，还是那样子，她打开箱子，眼睛往下一扫，算是看过了，说了声，我晕，就签收了。我不知道她"晕"什么，反正我也没注意快递的是什么东西。关于递送的货物，每一联的单子，无论是在最后执在我手里的一联，还是贴在箱子上留给收件人的那一联，上面都有写明，但是我才没那么多时间和那么好的心情将每天要送的东西一一看过来，我只管送，不管知情，更不管收件人对于收到的货物的表情，所以她对于货物晕不晕，不关我事，她既然签了，我就完成任务走了，至少比前面那些个不肯验收的打底裤干脆些。

没想到的是，她的这个晕，后来晕到我头上来了，那货送后的第三天，也就是中间隔了两天，我接到一个妇女的电话，问快递怎么没到？这事情不稀罕，多了去，我也不着急，先问她怎么个情况，她说我前天上午给她打过电话，说马上送到，结果等了两天也没到。

这也是个人物呀，等了两天才给我打电话，真不着急啊。我回想了想我前天的工作，没有遗漏呀，前天的任务我都完成了呀，不过我也仍然没有着急，我又问她，你前天接到的电话，确定是我打给你的吗？她说当然呀，我手机上还保留着你的电话呢，要不我怎么会打电话给你呢，幸亏我留着，否则还不知道找谁呢。其实她的话是不对的，或者说不完全对，快递收不到，不一定完全是快递员的问题，也可能是其他的某个环节出了问题。不过我也还是理解她的，像她这样的妇女，又不知道快递公司是个什么样子，又看不见公司的操作程序，她能看见的，就是快递员了，她不问我问谁呢，何况我的手机号码已经落在她手里了嘛。我再跟她确认一遍，你是说，前天，我跟你联系过，说马上送快递给你？她说，是呀。我很有经验哦，又再核对说，那你报一报你的地址和收件人姓名。她报来，我赶紧拿笔记下，承诺她尽快答复。这种事情，我当然得尽快，像她这样的，看起来性子不算太急，有些性急的人，根本不问青红皂白，不论谁错谁对，一下子就给你捅到公司里，让你吃不了兜着走，即便是日后查清楚了到底是谁的责任，可你在老板的心目中，已经不是十全十美的了，已经是有了污点的了，亏吧。

前天的运送单早收在公司了，我赶紧挤时间回公司调前天的单子，调出单子我就仔仔细细一一检查，根本就没有疏漏呀，张张单子都有人签收，这说明什么呢，说明我没有出差错。我给那个妇女回了个电话，告诉她，她的那个地址，确实有快件，货物也确实已经投递了，因为有人签收了。她立即"咦"

了一声，说，签收？不可能，我们家白天除了我，没别人的。我说，我这里白纸黑字，这是百无抵赖的。她又说，奇了怪，那是谁？谁签收的？我看了看那个名字，签得龙飞凤舞，我勉强看出来了，告诉她，是某某某。她愣了一会，说，某某某？某某某是谁？我说，就是你家签收的人呀。怕她不明白，我又重新说清楚一点，就是说，我把货物投递到你家，你可能不在家，但是你家有另一个人签收了。那妇女说，不对呀，我根本就不认得你说的这个某某某，她不是我们家的人，你投错了。她的口气倒是一直蛮平静蛮客气的，可客气有什么用，她再客气我也要把快件投给她呀，可是快件到哪里去了呢？我的脑袋"轰"地一下大了，我赶紧冷静下来，让脑袋缩回去，仔细想了一想可能发生的错误在哪里，既然签收的人名错了，首先，我当然想到了地址。我还是有些经验的，我再和那妇女核对地址，果然，地址错了一个字，洪福花园，写成了洪湖花园。

我首先想到的是，那不是我的责任，那是寄件人的责任，怪不着我，当然，也同样不能怪收件人。我赶紧安慰她说，好了，你别着急，我知道问题在哪里了，我投到寄件人提供的错误地址上去了，这事好办，我再到那儿跑一趟，拿回来，再给你送去就是。那妇女说，也太粗心了，地址都会写错。我当然知道她说的不是我，我放心下来，赶紧着往那个错误的地址去。

这时候我仍然一点也不着急，写错地址的事情太多了，写错人名的也很多，许许多多的错误，只有你想不到的，没有他们犯不出的。有一次我打电话问收件人，你是某某街某某号某某小区某幢楼某零某室吗？对方说是的呀，我正在家等着快递呢。我就送过去了，那个人也高兴地签收了。可是很快又有人来电话讨要这个快件，我说已经准确投递了，而且签收了，但是他并没有收到，更没有签收，这真是奇了怪。这事情后来经过长时间的反复纠缠，搅得我们大家都不知所以了，最后终于发现，这个快件根本就投错了一个城市，两个城市竟然有两个同名的小区，不仅小区同名，连街名和门牌号都是一样的，你以为这样的事不会

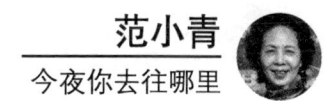
发生吗？它真的会发生。

更多的是写错收件人电话的，你打到那个错误的电话上，人家好说话的，告诉你打错了，不好说话的，还骂你，你能和他对骂吗？当然不能。

总之事情就是这样的，无论是正确的寄件人和收件人还是错误的寄件人和收件人，他们都是你上帝，只不过这些看得见的上帝和那个真正的看不见的上帝才不一样呢。有一次我手机出了故障，用不起来了，我知道情况紧急，赶紧去维修，可是就那么短短一个小时时间，有客户就已经投诉到公司了，说我关机，一个送快递的怎么能关机呢？强盗逻辑呀，难道送快递的就不能有一点特殊情况吗？万一我路上遭遇车祸昏死过去了呢——我呸。我还是别遭遇车祸吧。无论你遭遇什么祸，人家都是上帝，你都是上帝的仆人。

现在我到了洪湖花园的那幢楼，上了那个几零几，敲门，门开了，一个陌生的妇女出现在我面前，有些茫然地看着我。尽管很可能我前天刚刚见过她，但我仍然觉得她陌生，我不可能记住每一个收件人的面孔，这很正常，我如果有那样的超常的记忆力，恐怕我也不必再风里来雨里去送快递，我干脆毛遂自荐到情报部门工作算了。

不过她的脸陌生不陌生倒也无所谓，我又不是来找她本人的，我是来讨回送错了的货物的，我直截了当跟她说明了情况，我一边说，她一边摇头，摇到最后，她说，你搞错了，我没有收你送来的快件。我说，我是前天来你这儿投递的，是你自己签收的。虽然我觉得她是个陌生人，但我一定得先强加于她，否则——没有否则，事实就已经是这样了。她说，你投快件给我，我收的？你见过我吗？我怎么没有见过你？我不好说见过她，但也不敢说没见过她，我换了个思路问她，那你，平时有网购、有电视购物这些吗？她说，有呀，经常有，我经常收快递，不过，不是你送来的。只要她承认收过就好，我这才拿出单子来，递给她看，我说，你看，这地址，是你的吧？她看了看地址，有些奇怪地说，咦，地址确实是我的，但是收件人不是我呀。不等我再发难，她又进一步看出了问题的实质，跟我说，不仅收件人不是我，签收的人也不是我，名字不是我，笔迹也不是我的呀。

我满以为这样一个小错误，只要到这里跑一趟，就能解决了，哪知情况复杂起来了，我的脑袋又大起来，她倒是蛮善解人意的，跟我说，是的呀，现在送快递麻烦的，很容易搞错，现在的人都是粗枝大叶的。看来她是深知我的难处，又说，你要是不相信，你拿纸出来，我签个名你比比看，看那单子上到底是不是我的字。我也没有其他的法子，只能这样做了，显得我很不相信人，很小鸡肚肠，但是你们不知道，干我们这行的，不得不这样，不然你稍稍粗心一点，赔得你倾家荡产。

她在我提供的纸上，写下了她的名字，我只瞄了一眼，心里就认了，我手里的运送单，肯定不是她签收的。她见我没说话，又指点着她的字跟我说，你看，这字体，完全不一样，再说了，我要是签了，我为什么要抵赖呢，没必要吧。虽然我一眼就看出来不是她的字，但我还是不甘心，我不能甘心，我一甘心，这事情就没有余地，没有退路了。我又换了个思路，再问她，会不会你不在家，是你家里人签的？她说，我家里人白天都不会在家的，再说了，我家里也没有叫这个名字的人呀。她看我一脸的疑惑，又说，你快递的什么东西呀，贵重物品吗？我说，好像不是贵重物品，没有保价，是某某电视购物的拖把。她说，那就更不可能有人冒领了，冒领个拖把干什么？值吗？我说，可是，可是那把拖把会到哪里去呢？她态度一直很好，可我仍在怀疑她，她终于也有点不高兴了，开始批评我说，你自己也有问题，单子上的收件人明明叫张三，你却让李四签收，连个"代"字也不写。我不能同意她的说法，公司规定也没有说一定要本人签收，家人是完全可以代收的，再有，如果有人存心冒领，写个"代"字有屁用。

我就真的奇了怪。虽然说起来，送快递的奇怪事情很多的，但是因为我这个人生性谨慎，也知道保住饭碗不易，所以一般是不会出差错的。这一回问题到底出在哪里呢？我整理了一下思路，先是寄件人把小区的名字写错了，我当然是按照寄件人写的地址去投递，这第一步，我没有错；第二步，电话没有错，我也通过电话，收件人本人也接到过电话，等待我送货去的，这第二步我也没错；第三步，我到了寄件人给的错误地址那里，人家确实正在等着快递呢，就签收了，虽然不是收件人本人的名字，但反正他们是一个屋檐下的，应该不会错，这第三步，我仍然没有错。

我没有错，拖把就不会有错，但是那把正确的拖把它到底到哪里去了呢？

我再调动起以往的经验教训，仔细想了一下，是我走错了楼层吗？应该到五楼的，结果潜意识里我想偷懒，就少爬了一层，到了四楼？或者，我走错了一幢楼，把三幢看成了二幢，这也是有可能的，或者，我根本就没有来过这个小区，我到的是另一个小区？

反正你们知道的，小区和小区之间，楼和楼之间，楼层和楼层之间，真是很相像的。

这个想法一出来，立刻把我自己吓了一跳，正如我在梦里看到的，一幢一幢的楼，一个一个的小区，都是一样的，但是我是按图索骥的，难道我手里拿着一个地址，会走到另一个地址去吗？我如果没有去过那个小区，我怎么会记得那个小区呢，难道是在梦里去的？

难道梦里的事情比现实更清楚？

我不敢说"不可能"。

什么都是有可能的。

只是现在没有任何证据来证明我到底是犯了哪一项错误。

我回忆起前天送快件的情形，忽然灵光闪现，我想起来了，我在那个小区，曾经遇到了一个熟人，我们还站在小区的路上说了一会儿话。

我只要找到这个人，事情就迎刃而解了。

可是事实上，我离迎刃而解还差得远呢。

我本来是个不着急的人，所以我难得犯错，一个难得犯错的人，一旦犯了错，肯定比经常犯错的人要着急，我就是这样。

我现在有点着急了，倒不是因为丢了一个拖把，而是因为我的工作责任心和我的记性，这两者比起来，后者更重要，如果连两三天前发生的事情都不能记起来，岂不要让我吓出一身冷汗来。

我着急呀，一着急，就把我在小区里碰见的那个熟人的名字给忘记了。我努力地回想，努力地在自己的混乱的脑海里捞出他的确切的身份来。

他到底是谁？

家人？同学？同事？亲戚？邻居？

还好，像我这样的屌丝男，关系密切的人也不算多。我先在手机通讯录里找了一下，用他们的名字对照我记忆中那个人的长相，想启发一下自己，开始的时候，我看着每一个名字，都觉得像，但再看看，又觉得每一个都不是。

然后我又不惧麻烦地一一地把有可能的人都问了一遍，有人听不懂，不理我，凡听懂了的，都特奇怪，说，什么小区，听都没听说过，我到那里干什么，你怀疑我包二奶吗？也有的说，你什么意思，今天又不是愚人节，就算今天是愚人节，你的把戏一点也不好玩。还有一个更甚，说，你在跟踪我？谁让你干的？你不说我也知道，是谁谁谁让你干的。我一听，这不快要出人命了吗？赶紧打住吧。

如此这般，我心里就更着急了，再一着急，不好了，连那个和我在小区里说话的人长什么样子我都忘记了，我们在那里说了什么，更是一点印象也没有了。我急呀，我怕这个明明出现过的人一下子又无影无踪了，就像从来没有一样。

见我抓狂了，我一个同学提醒我说，你去看看小区的摄像吧，只要你们站的位置合适，也许会把你和那个人录下来的。我大喜过望，赶紧跑到那小区，可是那物业上说，这个不能随便给人看的，要有警察来，或者至少要有警方出具的证明。这也难不倒我，我再找人吧，联系上警方，警方问我什么事要看录像，我说，我送快递的，丢了一把拖把。警方以为我跟他们开玩笑，把我训了一顿。我不怕他们训我，打我也不要紧，我再央求他们，又把事情细细地说了，拖把虽然事小，但是丢饭碗的大事。结果果然博得了他们的同情，其中更有一个警察，特别理解我，说，你们也挺不容易的，现在要快递太多了，我老婆就上了瘾，天天买，甚至都不开包，或者一开包就丢开了，又去买，害人哪。

我靠着警方的这点同情心，终于可以看小区的录像了，小区物业也挺热心的，帮着我一会儿快进，一会儿快退，找到我所说的那个时间段，再慢慢看，我的个天，果然有我，我还真的是进了这个小区的。我看到我电瓶车上绑了如此之多的快件箱子，自己把自己吓了一跳，要是看到的是别人，我一定会替他担心的，这轻轻飘飘的车子，能载这么多的货物吗？

但那确实就是我干的事情。只是平时我骑着车子在前面走，那许许多多的货物堆在我身后，我看不见它们。

跟着我的身影再往下看，我的个老天，我真的看到我在小区碰到的那个人了。

那个人是我爷爷。

你们别害怕，我爷爷死了三年了，我遇见的是三年前去世的爷爷，我都没害怕，你们更不用怕。

大家都说，在现在的这个世界上，什么都可能发生的，难保死而复生的事情就不会发生哦。

爷爷穿着绿色的邮递员的制服，推一辆自行车，车上也绑着大大小小的纸箱子。不过这并不奇怪，因为爷爷年轻时是邮递员，我干上快递的时候，我妈曾经骂过我，说，龙生龙，凤生凤，老鼠生子打壁洞。我干脆一不做二不休，跟我妈开了个恶心的玩笑，我说，我是爷爷生的吗？把我妈气得笑了起来。

虽然爷爷的出现没有让我觉得奇怪，但我多少还是有些不解，在小区的摄像头下面，我问爷爷，你这么老了，怎么还没退休？爷爷说，我本来是休息了，可是他们说人手不够，请我们这些早就休息了的，都出来帮帮忙。我想了想，觉得这也无可厚非。所以你们别以为你们平时能够看到大街小巷的载着快件的快递员穿来穿去，其实还有一部分你们并没有看见哦。我正这么想着，爷爷又跟我说，现在这日子真的方便，就算你从美国买个东西，几天就收到了，不像过去，等一封平信都要等上十天半月的。我说，那是，现在这速度，简直就不能叫速度了。爷爷说，那叫穿越。我正想夸爷爷时尚，爷爷又说了，快过年了，我想给你奶奶买个新年礼物快递过去。我吃了一惊，说，我奶奶？她不是死了二十多年了吗？她能收到吗？爷爷说，孙子哎，咱们这是赶上好日子啦，你说现在这日子，有什么事是办不成的？

说了几句，爷爷就推着自行车送快递去了，我也想得通，他年纪大了，装了这么多东西的车子，他骑不起来了，只能推着走。

我回家告诉我妈，说我三天前在某某小区遇见了爷爷，我妈"呸"了我一声，骂道："做你的大头梦吧。"

我妈这一呸，让我迷惑起来，或者说，让我惊醒过来，难道小区里发生的一切，真是我做的一个梦吗？

一直到我的手机响起来，我才确认，这会儿我醒着呢。但是我又想，真的就能够确认吗？人在梦里也会接打电话的呀，我自己就经常做打电话的梦，那真是活灵活现，按键，接听，说话，无一不和醒着的时候一模一样。

电话是应收拖把的那个妇女打来的，她说拖把收到了，还谢了谢我。我很惊奇，我还没找到拖把呢，她倒已经收到了，真叫人费解，这把拖把到底是哪一把拖把？或者，是哪个好心人知道我纠结，替我把拖把补上了；也或者，是另一个粗枝大叶的寄件人，也写错了地址，恰好错到她的地址上去了，于是别人的拖把就错递到她家去了；再或者，是我爷爷心疼我，躲在哪

里作了个法。

谁知道是怎么回事呢，反正拖把到了，不再有我什么事，我很快就把拖把抛到脑后了，只要不再追究我的责任，一切OK。

我回到公司，又接了一叠单子，低头一看，第一张单子的投送地址是：梦幻花园。

我就出发往梦幻花园去了。

短信飞吧

人生就是一个"熬"字，黎一平熬了十多年，总算熬进了"双人间"。

这是机关的规矩。科长带着他自己和他以下的一群人，在一个大统间里办公，同事和同事之间的隔断，是磨砂玻璃屏，既模模糊糊，又不高不低，让你坐着办公的时候，可以看得见对面的同事，更确切一点说，是看得见对面同事的一小撮头发。可别小看了这一小撮头发，它至少让你知道对面的同事在不在自己的岗位上，有的时候，如果那位同事疲惫了，人不是挺直着坐，而是赖在椅子上，身子矬下去，这一小撮头发就不见了，也有的时候，那同事人逢喜事精神爽，身子竖直起来，你就能看到更多一点头发，然后看到他的额头，甚至都能对上他的眼睛了。也有的人在这里熬成了精，甚至能够从这一小撮头发里，看出对面这个同事的心情，看出他一切正常还是新近遭遇了一些不平常的事情。

熬到副处，进了双人间，人与人之间不再有这种模糊的隔断，那一小撮头发就没有了，你面对的是另一位副处的全部面目。当然，再熬下去，就是正处，正处是单间，然后，如果当上局领导，就是套间，办公室里带卫生间，方便时不用出办公室，那真是很方便了，正局长就更方便一些，是三套间，除了办公室、卫生间，还有接待和休息间。

从进单位的那一刻起，不用前辈交代吩咐，拿自己的眼睛一看，就知道这个事实，每个人也就有了自己的目标。这没有什么可抱怨的，房间面前人人平等，只要你有性子熬，熬到那份上，自然少不了你。更何况，如今在那双人间、单间、套间里办公的人，又有哪个不是熬出来的。

黎一平现在算是熬出了比较关键的一步，从大统间来到双人间，除了享受成功的喜悦之外，一个最明显的好处，就是安静。

从前黎一平在大统间里心神恍惚，无处躲藏，梦寐以求的就是这个安静，可奇怪的是，当安静真正到来的时候，黎一平还没来得及享受双人间给他带来的喜悦，倒已经滋生出了许多新的不自在。

其一，过去在大统间里办公，那是许多双眼睛的盯注，但这许多双眼睛的盯注是交叉进行的，并不是这许多眼睛都只盯着你一个人，而是你盯他，他盯她，她又盯你，你又盯她，一片混乱；其二，这许多眼睛的盯注，大多不是非常直白的，而是似看非看，似是而非，移来转去，看谁都可以，不看谁也都可以，十分自由。可现在情况发生了很大的变化，总共只有两个人，没有第三者可看，同事间的这种盯注，就从混乱模糊变得既明白又专一。

两个人面对面坐着，如果没有什么打扰，连对方的呼吸都能听得清楚，更不要说对方的一举一动，一言一语，从身体到思想，几乎无一处逃得出另一方的锐利的眼睛和更锐利的感觉。因为空间小，距离近，你越是不想关注对方，对方的举止言行就越是要往你眼睛里撞，你又不能闭着眼睛上班，即使闭上眼睛，对方的声息也逃不出你的耳朵，即使在耳朵里塞上棉球，对方的所有一切，仍然笼罩着你的感官。

结果反而搞得黎一平鬼鬼祟祟，坐立不安，百爪挠心似的。

老魏比黎一平先进双人间，他能够体会黎一平的心情，也很善解人意，向他传授经验说，我刚进双人间的时候，也是这样，总怕同事以为我在窥探他的隐私，看他的时候，眼睛躲躲闪闪，说话的时候，总是吞吞吐吐，对他避讳的事情，我是只字不提，可我越是小心，他就越是怀疑，他越怀疑，我就越小心。这样搞七搞八，恶性循环，最后怎么了，你知道的吧？

黎一平是知道的，和老魏对桌的那位副处长，得了肾病，病休去了，也正因为如此，黎一平才有机会进了双人间。

最后老魏总结说，所以呀，你不要向从前的我学习，我也不再是从前的我，老中医说，恐伤肾，怒伤肝，忧伤肺——黎一平笑了起来，说，老魏你放心，我皮实着呢，不会被你搞成抑郁症的。老魏说，这就对了。

既然老魏这么开诚布公，黎一平也就放下了心里的负担，和老魏坦坦荡荡地做起了同事。

一天黎一平接到老同学打来的电话，老同学祝贺他升职，黎一平打个哈哈说，我升什么职，也是个文职，哪敢跟你周部长相提并论呀。那边也哈哈说，怎么，组织部长带枪啊？黎一平笑道，你们手里那红头文件，比枪厉害多啦。他又敷衍几句，就搁下电话，对面老魏正埋头做自己的事情，眼都没抬，根本就没在意黎一平刚接了个电话。

隔了一天，上班后不久，老魏朝他看了看，忽然说，老黎，周部长就是组织部的周部长吧？黎一平一愣，这话没头没脑，不知从何而来，细想了想，想起来了，就是前天的那个电话惹的，赶紧说，周部长确实是组织部的周部长，不过不是我们市委组织部的周部长，是外县市的一个县级市的组织部周部长。老魏也赶紧说，你不用说那么清楚，我随嘴一问而已。

又有一次，黎一平老婆打电话到办公室，电话是老魏接的，交给黎一平。老婆问黎一平头天晚上是不是去了天堂歌舞厅，黎一平说没去，老婆说有人看见他了，黎一平说肯定是别人看错了，老婆又不相信，说，怎么不看错别人，偏偏看错你。黎一平恼怒说，那我就不知道了，反正我没有去，别说天堂歌舞厅，地狱歌舞厅我也不认得。老婆这才偃旗息鼓。

照例过了一两天，老魏又忍不住了，说，老黎，你太太好像很在意你噢。黎一平道，何以见得？老魏笑说，三天两头查岗的，必定是在意老公的吧，还有，她有危机感哦。黎一平一笑，说，你太太没有危机感。老魏说，何以见得？黎一平说，根据你自己的逻辑分析的吧，因为你太太从来不打电话来查岗嘛。老魏嘿嘿一笑，黎一平也听不出是得意还是别的什么意思，又说，不过，老魏你其他乱七八糟的电话也不多，不像我。老魏说，你人缘好吧。

三番五次如此这般，让黎一平感觉老魏不像他自己表白的那样坦率，而是时时关注着他的一举一动呢，搞得黎一平心里有点毛躁，但毕竟自己刚刚升到这个职位，熬得好辛苦，怎么也得隐忍了。黎一平不往心上去，一如既往，凡离开办公室上洗手间，或者到别的办公室去办事，手机一般都扔在桌上不带走的，他回来时，老魏告诉他，你手机响了，只响了一下，大概是短信吧。黎一平一看，果然是短信。也有几次，黎一平回来的时候，感觉手机好像移了位，他有点疑心是老魏拿过去看了他的来电显示，来电显示看就看吧，如果显示的是号码，老魏也看不出什么名堂，如果显示出储存过的电话，那就更没什么好担心的，他也没储存什么不该储存的人名。尽管这么想着，心里却总有些不舒服，后来有一次朋友发来的短信他没有收到，当然就没有回复，结果耽误了人家的事情，被朋友埋怨了一通，黎一平这才想起老魏，会不会老魏偷看了他的短信内容，怕被发现，干脆将这条短信删除了？

黎一平有点恼，又吃不太准，便使了个点子试探老魏。这天出门上班前。用家里的电话给朋友打过去，让他在上午九点半时，发一条短信给他。朋友笑道，黎一平，你到底升到了哪个处，是情报处吗？黎一平心里不爽，没心情开玩笑，说，你发是不发，不发我请别人发。朋友赶紧说，发发发，写什么内容呢？黎一平说，随便。朋友又笑说，不怕你的同事偷看？黎一平说，就是要让他看的，你记住了，九点半准时发。

到九点半差两三分钟的时候，黎一平借故离开办公室，并用心记住了手机的位置，出去转了十来分钟，估计派给朋友的活该干成了，又回到办公室，没感觉出手机移动过，抓起来一看，没有短信，赶紧抬眼看老魏，老魏若无其事地办着自己的公，没告诉他手机响过，有短信或有电话。黎一平话到嘴边，还是咽了下去。一直熬到老魏也出去办事了，他赶紧拿办公室的电话打给朋友，责问为什么爽约不发短信给他，朋友指天发誓说九半点准时发的，黎一平不信，朋友大喊冤枉，说，你不信你可以过来看我的手机，我手机上有已发送的短信，可以为我做证，要不，我现在就把这封信的内容念给你听。黎一平不想听了，挂了电话，眼皮子直跳，朋友的信又被老魏偷看后删除了？

一气之下，不冷静了，给同事中最铁的一个哥们大鬼发个短信，即兴诌了一首打油诗：欢天喜地享自由，哪料前辈神仙手，来电短信看个够，此间自由哪里有？

大鬼回信说，不自由？我和你换办公室，让我进去不自由，你出来还你自由。虽是调侃，也调得黎一平心情有点失落，没有再回复。

过了一两天，上班进办公室，老魏比他先来，已经到走廊的电水炉上打来开水，黎一平泡了茶坐下，看到老魏低头在摆弄手机，片刻后，黎一平就收到一条短信，一看来电显示，是老魏的，奇了怪，抬头朝老魏看看，老魏没说话，努了努嘴，示意他看短信。

黎一平打开短信一看，猛觉脑子里"轰"了一声，血直往上冲，竟是他发给大鬼骂老魏的那条短信，老魏又转发给他了，黎一平咬牙切齿骂了一声大鬼个狗日的。老魏说，不是大鬼发给我的。黎一平脑袋里又"轰"一声，那就是说，这条短信不知转过几个人的手机，最后到了老魏手机上。

老魏笑了笑，说，你误会了，我没有偷看你的短信。黎一平无以面对，心里比吃了一碗苍蝇还难受，却还找不到发泄对象，责怪大鬼也是可以的，但是已经没有这个必要，连大鬼都能出卖他，还有谁是可以相信的呢。

黎一平谨慎起来，单位同事间，他尽量少发短信，别人给他发短信，他一般不回。如果涉及重要事情的，他会拿电话打过去，电话里简单明了地说几句，实在回不了电话而又必须立刻回复的，比如对方正在国外呢，那国际长途就太过昂贵了，也比如人家在主持会议，这时候打人家电话，岂不是存心捣乱。在这样的情况下，他回短信，一般只写两个字"收到"，没有态度，如果是必须要表态的，就写一个字"好"，或者一个字"不"，除此之外，没有人能够得到他再多一点点的片言只语。

起先同事们也没有过多注意到他的这个习惯，有一次他到外地出差，坐飞机回来需要办公室派车去接站，他给办公室管车的副主任打电话，那主任不在单位，又打手机，手机通了，他告诉主任他的航班和到达时间，主任奇怪说，咦，你发个短信不就行了，还用打手机？黎一平说，反正我告诉你了。主任说，你告诉我，我事情多，还不一定记得住呢。黎一平说，你拿个笔拿张纸记下来不就行了。主任说，我现在人在外面办事，一只手开车，一只手接你电话，哪来的第三只手拿笔，第四只手拿纸啊。但黎一平还是没发短信，当然主任的记性也是好的，没有误事，要不怎么当主任呢。

只是事后有一天闲着无事的时候，这主任和其他同事说起这事，大家才渐渐地聚拢了这种共同的感觉，觉得黎一平挺值得同情，好不容易熬到副处，进了双人间，结果搞得都不敢发短信了，大家都骂大鬼，大鬼就骂小玲，小玲骂老朱，老朱骂阿桂，阿桂骂谁谁谁，谁谁谁又骂谁谁谁，最后都怪到老魏身上，说老魏太恶毒，你竟然把黎一平说你的坏话又发回给他，你让他的脸往哪儿放，何况你们还面对面坐着上班呢。

老魏起先有些委屈，说，你们怎么都怨我呢，我又没有看他的手机，是他自己心虚，瞎怀疑我，还发短信诬陷我，我不把这短信还给他，我心里气不过。大家说，就算你心里气，也不应该把事情做绝，把脸皮撕破，你看现在黎一平，像换了个人似的，看到我们，都是低着头，垂着眼睛，弄得大家挺尴尬的。老魏听了，想想也对，说，其实事后我也觉得自己确实有点过了，我最多嘴上说他两句，不应该把那封信直接发回给他的，让他的脸没处放了。大家说，老魏你知错就好，但知错还得改错，解铃还需系铃人哦。老魏说，铃可是他自己系的。大家说：老魏，说了半天，你又回到原地踏步？老魏这才说，好好好，我解铃我解铃。

老魏要解铃，大家七嘴八舌帮他出主意，这样那样的，都被老魏一一否了，最后有一个人说，不如让老魏也发一个骂黎一平的短信，最后再转到黎一平手机上，这不就扯平了，谁也不欠谁，黎一平的脸也就有处放了。老魏笑说，那不是黎一平的脸有处放了，那是我和黎一平的脸都没处放了。大家说，老魏你那脸能叫脸吗，放不放都一样。

这边大家正在跟老魏起哄，那边黎一平一个人坐在办公室里，电话响了，抓起来一听，正是他的那个朋友，声音很怪异，拖长了声调说，黎一平啊，近期有情况嘛。黎一平没好气说，你有情况？你有什么情况？朋友说，别装了，你的手机怎么老是一个女的接听？黎一平下意识地看了一下手机，好好的在桌上搁着呢，说，怎么可能，绝无可能，手机就在我手上捏着呢。朋友说，怎么绝无可能，是绝对可能。我前几天打过你一次，是个女的接的，我一听，知道不妙，赶紧挂了。以为你过一会儿会回电给我解释一下，却怎么等也没等到。今天，就是刚才，我又打了一次，还是她，奇怪了——忽然停顿了一下，不等黎一平再解释什么，那边已经"哈哈"大笑起来，说，你说手机在你手里捏着？我知道了，我知道了，不说了不说了，是我的问题——想挂电话了，黎一平不让他挂，问：到底什么情况，说清楚。朋友说，哎哟，我前一阵手机坏了，换了个新手机，肯定是倒储存号码时倒错了吧。又核对了黎一平的号码，果然是倒错了一个数字。黎一平脑门又"轰"一声，这就是说，你明明没有发那两个短信，却说发了，害我怀疑老魏偷看了又删除，你把我害惨了。朋友说，也不能说我没有发，我发了，但没发在你手机上，不知发到哪个傻子的手机上去了。黎一平说，你还有脸说别人傻？朋友笑道，我傻，我傻，行了吧。

　　黎一平想把这个事情真相告诉老魏，是自己冤枉了老魏，但是怎么开口说呢，怪朋友发错了短信，怪朋友倒错了号码，怪他自己多心了，怪他自己心里有鬼，思来想去，总觉得再怎么说，都是越描越黑，心里正憋屈呢，手机又响了，短信又来了。

　　就是阿桂转发给他的老魏骂他的信，骂人的水平可比他高多了，黎一平先是一愣，随后就想明白了，知道是老魏他们用心设计解铃呢，不由咧嘴笑了一下，一抬头，正巧老魏从外面进来，也冲他一笑，双方都觉得应该妥了。

　　没过两天，却又因为一个短信起了点风波，老魏收到一个会议通知，是通过一个短信平台发的，号码是10052809760010005，内容是通知老魏某日某时到市委会议室参加市委常委扩大会议，会议议程已发送至各单位OA系统，请及时查收。

　　老魏只是个副处长，怎么会通知他参加常委会呢，虽然是扩大的会议，但顶多扩大到局长了不得了，不过老魏还是比较谨慎，他特意到机要员那儿问了一下，有没有市委机要局发来的常委会的会议议程，机要员奇怪说，议程倒是有，还不止一个呢，但那是给局长的，你怎么来要议程呢？办公室其他人听说了，更是把玩笑开大了，说，老魏，你怎么关心常委会的事情呢。又说，老魏，是不是内定要提局长了。老魏百嘴莫辩，只得把手机短信给大家看。

　　大家看了，都颇觉新奇，说，骗子真是炉火纯青了。老魏却说，未必就是骗子哦。

　　老魏回到办公室跟黎一平说，老黎，先是你一刀，后来我一剑，我们已经扯平了，你还没完没了了。黎一平说，你以为那个会议通知是我发给你的？我有那么大本事吗？老魏说，你不是有本事编打油诗吗。黎一平说，我有本事编什么，我也编不出个短信平台啊。老魏硬是不信，说，那不一定，现在的人，个个神通了得，有什么事情是做不出来的。黎一平生气说，是我做的我就承认，不是我做的我不认的。老魏说，认不认，事实都在这儿。

两下不欢而散。

第二天，老魏被局长叫去臭骂一顿，方知那个常委扩大会的通知是真的，常委要听一个专题汇报，汇报内容专业性强，局长怕自己说不清楚，特意带上老魏，结果老魏没有去，会上局长果然汇报不力，被领导批评，回来岂能不找老魏撒气。

老魏悲催，也不和黎一平坦诚相见，而是短兵相接了，说，这事情，说到头了，还得怪你，要不是你作怪发短信骂我，我怎么会怀疑会议通知是骗子发的，黎一平无言以对，败下阵去。

午饭后的休息时间，老魏照例要去掼一会儿蛋，丢下黎一平一人，房间里空空荡荡，倒是安静了，黎一平想上网看看新闻，却看不进去，心烦意乱，抓起桌上的手机，"嘀嘀嘀嘀"一口气写了一封长长的短信。

信写完了，发给谁呢？难道真能发给老魏吗？发给老魏岂不又是此地无银，但不发给老魏又怎么样呢，心烦意乱。世界这么大，熟悉的人和陌生的人这么多，可是有谁能够看他写的这些东西呢，又有谁能够体会他的心情呢，思来想去，结果就是"无"，无人能看。

不如开个玩笑，就发给"无"吧，收信人的号码应该是一组数字，那也不难，"无"不就是"5"么，黎一平在收件人一栏里，顺手按下了"55555"，短信就像子弹一样弹出去了，发给了一个不存在的手机号码，发给了一个不存在的人。

它不像发错的邮件，如果不存在某个邮箱，邮件会自动退回，短信却不会，无论有没有对方存在，短信发出去，就不再回来了。可是，无数的发错了的没有人接受的短信，到哪里去了呢？凭空就没有了吗？在空间，或者在某个什么站台，它们会不会掉落在那儿了呢，会不会有什么东西在看着这些满天飞的错发的短信呢，无数的短信在空间划过，难道就不会留下什么痕迹吗？

片刻之后，一个短信到了，黎一平一眼瞄到来电显示出"55555"，一瞬间简直魂飞魄散。

"55555"在短信上说，到底应该去修行，还是应该发短信？黎一平没有来得及反应"55555"的调侃，他立刻回复：你是谁，怎么会有你？怎么会有五位数的手机号码？"55555"回说，不奇怪呀，我是单位的集团号，集团号显示的就是五位数，我单位的头一位数是5，我手机的最后四位数是5555，这就有了我，55555。黎一平立刻否定说，不可能，我们单位也是集团号，不同的集团号之间，怎么可能走岔？"55555"说，飞机也会偏离航道，动车还会追尾，这么多短信在天上飞，出点差错也是正常的哦。黎一平说，你到底是谁，开什么玩笑。"55555"发来一个笑脸，老兄，你是个太顶真的人。

黎一平看着这个笑脸，恍恍惚惚之间，不知道刚才是梦是醒，看看自己的身子，坐直在办公椅上呢，不像睡过觉的样子，老魏似乎已经掼了蛋回来了，赶紧问老魏，老魏，我刚才睡着了吗？老魏警觉地看了看他，小心地说，你睡着没睡着，怎么问我呢？黎一平又说，那，我刚才发短信了吗？老魏更是一脸的紧张，赶紧摆手说，别，别，你别再跟我玩短信了，我怕了你。

老魏话音未落，手机"嘀"了一声，一封短信又到了老魏的手机上。

老魏低头看短信，一看之下，顿时脸涨得通红，表情异常兴奋，坐立不安，过了片刻，站起来说，我出去一下，就走了，走到门口，又回头说，外联的小艾找我有事，我去一下。

老魏走了一会儿，有人进来了，黎一平抬头一看，正是艾莉，"咦"了一声，说，美女，你怎么来了？艾莉说，我来找老魏。黎一平说，巧了，啊不，是不巧了，老魏说是去找你了。艾莉"哟"了一声，说，可能他走了东头的楼梯，我走了西头的楼梯。站了一会儿，拿起电话打到自己办公室问，老魏有没有过来，那边说没有。艾莉又等了一会儿，好像非要等到老魏来。黎一平说，你坐下来等吧，他到那边找不见你，自然会返回来的。艾莉说，可是头儿叫我跟他出去办事，马上就要走，等不及了，你能不能帮我转告一下，说我是想当面跟他解释的。黎一平说，什么事？艾莉说，不好意思，刚才我发了一个短信，不是发给老魏的，发出去以后我才发现，发到老魏手机上去了，我来告诉他一声，发错了，请他别在意。黎一平"啊哈"一声说，这小事一桩，还用得着特意跑过来，你再发个短信纠正一下不就行了。艾莉说，恐怕不行，恐怕会有些误会，所以我还是想当面来和他说一下，可结果还是没能当面说，麻烦你转告了。

老魏回来后，黎一平就把艾莉的话转告了他，老魏听了，脸上红一阵白一阵的，闷了半天，问黎一平，她告诉你短信的内容了吗？黎一平说，没有。老魏怀疑地瞅了他一眼，说，你没问吗？黎一平说，我没问。

老魏沉默了。过了好半天，忽然没头没脑地说，老黎，姓氏排列中，哪个姓和魏字排得最近？黎一平不知老魏什么意思，小心翼翼地说，那，要看你以什么为序，如果是以笔画为序，魏字笔画多，有近二十画吧，和它排在一起的？像樊啦、翟啦、濮啦，你数数是不是差不多？老魏默默地想了想，大概觉得这几个姓都不是他想要的，摇了摇头，说，以拼音字母排呢？黎一平想了想，说，拼音字母排，魏，后面大概就是吴了吧。

老魏一听个"吴"字，顿时脸色煞白，黎一平赶紧借口上厕所逃了出去。

接连两天上班，黎一平都外出办事，到了第三天，他一坐进办公室，老魏就忍不住了，说，老黎，跟你说说，她约我吃饭，又说发错了短信——见黎一平不吱声，老魏又说，就是说的艾莉，她不是来找过我吗——他脸色惨淡，停顿了一下又说，我知道，她其实是约谁的——见黎一平仍然不说话，老魏叹息了一声，是的，我知道，你也许会想，不就是一顿饭吗，约谁不约谁，有什么大不了，没人请，自己请自己一顿也罢，可是，可是——这已经不是吃饭的问题，问题是我知道了她约的是谁，问题是我发现了她的秘密，问题是无意中我犯下一个天大的错误，问题是——老魏的声音颤抖起来，问题是，我出大问题了——有人在门口探了探头，又走开了，把老魏吓住了。

过了一会儿，老魏盯着黎一平说，我说了半天，你怎么一言不发？黎一平不想和老魏的目光直接接触，移开了一点，结果就移到了办公桌上，办公桌上搁着老魏的手机呢。老魏也看了看自己的手机，忽然间脸涨得通红，说，什么，你怀疑我在录音？用手机录音？一把抓起手机，扔到黎一平面前，你看看，我的老土手机，没有录音功能。见黎一平还是不言语，老魏更加恼怒了，难怪你一言不发，你怀疑我什么，怀疑我口袋里有录音笔？遂将数只口袋一一翻出来，你看，你看，有没有录音笔。

黎一平说，老魏，我没有怀疑你。老魏冷笑说，现在的人，太凶险，脸上跟你笑眯眯的，说不定口袋里真有录音机。黎一平说，老魏，对不起，我不仅没有怀疑你录音，连你刚才说的什么，我都没听清楚，我在想我自己的事情呢。老魏愣了愣，说，你自己的事情，什么事情？黎一平说，老魏你说，这茫茫的天地之间，有没有一个什么地方，或者什么空间，或者什么时空交叉转换站之类，专门收藏和储存我们错发了的短信？见老魏瞪着他，他又说，我原来一直以为，我们发错的那些短信，就没了，现在我才知道，总有一个地方会收到它们，甚至会回复过来，老魏，你相信吗？老魏惊恐地看了他半天，说，我就知道，你们早就知道了，我收了艾莉错发的短信，我就玩完了。

过了些日子，老魏调离了本单位，平调到外单位的一个副处岗位上。大家说，老魏还是有门路的，说走就走，这么快就调成了，说明背后有人啊。

老魏走了后，艾莉又来了一次，问黎一平，哎，我怎么听说老魏调走是因为我啊？黎一平说，我不知道啊。艾莉说，奇怪了，你跟他同一间办公室，两个人天天面对面，离得这么近，还有什么秘密能够瞒得过对方的？黎一平推托不过，想了想，才说，你上次说，错发过一封信给他，约他到哪里吃晚饭还是干什么的吧？艾莉说，是呀，我不是发给他的，发错了，我怕他误会，还特意过来当面跟他解释一下，怎么啦？黎一平没有说怎么啦，只是说，后来老魏问我，跟魏字排在最近的是什么姓，我说是吴吧。艾莉说，哎哟，老黎，你真神，我就是给老吴发信的，一不小心发到老魏那儿去了。黎一平撇了撇嘴，没有再说话。艾莉开始不明白，认真地想了想，忽然就想明白了，"哎哟哎哟"地笑了起来，笑得捧着肚子喊肚子疼死了。黎一平等她笑够了，才说，是另外一个老吴吧？艾莉说，哎哟，又给你说中了，这老吴可不是我们局长老吴，我要是和局长有什么腿，会这么粗心吗？你懂的。又笑了一会儿，她又说，那是我同学老吴，而且，是个女的。黎一平说，你同学，那年纪应该跟你差不多吧，年轻轻的，怎么也都老什么老什么地称呼呢。艾莉说，年纪是不算大，但是心都老了吧。

艾莉走了后，黎一平带上手机到大办公室去，办公室的文秘小金有个亲戚在移动公司，他想请小金的亲戚帮忙解释一下"55555"的疑问，穿过走廊，走到大办公室门口，就听到里边嘻嘻哈哈，几个人正在抢某人的手机查短信，要某人交代小三是谁，说是在小三论坛上看到他发表的为小三说话的文章，某人大喊冤枉，大家异口同声说，反正我信了。黎一平听着他们叽叽喳喳的声音，忽然就打消了求解"55555"的念头。

再回到办公室时，看到管人事的副局长领着一位新人正站在办公桌前呢，向黎一平介绍，这是新来的顶替老魏的副处长，是从外单位调进来的，看他们握了握手，副局长就出去了。

新来的副处长正要说话，黎一平搁在办公桌上的手机响了，新来的副处长说，黎处长，你的手机响了，只响了一下，是短信吧。

今夜你去往哪里

晚上的宴会高潮迭起，也不知道大家哪来的兴致，搞了几个小时，冯一余到家的时候，都快十二点了，但这是他的工作，没什么好抱怨的，他也从不曾抱怨过。

虽已半夜，小区门卫上值夜班的保安还朝他的车子敬了个礼，横杆抬起来，车子就进去了。

开到自己家的停车位，冯一余发现车位被占了，起先还以为自己开错了位子，摇下车窗玻璃朝外看了看，没错，和自己的车牌号对应的那个停车位，确实被别的车给占了。

下车看了看那辆车的车牌号，也看不出个名堂，只得返回到门卫上，去叫保安，保安听说是车位被占了，也不惊讶，带上小区机动车登记簿，跟着他一起过来，一核对，就知道是几幢几零几的业主了。

一起到几幢几零几，夜里，小区静悄悄的，楼道也静悄悄的，他们到了那家门口，不敢有大的动静，先是轻轻地按了按门铃，门铃在里边唱了起来，是经典的《献给爱丽丝》曲子，响了几遍，一直等曲子停了，里边也没有动静，没有人应门，又按了一遍，还是如此，只得敲门了，敲了几下，没有人开门，倒是对面的人家有了动静，但没有开门，也没有开灯，估计是在门镜里朝外看呢。果然，看了一会儿，对面的门开了，一个妇女穿着睡衣，虽然睡意蒙眬，目光却很凌利，警觉地盯着他们。

冯一余赶紧打招呼说，对不起，对不起，吵醒你们了。妇女说，毛病啊，这时候找人？她这一开口，声音奇大，回声在楼道里嗡嗡作响，保安很尽责，下意识地"嘘"了一声。妇女不满说，嘘什么嘘，你们吵了我，还嘘我？冯一余又赶紧解释，不是我们要吵你，是他们家的车占了我的位子，我的车没法停了，只好来叫他们。妇女翻了个白眼，退进去，"砰"地关上门。

这边的门却还没有开，冯一余朝保安看看，保安也朝冯一余看看，怎么办呢，没别的办法，再按门铃，再敲门，大约又过了几分钟，那门总算是开了，又是个女的，态度一点也不像爱丽丝那样温柔，气呼呼地瞪着他们。冯一余说，我们叫了半天门，你怎么这么长时间才来开门。那女的没好气说，半夜三更的，又是门铃，又是打门，又是吵架，我也不敢开呀，我还以为来打劫了呢。冯一余说，你家的车停在我的车位上了。那女的说，凭什么说我家的车停了你的位子？保安拿出登记簿，指了指号码，女的不说话了。冯一余问，是你开车还是你丈夫开的？女的说，他开的。不等冯一余问人在哪里，那女的已经朝卧室瞪了一眼，气道，死啦。

冯一余和保安到卧室门口，就见里边床上和衣躺着一个男的，一身酒气，正打着震天响的呼噜。冯一余吓了一跳，说，喝了酒还敢开车？女主人立刻生气说，你不要乱说啊，他是喝了酒，可车不是他开回来的，是他朋友替他开回来的。保安说，难怪停错了。两个便上前叫那男的，却叫不醒，推也推不醒，拉也拉不起来，醉成一摊泥了。

无奈退到客厅，看见车钥匙在桌上，那女的已经说了，我不会开车的。保安说，那怎么办？那女的两手一摊，我也没办法，我又推不动那车。冯一余只得自认倒霉，说，你把车钥匙给我，我替你开走。那女的还有些不放心，你行吗，别把我们的车蹭坏了。

遂一起下楼，保安又核查了一下他家的车位，发现就在离冯一余车位不远的地方，但意外的是那个车位上竟然也停了一辆车。那女的立刻说，不能怪我们了，是人家先占了我们的。保安又核对那辆车的车牌号，可在登记簿上怎么找也找不到这个车牌号，才知道不是本小区的车辆。

这下麻烦大了，本小区的车辆都登记过，哪辆车子是谁家的，一核对就出来了，上门一堵，想跑也跑不了，但如果是外来的车子，根本就不知道车主是谁，也不知道是来干什么的，更不知道该到哪幢楼哪间房去寻找车主。

冯一余捏着人家的车钥匙，人困得眼睛都睁不开了，心里一毛躁，也不想多说话了，打开那辆车的车门，就坐上去，说，我不管，我先把你的车倒出去，把我的车位腾出来。那女的尖声叫起来，你下来，你下来，你腾出来了，我们的车怎么办？我到哪里找那个人去？冯一余说，人家占了你的车位，又没有占我的车位，凭什么我的车位要让给你。

吵吵嚷嚷，惊动了附近一幢楼的业主，推开窗户就骂人，深更半夜的，诈尸啊？那女的迅速尖声反击，你诈尸，你全家诈尸！楼上的说，你牛逼，你有钱买车，怎么不去买幢别墅，买了别墅就不用半夜诈尸了嘛。女的说，你从楼上跳下来，我替你收尸。

冯一余顾不得听他们废话，拿了钥匙就发动汽车，那女的正冲着楼上嚷呢，一听到发动声，立刻噤了声，一回身以迅雷不及掩耳之势，往车头上一扑，喊，你开，你开。也不怕车头上的灰尘脏了她的睡衣。

那女的脸色又青又白，几乎贴在车窗玻璃上，冯一余从车里看过去，简直就是个死尸的脸，难怪人家骂诈尸呢，面对一具死尸，你能怎么样呢，冯一余认了输，下车将钥匙还给那女的，转身回到自己车上，听到保安和那女的在背后奇怪说，咦，他开到哪里去？

他能开到哪里去呢，无处可去，车开到小区大门外，朝街道旁一停，走回家睡觉去了。

迷迷糊糊的，像是做了个梦，梦见又是一群人为了停车的事情吵吵闹闹，心想，怎么连做个梦也不放过。不料太太来推他了，原来不是梦，还真是有人吵了来，说是他停在小区大门外街道上的车，挡住了别人的车出行。看了一眼天色，天才蒙蒙亮，气鼓鼓地说了一句，出行真早啊。

来叫门的又是保安，就是昨晚值班的那个保安，手里还是拿着那个车辆登记簿，值了一夜班，本应该困死了，但他还赔着笑，冯一余不理会他的微笑，生气道，我又没有停在小区里，你怎么又来烦我？保安说，虽然你停在大街上，但人家都知道是我们小区的车，都会来找我们，我们怎么办呢，只能找你们业主车主呀。冯一余更没好气了，说，你们光知道收物业费，不解决停车问题——他太太嫌他啰嗦，说，你跟他说有什么用，他又不是头儿。那保安倒和气，笑道，你跟我们头儿说也没有用，我们头儿比你们还着急，嘴上都起了泡。冯一余说，就是全身起泡，也不能解决问题呀，他就不想一想，叫我们怎么办，把车子开到房顶上，还是吊在树上？

保安还是微笑着　也不再回嘴了，只是一直微微躬身，做着一个请他出去的动作。冯一余无奈，只得披衣出来，到大门口，将车挪个位子，好在早起的也不少，已经有了空位子，将堵在里边的车让了出去，这才算妥了，一看时间，再回去也睡不成了，一肚子不高兴，干脆回到自己的车位那儿看了看，那醉鬼的车仍然停在他的车位上，而停在醉鬼车位上的车已经开走了。他本来是想找这个外来入侵者算个账的，结果却被他溜了，看到保安还跟在他身边，又抱怨说，这是你们的责任，你们怎么能够允许外面的车进来占我们的车位，今后如果再发生，怎么办？保安也不知怎么办，唯一的办法就是十分耐心而且态度和蔼地听他说话，一副骂不还口打不还手的样子。真是被训导得不错，比业主有涵养。

训导他们的人是老崔，老崔是物业经理，这些日子，停车事件频频发生，有涵养的老崔嘴上起泡，心里长毛，天天在小区里东转西转，眼睛东瞄西扫，恨不得到哪里发现一块新大陆。他的副手还带着保安在背后嘲笑他，说，这个小区有什么转头的，老崔这是找车位呢，还是找老鼠洞。

老崔在小区里贴了个告示，在告示下搁置了一个票箱，请业主为停车的事情共同出主意，搁了一个星期，打开来看看，只有一张按摩院的广告塞在里边。

老崔又换了一张告示，这回来真的，新告示通告业主，决定将小区的几块绿化用地改为停车位，请业主发表意见。

这一招果然见效，意见纷纷来了，不仅有意见来，人也打上门来了。没有买车和暂时还没有买车的业主，坚决反对占用绿地做停车场，有一个人还拿了购房合同来，说，我们当初是根据开发商的容积率买房的，买的就是这容积率，你现在要改变容积率，就违背了合同内容，根据合同规定，我们可以要求赔偿，甚至可以要求退房。还有一个更厉害一点，他和当地的媒体有点关系，去叫了电视台的人来，扛着个摄像机，说，拍哪里，拍哪里？

老崔被吓着了，赶紧撤下告示，可一撤下告示，有车的业主又不干了，说，你们有媒体，我们也有媒体，也弄了个扛摄像机的来了，像扛着机关枪似的，到处看，说，拍什么，拍什么？

老崔被两边一夹，没有活路了，干脆着地一滚，说，你们拍吧，拍吧。业主说，你不怕曝光？老崔说，曝就曝吧，曝了才好，曝了光，才会有人重视，才会人有来管我们、帮助我们。那业主以为是老崔是在嘲讽他，一气之下，说，拍，拍，就拍。那个扛摄像机的就拍了。但是带回去以后也没有播出，因为停车的问题太大了，他们这个小区的问题，只是冰山一角，一小角，甚至连一小角也算不上哦。

再有人找老崔，老崔就说，我反正不行了，我只能做缩头乌龟了。业主生气说，既然物业都撒手不管，我们也乱来了。说着就真的乱来了，也不管地上有没有固定的车牌号码，看见空档就停，先来先抢。也有人干脆将原先地上写着的别人的车牌号，改成了自己的车牌号。再有业主以购房合同相威胁，老崔就说，我不客气了，我要以牙还牙了，你们不是拿购房合同说事吗，我们也拿购房合同说事，反正购房合同上没有写保证停车的条款，你们告不倒我。

车主各施其法，大部分人选择了最稳妥的办法，早回家，早占车位，倒也无意中促进了许多家庭的和谐，从前老公多半不在家吃晚饭，现在为了停车，纷纷放弃应酬，一家人共进晚餐，其乐融融。

可是也有人做不到，比如冯一余，他的工作，就是晚上应酬多，回来比别人晚，总是占不到车位，开着车到处乱转，有时候绕着小区前门后门转几圈还是停不下来。到周日的下午，冯一余的儿子忽然在楼下喊冯一余下去，冯一余下楼来一看，儿子和几个同学不知从哪里弄来一辆黄鱼车，车上载着块大石头，几个初中生吭哧吭哧将石头搬到冯一余的停车位旁边，冯一余见孩子们气喘吁吁的，不由心头发酸，说，哪里弄来的石头？儿子不说是哪里弄来的，只说，老爸，以后就用石头占住车位。冯一余上去蹬了一下石头，就估计这石头轻不了，说，你们这是馊主意，我一个人也搬不动呀。儿子说，你快到家的时候，打个电话回来，我和老妈出来帮你搬。正说着话，保安过来了，朝他们看了看，又朝石头看了看。冯一余没好气，朝保安说，到时候，如果我家里人手不够，我要来叫你们帮我搬的。保安和气地点头答应，说，你尽管叫，你一叫，我们就来。

第二天一早，他就去叫保安了，保安倒真是一叫就到，还很体谅说，现在的初中生，也很辛苦哦，我看到你儿子一大早就走了，要上早自习课吧。保安力气大，帮他挪动石头，占住车位。路上经过的业主，都朝他们看，有的还停下来看。有人说，好主意啊。有人说，好神经啊。有人说，照这样下去，小区还像什么小区，业主还像什么业主。

可惜这块石头很快就被学校搬了回去，原来那学校修理西花园，花钱买来一些石头，结果发现少了一块，弄清楚事情缘由后，学校也没有责怪学生，只是派人派车将石头拖回去就算了。

冯一余到单位上班，跟同事说，不行了，不行了，我要得焦虑症了。同事都笑，说，现在谁不得焦虑症才是怪物呢。后来就聊到了停车，老张说，哎，现在新花样真是层出不穷哎，有人因为抢不到车位，竟出钱雇人看守。冯一余说，是你们家小区吗？那老张说，不是我们家，我是从网上看来的。冯一余也到网上看了一下，果然有这样的事。

冯一余留了个心，拣个单位不忙的日子，提前下了班，回到小区，看到小区花园的长椅上，果然坐着不少晒太阳休闲的老人，冯一余犹豫了一会儿，硬着头皮上前说，各位老人家，我想——看到老人们警觉的眼神，他竟有点心慌，停了下来。一个老爹说，骗子搭讪就是这样开始的。一个老太说，现在我们警惕性都很高的。冯一余赶紧说，你们误会了，我不是骗子，我是这个小区的业主——他指指一幢楼，又说，我就住那一幢，5楼，501。这才有个老人依稀认出他来了，说，噢，我想起来了，就是前几天你们家搬来一块大石头占车位的吧。冯一余有些难为情，笑了一下，说，是我。那老人说，你要干什么？冯一余说，我晚上应酬多，回来晚，每天都占不到车位，我想雇一个人替我看车位，我会付钱的，不知你们——一个老太已经嚷了起来，说，哎哟，你搞错了，我们又不是要饭的。另一个说，你以为我们是当保姆的？冯一余被闷住了，正无言以对，却又有个老人问道，你雇人看车位，给多少钱呢？冯一余觉得有希望，赶紧说，钱的事情好商量，您要是愿意，您先开个价。那老人赶紧撇嘴说，我才不愿意，就算我愿意，我儿子要骂我的。一个老太说，他儿子是局长。

言语就搁在那儿进行不下去了，冯一余尴尬地蹭了一会儿，又说，其实这也不能算是雇用什么的，这也是互相帮助嘛。老人互相看看，没有再搭理他，其中一个说，差不多了，回家煮晚饭了。个个都站了起来，走了，把冯一余一个人扔在那里。

晚饭后，却来了一位大爷，进门朝冯一余看看，说，下午是你在花园那边跟他们说话的吧？冯一余说，是我。大爷说，听说你要雇个人看车位？冯一余说，是的，可是他们都不愿意。大爷说，我愿意，你看我行吗？冯一余不敢随便相信，问道，大爷，您为什么，为什么愿意？大爷有些不乐，说，你出钱，我看车位，两厢情愿的事，为什么还要问为什么呢？冯一余赶紧说对不起，又说，因为下午他们都不愿意，您却主动上门来——大爷这才说，我告诉你吧，我想弄几个零花钱，我儿子听媳妇的，不肯给我零花钱，我自己挣几个，总比两手空空好啊。

两下总算是谈妥了，冯一余每天出二十块钱，周一到周五，大爷负责帮他占住车位。冯一余怕夜长梦多，提出先付一个月的钱，大爷却不要，说，占一天算一天，而且要先占后付钱。冯一余坚持先付钱后占位，左说右说，大爷才收下了头一次的二十块钱，揣到口袋里，走了。

虽然增加了一笔开销，但是心情总算是稳定下来了，上班的时候，晚上应酬的时候，踏实多了。那大爷呢，也乐滋滋的，坐在小区看风景，还能挣了钱，何乐而不为。如此这般过了几天安心日子，一日冯一余下班回来，发现自己的车位又被别的车占了，大爷不在，他正奇怪呢，那大爷却在另一个地方喊起他来，过去一看，大爷端个凳子坐在另一个车位上。冯一余赶紧说，大爷，您坐错了位子。那大爷笑呵呵道，我没有坐错。冯一余说，可我的车位是那一个呀。大爷用脚点了点脚下的地，说，可是我屁股底下的这个车主，给了我三十块呀。一边说，一边掏出冯一余头天付给他的二十块钱，塞到冯一余手里，说，这个我要还你的。

两下正在纠缠，一个中年人气势汹汹地过来了，指着冯一余说，原来就是你，你竟然雇用我老父亲给你看车位，你让我丢脸，让别人指着我的脊梁骨骂我。那大爷将儿子推开，说，你不要怪他，我现在不给他看车位了。中年人一愣，说，你不看了？大爷说，我给另一个人看，那个人出价更高一点。中年人气得说，你要钱，你要钱是不是——从裤兜里掏出钱包，打开来，将里边的一叠百元大钞扯出来，塞到大爷手里，说，给你，给你，全给你！转身就走。大爷看看他的背影，对冯一余说，你别以为他真的给我，我一到家，他就会拿走的。

冯一余一气之下，索性不开车了，无非就是每天早一点起来，去赶公交车。他家小区的后门口，就有一趟车的起点站，他从这里上车，还可以占到座位，坐在高高的公共车上，感受着公交车霸气十足的横冲直撞，再垂眼看看街道上横七竖八的小车乱挤乱窜，冯一余吐出了一口郁积已久的恶气、浊气，心情舒畅了许多。

只是公交车的时间不太好掌握，开始的几天，他怕迟到，早早就出来了，结果一路畅通，提前到单位，后来他稍微迟一点出门，却又迟到了，让领导逮了两回，赶紧又恢复提前出门。晚上也有些问题，如果应酬得晚了，末班车就没有了，他还得掌握好时间，常常提前开溜，有一天刚刚溜出包厢门，领导追了出来，说，又溜了？你最近怎么回事？冯一余说，赶末班车。领导说，你不开车了？出什么事了？家庭碰到什么困难了？冯一余赶紧说，没有没有，就是停车太难了。领导不满说，现在有哪个停车不难的？你的理由太不充分，因为停车难，所以不开车，因为不开车，所以就要迟到早退，就要影响工作，你这样的理由，你说得出口，我都听不进去。冯一余只得退回去继续陪客应酬，最后果然误了末班车，只得搭坐同事的车，害同事很晚了还要绕道送他，同事说，你这样还省了油钱噢。他没吱声，同事又说，唉，现在的车，买得起，养不起。

一天冯一余从起点站上车占到座位，过了两站，上来个孕妇，冯一余站起来给她让座，孕妇动作迟缓，旁边一个年轻女孩"嗖溜"一下坐了上去。冯一余赶紧说，哎，我不是让给你的，我是让给她的。女孩耳朵里塞着耳机，只朝他翻个白眼，不说话，听音乐呢。冯一余来气，旁边的乘客也都来气，七嘴八舌地说了几句，那女孩干脆连眼睛都闭上了，等他们说了一阵后，又忽然睁开眼睛，扯下耳机，冲冯一余说，素质？你还跟我谈素质，素质好的人，都开私家车哦，我素质差，才坐公交车。这话又惹恼了坐公交车的众人，一番舌战，让冯一余真正体会了什么叫素质。

到了单位，领导吩咐要出门办事，但是这天单位的车都出去了，只好向同事借车，这同事平时大大咧咧，很好说话，也肯帮助人，但等冯一余借车的时候，他的脸色就犹豫起来，拿钥匙给冯一余的时候，是十分不情愿的样子，说，这是我的车哦。语气是加重了的。冯一余想，难道我不知道这是你的车。

冯一余开车也不是一年两年了，平时开自己的车，胆大心细，现在换了同事的车，手脚都不听使唤了，怕什么来什么，结果还真的跟别的车蹭了一下，掉了一块漆。不过以冯一余的经验，也不是什么大事，当即打电话告诉了同事，同事当即就翻了脸，说，我跟你说过，这是我的车。冯一余奇怪说，难道你认为，因为是你的车，我才蹭了的。同事说，你没拿我的车当车，以前你自己开车，怎么从来不蹭不碰，怎么一开上我的车，就出事故。冯一余说，你别着急，这不能算是事故，只是蹭掉一小块漆，到修理厂喷一下，就没事了。同事说，没事，怎么会没事，谁会给你免费喷漆啊？冯一余说，你不是有车险吗？同事气道，就算由保险公司出钱，这车也不一样了，伤过了，比如你跌过跟斗，跌破了脑壳，后来又长好了，就算没有留疤，是不是也算受过伤啊？跟没跌过跟斗一样吗？不一样的。冯一余也不高兴了，回嘴说，平时看你还蛮大方的，原来跟个女人似的小肚鸡肠。同事说，那是，我私车让别人公用，我女人，我小肚鸡肠，你怎么不想想你自己——平时你搭这个的车，搭那个的车，省个油费，占个小便宜之类，也就算了，你现在单位办公事还要借同事的车，自己的车舍不得用，你那是大气。冯一余说，怎么是舍不得用呢，不是因为停车难吗？同事说，你以为就你停车难，我们停车都不难吗？

两下真伤了和气，后来好多天都没互相搭理。大家说，你们怎么像两个更年期妇女。

　　冯一余一气之下，又重新开车了，至于停车的问题，他已经有了办法，向领导提出申请，换了一个工作岗位，不需要每天晚上应酬，一下班就可以准时回家，可以保证停车万无一失了。

　　领导同意他换岗位的时候，看了看他，宽慰他说，你放心，在哪个岗位都可以进步的，行行出状元嘛。冯一余谢过领导，就到新的岗位上去了。

　　现在冯一余舒坦多了，每天早早回家，车位大多都空着呢，他想停哪里就停哪里，这心情着实爽啊。

　　晚上一家三口在一起吃饭聊天和美温馨，晚饭后，冯一余看一会儿电视新闻，太太洗碗收拾厨房，忙完了，电视连续剧差不多就开始了。太太是个剧迷，什么类型的剧都喜欢看，情感的，谍战的，古装的，家长里短的，有什么看什么。冯一余坐在太太身边，陪着一起看。他过去是从来不看剧的，因为晚上应酬多，没时间看，所以几乎和电视剧绝缘。现在陪太太看几集下来，很快就看进去了。

　　他倒是看进去了，太太却看不进去了，无论剧情是多么紧张刺激，故事是多么曲折有趣，太太都心不在焉、神魂不定，感觉像是身上长了毛、长了刺，坐立不安。后来冯一余也感觉到了，问太太怎么回事，太太起先还犹犹豫豫，好像说不出口，最后终于忍不住了，说，我习惯了一个人看电视，你坐在我旁边，影响我的注意力，我连台词都听不进去。冯一余"啊哈"一声说，嫌我多余了。太太说，也不能说是多余，比如说吧，本来家里的家具布置得好好的，不多不少，大家都适应了，现在忽然多出来一件大家具，搁在屋子里，肯定会有碍手碍脚不方便的感觉吧。

　　就改成冯一余到电脑上去看东西，让太太一个人安心看电视。太太还有个习惯，凡有特别好看的电视剧，她是等不及电视台一天播两集的，必定去音像店买了碟子回来看，每次播放的时候，只要冯一余走过身边，太太就要暂停。冯一余说，你干吗呢？我又不说话，我只是倒杯水，还轻手轻脚的。太太说，你在我面前晃来晃去，我分神，剧情都看不懂了。冯一余笑道，当初你可是恨不得天天躺在我怀里看电视呢。太太也笑了笑，但还是不按开始键，一直要等到冯一余走了，才重新开始。

或者太太在上网，看到冯一余过来了，她也会关闭网页，和冯一余支吾几句，分明是等着冯一余离开呢，三番几次，冯一余不由有些怀疑，难道太太网恋了？疑神疑鬼的，总想偷偷查看太太的上网记录，结果搞得自己鬼鬼祟祟的。

太太其实有数，干脆跟他挑明了说，你不用查我，没有事的。又说，这么多年了，你一直在外面忙应酬，要有事早就有了，还能等到现在。冯一余又执著地回到原来的疑问，说，既然你没有网恋，干吗我一过来，你就关闭网页呢，太太奇怪地看了他一眼，说，咦，已经跟你说过了嘛，我习惯了一个人看东西嘛。

家里又添置了一台电视和一台电脑，全部分开使用，倒是相安无事，互不干扰了。冯一余家的生活从此风平浪静，虽不是天天欢声笑语，但这是大家所期盼的平平淡淡才是真。

只有一次，跟他换岗的那个同事提拔起来的时候，冯一余心里还是有一点受伤的。

一天晚上，老同学聚会，冯一余喝了点酒，请代驾把车开回来，已经没地方停车了，就停到大街上，代驾打车走了，他自己一路走回去，被夜风一吹，有点兴奋，干脆绕着小区散起步来。绕了一圈，发现路边一辆车里好像有个亮点，没怎么在意，又绕了一圈，那个亮点还在，他还是没当回事，再绕一圈，还是这样，他终于忍不住了，凑近了看看，一看之下，吓了一跳，竟是小区的物管经理老崔，坐在车里抽烟呢。

老崔看到他，摇下了车窗玻璃，说，你找我有事吗？冯一余说，没事，我散步呢，看到这个车里有亮光，以为是什么呢，不料是你，你怎么坐在车里？老

崔笑笑说，我不坐在车里坐在哪里呢。冯一余说，你等人啊？老崔说，我不等
人，我等想法。冯一余笑道，你等什么想法呢？老崔说，我等停车的想法，我家
小区车停满了，我这会儿回去，也停不了车，我得等怎么停车的想法来了，才能
开车回去。

　　冯一余说，我换了个工作岗位，下班早了，解决了停车的问题。老崔说，
我没你的福气，没人同意我换岗，再说了，就算换了岗，我回家也没地方待，儿
媳妇生了孩子，亲家母非要来照顾，挤在一个屋里，和我老婆天天争吵，我回去
受夹板气，坐着说我碍事，站着也说我碍事，躺下又说我油瓶倒了不扶，唉，我
还是等她们睡了再说吧。车里已经烟雾浓浓，老崔又点了一支烟抽起来，还扔了
一支给冯一余，冯一余其实早已经戒烟，但他没有拒绝老崔的烟，和老崔一个车
里一个车外，抽了起来。

　　抽过了烟，冯一余又继续往前走，走出了小区，走到大街上，大街的马路
牙子上，歪歪斜斜地停满了车，冯一余走了一段，忽然发现问题了，竟然有一辆
车的车牌号，和他的车牌号一模一样，再借着路灯灯光一看，不仅车牌号被套了
去，连车型和颜色都和他的车一模一样，冯一余大声喊了起来，这是谁的车，谁
套用我的车牌！半夜里，街上一个行人也没有，冯一余再上前细看时，车窗摇了
下来，一个男人探出脑袋说，嘿，我找到停车的地方了。冯一余一看，竟是他自
己，顿时失声大喊起来，不可能，不可能，这不是你的地盘。

　　第二天早晨起来，冯一余问太太，我昨晚上说梦话了吗？太太说，我睡着
了，没听见。停一下，太太又说，我做了一个梦，梦见咱们家的车被偷了。冯一
余心里一惊，赶紧跑到大街上，一眼望过去，还好，车在。

　　一时间冯一余恍惚起来，想起昨天晚上的事情，不知道怎么会做出这种莫
名其妙的梦，也不知道到底是不是个梦，更不知道是不是昨晚抽了老崔一支烟的
缘故。

　　后来有好长时间没有看见老崔，冯一余问保安老崔到哪里去了，保安说，

老崔受伤了，他回家停车，停在小区的池塘边，打了滑，车子掉到池塘里，差点淹死，幸好有巡夜的保安看到了，救了上来，脑子进了水，有点呆。

但是物业公司一直没有派新的经理来，只说等等老崔的病情，看会不会很快好起来。业主都很生气，说，本来有个经理，事情都管不过来，现在经理都没了，还有谁来管我们的事情啊。

天气预报

早晨起来天气阴沉沉的，出门的时候，老婆说，你不带把伞？看上去要下雨了。于季飞满有把握地说，不会下雨，天气预报不下雨。他很信任现在的天气预报。过去大家都管天气预报叫天气乱报，但现在确实不一样了，天气预报的准确度非常高，有时候准得叫人难以置信。

这不，一出门，迎面就看到云开日出了。

于季飞是个凡事预则立的人，他很在意事物的确定性，比如对于天气，天冷天热，天晴天雨，他都愿意早些了解清楚，好有所防备。天长日久的，他养成了了解天气情况的习惯。开始还只是跟在电视新闻节目之后看一看，后来又听广播，开车上下班，一上车就会打开广播，知道哪个台什么时候报天气，报纸来了，他还要顺便再看一眼报纸上的天气预报，哪怕昨晚已经看过电视，今早也已经听过广播，他还是会再看一眼报纸。渐渐地，感觉现在的天气预报，已经渗透到人们生活的角角落落，几乎是无孔不入，无处不在，都跟空气差不多了。除了以上这些渠道可以了解天气，还可以拨打121电话询问，还有手机短信、上网查询，等等，条条大路通罗马，现代人的生活，真是方便快捷。

于季飞经常出差，每次出门前，他都到网上去查天气。网络是什么，网络就是无限大，网络就是无限多，网络就是无限疯狂，你想要什么它都能告诉你，你要到什么地方出差，什么地方的天气就摆在你面前。

这会儿他又接到出差任务了，要到四川资阳去，他想查一下当地的天气预报，可不知怎么一上网就掉线。打电话问行政管理，管理说，路由器老化了。问为什么不换新的，说领导没有发话。于季飞骂了一声什么，挂了电话。

坐他对面的同事王红莱说，我的电脑今天不掉线，你到我这儿来查吧。于季飞就到王红莱的电脑上查天气预报。他们两个搭档工作好多年了，坐面对面的办公桌，一个负责外联，一个管内勤，两个人工作最大的不同就是于季飞经常出差，而王红莱从来不出差。

王红莱正好有事要走开，于季飞开玩笑说，你也不守着，不怕我偷看你的隐私。王红莱笑道，你爱看就看吧，走开了。

于季飞才不要看王红莱的隐私，两个人面对面坐了多年，且又是同一小区的邻居，熟得跟自家人也差不多，早已经没了这种兴趣。再说了，于季飞还是王红莱的电脑老师。一开始王红莱很拒绝电脑，但是大势所迫，工作所需，不可能不用，都是于季飞教的她。但是她本质上还是拒绝，凡是工作需要的，她都学得会，不是工作需要的，怎么教她都不进脑子，或者今天明明已经记住了，明天来上班，又忘得一干二净。用现在流行的话说，这叫作选择性遗忘。于季飞对自己这个学生很不满意，王红莱却说，可以了，我们这种人，到这样的程度算不错了。她说"我们这种人"，算是什么种人呢？

王红莱走后，于季飞打开天气预报的网页，正要搜索四川资阳这个地名，无意中发现网页的左侧，有一排长长的地名，这是电脑自动记录的"您近期关注过的城市天气"，于季飞心里忽地一奇，心想，王红莱从来不出门的，她关注这许多城市的天气干什么呢？比如她查过西安和延安，那条线路于季飞走过，那是一条最经典的陕西旅游线路，不下一个星期是走不下来的，可是王红莱什么时候离开过办公室七天以上呢。思想就信马由缰起来。等再收回来时，心里就不太自在，他明明不想窥视别人的秘密，可又控制不了自己的思维，偏偏要往那上面想，还往那上面细细地分析，这王红莱到底怎么回事呢？既然先前没有出过门，那么很可能还没成行，或许这是在做打算吧，国庆长假快要到了，也许王红莱正计划长假出行呢。

于季飞就将心思放下了。

长假过后上班，王红莱一直没有说出去旅游的事情，于季飞等了两天，终于忍不住问了，还要装不经意的样子，说，去哪里了？王红莱没有反应过来，反问说，什么去哪儿了？于季飞说，国庆长假呗，你们出去旅游了吧？王红莱奇怪说，你怎么会这么想，我从来不出门的。于季飞不怎么相信，又说，这个长假也没去？王红莱说，没有呀。于季飞说，没有去西安和延安？王红莱笑了起来，说，还西安呢，还延安呢，你哪来的这种念头，我哪有这样的福气，天天做家务，越做越多，做不完。于季飞拖长了声音说，真的吗？不会吧。王红莱不由看了他一看，说，这有什么奇怪的，很正常啊，我不是长年如此么？单位搞内勤，家里也搞内勤，就是这个命吧。她的话匣子让于季飞给打开了，就"命怎么怎么"这个话题发了一大堆牢骚。

于季飞觉得王红莱有点反常，平时她不怎么发牢骚，碰到郁闷的事，最多叹息一声，也就算了。这次他问了一句旅游的事情，引来她这样的长篇大论，算不算是心虚的表现呢？

于季飞又觉得自己有些走火入魔，赶紧想，算了，算了，随她去没去，随她去哪里，不管她了。

过了一天在小区里碰到王红莱的老公，又忍不住了，先打个哈哈，然后说，长假里也没见你们的影子，出门去了吧，玩得开心吧？王红莱老公说，哪有，小孩快中考了，哪里敢出去把心玩野了。

于季飞判断失误，自己圆过来想，也许他们原来有计划，后来考虑不要影响孩子考试所以放弃了。

但是心里的东西还在，还没有放下，不仅没有放下，还渐渐地浓重了起来。因为在"您近期关注过的城市天气"那里，除了西安和延安，下面还有一长串的地名，当时他没来得及看，更没来得及记住，那些模糊的地名现在像一个个长了毛的疑团挠得他心里痒痒的，他又借故掉线到王红莱那儿去看了一下，地方还真不少呢。

过了一阵，他自己又出了一趟差，回来后就试探王红莱说，咦，我昨天在某地，好像看见你了。王红莱说，怎么可能，我上班呢。于季飞又想，会不会王红莱老公要出差，她是替老公查的天气？于是又说，跟你开玩笑的，不是看到你，是看到你老公了。话一出口，他忽然就冒出一点冷汗，如果王红莱并不是替老公查的天气，而她的老公出差又没有告诉她，那岂不是出状况了，他无中生有这么一说，岂不是有意在挑拨人家的夫妻关系，赶紧收回来，说，还是跟你开玩笑的，没看见你老公。心里恨不得抽自己几个嘴巴。

王红莱倒没在意他囧，甚至都没朝他看一眼，淡淡地说，他到哪里不关我什么事，我孩子要高考了，都紧张得喘不过气来，哪还有心思管别人呢。

于季飞心里忽然"咯噔"了一下，一直若隐若现的疑团，忽然就豁出了一道口子，前两天碰见王红莱老公的时候，他也说到孩子的考试，但他说的是中考，当时于季飞根本就没有听出问题来，这会儿王红莱说高考，才提醒了他，王红莱的女儿今年十七岁，怎么会是中考呢？

于季飞惊异了一会，不知道问题出在哪里，难道王红莱的老公不是她的老公，是他一直以来都认错了人，错把另一个男人当成了王红莱的老公？这个想法把他自己吓了一跳，赶紧说道，你老公怎么这么糊涂，你小孩明明高考，那天他却告诉我是中考，有这样当爹的？

王红莱"哦"了一声，说，他说的不是我们的孩子。见于季飞没听懂，又说，我们离了，你不知道吗？于季飞又吓一跳，以为王红莱开玩笑，但看她的样子，又不像在瞎说，问道，什么时候的事？王红莱仍然不瘟不火说，有两三年了吧。他跟你说的那个中考的孩子，是他现在的老婆带过来的。她见于季飞发愣，又补充说，当初买房时，我们在一个小区买了两套房，算是未雨绸缪，为孩子买的，结果倒方便了离婚。

于季飞惊出一身冷汗，面对面坐着的同事，离婚两三年了，他竟然一点也不知道，什么也不知道。忍不住说，都两三年了，怎么从来没听你说过。王红莱说，又不是什么好事喜事，有什么好说的，难道还要我到处炫耀？于季飞说，你沉得住气，一点也没见你有什么反常。王红莱说，我反常的时候，你有自己的心思，也不会注意我。

这倒也是。

这事情就这么过去了，也没起什么波澜。过了一阵，王红莱忽然问于季飞，你怎么跑到清河那地方去了？于季飞顿时头皮发麻，心里一阵乱跳，那是他唯一一次和姚薇薇一起外出的地方。

姚薇薇是个未婚的简单清纯的女孩，没什么心眼儿，一年前他和她在一次会议上相遇，他被她的单纯所吸引，所感动，两人渐渐走到一起。这是于季飞的婚外恋，他做得十分小心，十分隐蔽，怎么竟然让王红莱知道了？

于季飞着急而恼怒地说，你什么意思，我一年四季出差，为什么清河我就去不得？王红莱笑了笑，说，可是单位出差没有这个地方呀，这个地方和我们单位没有关系的嘛。于季飞更急了，说，难道我每次出差你都记得，你这么有心？王红莱说，咦，你每次回来报销不都是我做你的审核人吗？于季飞抢白她说，你记性真好，我自己到过哪里都不记得了，你倒都记得。王红莱又笑，说，那是因为你去的地方太多，你不稀罕，就不值得你去记住了，而我呢，从来没有出去过，只能在你的报销单上想象一下那个地方了。于季飞无言以对，想象着王红莱凭着报销单想象他出差时的情形，不由背上凉飕飕的。王红莱却又宽慰他说，不过，我可不是你想象的那样，你去的地方，我怎么可能凭一张报销单就都记下来，就算有那样的记性，也没有那样的精力，就算有那样的精力，也没有那样的兴趣。于季飞说，那你怎么知道我去过清河呢？王红莱说，这是你做老师的言传身教嘛，我过去从来不查天气预报，因为我从来不出门，最近孩子要去考省美院，我才学着你的办法，上网查天气预报，一上去就看到了你"关注过的城市天气"，其他地方我都听你说过，也看到过你的报销单，唯独清河这个地方，没见过，所以问问你，你紧张什么呢。于季飞气恼说，你趁我不在的时候，偷看我的电脑？王红莱说，你把我当什么人了，我为什么要偷看你的电脑，你送给我看我都懒得看。见于季飞发愣，她又指了指自己的电脑说，你忘了，前些时候机关更新电脑，你淘汰下来的旧电脑，就给了我。我好说话嘛。再说我又不精通电脑，配置什么的，差不多能用就行了。

于季飞张口结舌。当时他是将硬盘的内容都删除了的，确信不会有什么秘密留下，才将旧电脑交出去的，而且行政管理答应他，一定将他的旧电脑配给不懂电脑的王红莱使用，他才放了心。

哪知自己还是大意了，电脑记录下了他的行踪。

真是报应哪，他凭着电脑记录的"您关注过的城市天气"去怀疑王红莱，结果却暴露了他自己。

王红莱见于季飞恼羞成怒的样子，赶紧缓和气氛说，你别当回事哦，去过哪里，没去过哪里，不能说明什么的。再说了，你和我同事这么多年，你又不是不了解我，我不会跟别人多说什么的。王红莱的话不错，但是于季飞心虚了，一旦心虚了，什么人都不敢相信了，和姚薇薇的这段地下情，早晚会曝光。还是老话说得好，若要人不知，除非己莫为。

于季飞干脆抢先一步，回去先跟老婆那儿试探试探。找了个老婆心情不错的时候，对她说，现在生活真是方便，就说出差吧，无论你到哪里，都可以提前至少一星期知道那儿的天气情况。老婆没听明白，疑问说，你说什么？于季飞说，我是说，如果一个人在电脑上查了天气预报，电脑会记录下你所查的地方

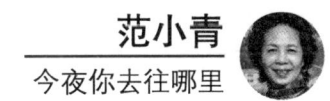
名，有人会根据电脑的记录，了解你近期到了哪里。

老婆脸色有点变，不高兴说，你什么意思，你是要查我的电脑吗？于季飞见她如此反应，心里反而踏实了些。

到了该去菜场买菜的时候了，老婆却磨磨蹭蹭不走，老是在书房进进出出，进去了又不干什么，转一圈又出来，过一会儿又进去，于季飞感觉她是想上电脑，但又不想让他看见，于是使个计说，忘了个事，要去单位跑一趟。老婆赶紧说，我和你一起走，我买菜去。

两个人一起出来，于季飞绕了一小圈，赶紧回来上老婆的电脑查询天气预报，在"您近期关注过的城市天气"那里，赫然记录着两个陌生的地名，一个是地级市，一个是县级市。这两个地方离于季飞生活的城市并不远，但是它们从来没有出现在于季飞的生活中，他和它们没有任何的瓜葛和联系，他也从来没有听老婆提起过，可她却查询了这两个地方的天气，干什么呢？唯一的可能，就是她要去那个地方，或者她已经去过了，或者她正打算去，也或者，她经常去那个地方。

一个是长州市，另一个是长水县，长水县是长州市下属的一个县，于季飞又查了一下交通方面的信息，得知要去长水县，得在长州市转车，如果推理正常，也就是说，老婆是先坐车到长州市，再转车到长水县。

这个疑团又在他心里长了毛，挠是他痒痒的，不得安生，过了一天，他又偷了个空子打开了老婆的电脑，发现那个内容已经被删除了，无疑的，老婆心虚了，她不想让他知道这件事。

到底是件什么事情呢？

双休日，于季飞临时改变了原本的安排，出发往长州市和长水县去了。

从长州市转车到了长水县。下车，就站在县城的街头了，看着同车的旅客四散而去，留下于季飞一个人独自站在那里，四顾之下，一时竟有些茫然，不知道自己在干什么，更不知道自己来干什么，想道，我怎么这么荒唐，就凭着天气预报记录的一个地名,就来了,来干什么,找人?找谁?是要做事情?做什么事情?

一无头绪的他,在县城的街上漫无目的地走着,有一个广告牌掠过他的眼睛,惊着了他,再回头定睛看时,他看到一个确定的名称:江名燕心理咨询诊所。

于季飞心里猛地一跳,他老婆的名字就是江名燕,老婆学的也恰恰就是心理学,只不过她在城里的医院工作,没有开什么心理诊所。

难道江名燕有分身术,一个她在城里当他的老婆、在医院上班,另一个她在这个小县城里开心理咨询诊所?

于季飞照着广告上的地址,找到了江名燕心理咨询诊所,一位坐在轮椅上的截瘫的女士,笑眯眯地看着他,点头说,我叫江名燕,我是这个诊所的心理医生。

不是他的老婆江名燕,是另一个江名燕,但是世上哪有这么巧合的事情,他的老婆江名燕,和这个不是他老婆的江名燕,为什么会有某种联系呢?如果她们之间没有联系,那么他的老婆江名燕为什么要了解这个县城的天气预报呢?

江名燕医生在轮椅上艰难地挪动了一下,将身体挪得端正一点,仍然笑眯眯地看着一头雾水的于季飞,说,你是于季飞吧,我知道你会来的,只是,比我预计的迟多了。

接着,江名燕向于季飞说了这个早晚要说出来的故事。当年江名燕考上大学,就在拿到录取通知书的时候,出了一场车祸,高位截瘫了,可是她实在舍不得放弃那个苦读十二年换来的入学通知书,家人商量了一个主意,联系了亲戚家的一个女孩子,把名额送给了她,她就以江名燕的名字上了大学,走上了人生道路。她是个有良心的人,为了报答江名燕,在以后的日子里,她经常来看望江名燕,并且辅导她学习心理学,最后帮助江名燕取得了心理医师的资格证书,开办了这家心理咨询诊所。

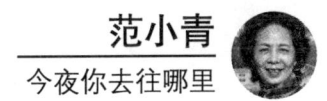

最后江名燕说，我以为你早就会来的，却一直等到今天，看起来，你不是一个敏感多疑的人。

于季飞只觉得脸上发热，十分羞愧，从什么时候开始变得疑神疑鬼呢，就是那个该死的天气预报，就是那一行自己留下的"您近期关注过的城市天气"，在他心里植下了一个又一个的疑团。

江名燕有些好奇，问道，这么多年，她一直没有引起你的怀疑吗？于季飞哭笑不得说，没有，谁会怀疑一个方方面面都很正常的人呢。江名燕说，那这一次你是怎么来的呢？于季飞说，天气预报，她在电脑上查你们这个县的天气，我觉得很奇怪。江名燕说，终归会有这一天的。

于季飞注视着江名燕生动的笑容，问道，你叫江名燕，那她叫什么？江名燕抱歉地笑笑说，对不起，我只知道她的小名，叫小菲，我们是远房亲戚，过去从来没有来往，一直到她顶替我去上大学，我们才开始交往，开始我喊她的小名小菲，后来，等她大学毕业、工作了，我们再见面时，就互相喊对方江名燕，算是两个人共用一个名字。

于季飞说，荒唐，怎么会有这样的事情。江名燕说，不荒唐呀。于季飞说，还不荒唐，我竟娶了一个——她用了你的名字，她这个江名燕是假的。江名燕说，名字只是一个符号而已，和你结婚的是一个人，无论她叫什么，她就是她，而不是一个名字。

虽然江名燕说得不无道理，于季飞还是觉得很怪异，无法接受，他无法想象，当自己回到城里，回到家里，面对那个不是江名燕的江名燕，他会怎么样。

但他必须得回去。

他没有能够回到家，就在回家的路上，他被姚薇薇挡住了。姚薇薇责怪他，本来约好星期天去看电影，他却不辞而别，连个音讯都不给，姚薇薇追问他，跑到哪里去了？

于季飞被逼不过，脱口说，你不要追问了，问出来你会害怕的。这话一出口，姚薇薇忽然脸色大变，慌了神，结结巴巴说，你，你，你去查我了？于季飞奇怪说，我查你？我查你什么？我为什么要查你？眼看着姚薇薇两行眼泪"唰"地就下来了，姚薇薇哽咽着说，我知道，我知道，你早就怀疑我了，你早就怀疑我了。说着说着，她索性就放开来哭，边哭边说，是的，我是结过婚，我是有老公，我还有孩子，是的，你的怀疑没有错，可是，可是，我不是存心要隐瞒，更不是存心骗你，我只是不想让你多想，更不想让你伤心——于季飞双手紧紧抱住脑袋，脑子里一片混乱，听得姚薇薇继续说，你要听我解释，你要听我说，他——于季飞没有再听下去，扭头就走。

手机里的猫咪叫了两声，又有短信来了。这个时间的短信，估计又是报天气的。于季飞不由自主地打开短信一看，果然就是。

今天的天气情况是这样的：晴到多云，午间阴有小雨，傍晚转大到暴雨。

于季飞想，真是一个多变的天气啊。

哪年夏天在海边

去年夏天在海边我和何丽云一见钟情地好上了。

我们算是同事，又不算同事，我们都供职于一家大型国企，从这一点说，我们是同事。但是国企的总部在北京，我们不在北京，而在各自不同省份的分公司，这么说起来，我们又不是同事，在去年夏天到海边之前，我们根本就不认识，甚至不知道对方的存在。但我们之间有一点是相同的，我们都是各自公司里的精英、佼佼者，要不然，我们就不可能享受去年夏天总部分配给每个分公司的海边休假的待遇。

就这样，去年夏天在海边我们相遇了。

其他诸省分公司的人，明明将我们的事情看在眼里，但他们不会说三道四，他们和我们一样，都是有素质的人，更何况，也许他们自己也有着类似的情况呢。毕竟谁都无法否认，夏天，海边，休假，这是催生婚外情的最合适的因素。

我们虽然如胶似漆地度过了这个假期，但是我们心里都明白，只有这十天时间是属于我们的，十天以后，我们就分道扬镳，从此天各一方，很可能一辈子都不再见面。这是我们相爱的前提。因为我们都是有家室的人，都有优秀的配偶和孩子，都有体面的光鲜的家庭和事业。我们都不会因为一次露水情而毁了自己辛苦打拼多年才得到的一切。

可是，许多事情不由人的意志为转移，到了分手的前夜，我们才发现，我们已经无法分手了。我们又不是机器人，可以随意开关。机器人有时还不听指挥呢。

那天晚上，我们静静地躺着，开始是何丽云低低地抽泣，我无言。后来何丽云给我说了一个故事，是她的母亲讲给她听的。有一位女子，从年轻的时候开始，每年秋天到远离家乡的一个小镇的小旅馆，和情人相会三天，然后回到自己的生活中，一年中没有任何联系，明年再来。这样的日子一直延续到她老去。老年的她，仍然每年去那个小镇，他也同样。直到有一年，他没有再来。她并没有去打听他的情况，仍然每年都去。虽然没有了他的到来，但她仍然像从前一样度过每年完全属于自己的三天。

说了这个故事后，她沉默了，我也沉默了。最后我问她，是你妈妈的故事吗？她说不是，是母亲读过的一个外国小说。

于是我们决定，照着别人的小说展开自己的故事。

为了等待明年的这一天，为了不影响我们现在所拥有的一切，我们一起删除了对方的所有联系方式，手机号码、单位电话、电子邮箱、通讯地址，等等。也就是说，在明年的这一天之前，我找不到她，她也找不到我。

今天就是这一天。

今天的一切都是那么顺利，订机票，打的三折，出发去机场一路是少有的畅通，好像今天红灯全部关闭、绿灯全部为我开放了。飞行过程也很好，没遇上什么气流，飞机不颠簸，机上的午餐也比以往可口。下飞机打车到宾馆，司机开得又稳又快，据他自己说，只用了平时一半的时间。

虽然时隔一年，但我记忆犹新，熟门熟路到总台，事先预订了房间，不会有问题，我想要入住517房，给我的就是517房。

拿到钥匙后，我没有急着去房间，在总台前稍站了一会后，然后忍不住问了一下，515房间有没有客人入住。

值班员到电脑上一查，冲我笑了一笑说，入住了。

我脸上一热，好像她知道我的来意，知道517和515的故事。

其实是不可能的，那是在我自己心底里埋了一年的秘密。

我没有再打听515房间的情况。

上电梯，进走廊，到517房，先要经过515房，我的心一下子提了起来，我没有去敲她的门，赶紧进了隔壁的517房。

放下简单的行李，我去卫生间刮胡子，其实出门时已经刮过胡子，我又重新刮了一下，洗了脸，换了衣服。

这是去年来海边时穿的衣服，这一年中，我都没再穿它，小心地将它叠在衣橱里，一直到今天出门来海边。

一切的准备，在无声的激动中完成了，我按捺住心情，走出517，过去敲515的门。

无声无息，门却迅速地打开了，和我的脸色一样，开门的女士一脸的惊喜，但也就是在这一瞬间里，我们俩的脸色都变了。

她不是何丽云。

很明显，我也不是她正在焦急等候的那个人，一眼看清了我的模样后，她的笑容顿时凝住了，眼睛里尽是失望和落寞。

说实在的，我被她的眼神伤着了，我知道，其实我的眼神也一样伤着了她。我有点尴尬，赶紧往后退了一步，说，对不起，对不起，我敲错门了。

女士礼貌地点了点头，也往后退了一步，关上门。

我回到自己房间，心思一时无处着落，阳台的门畅开着，微风吹进屋来，阳台上有藤椅，我想坐到阳台上去，可是我的阳台和515的阳台是连在一起的，中间只有一道矮矮的隔栏，如果515那位女士也上阳台，我们就会碰见。

我不想碰见她，所以没有上阳台，只是到靠近阳台的沙发上坐下，点了一支烟，望着远处的大海，慢慢沉静下来。

515房间住的不是何丽云，并不意味着何丽云就不来了。我有一个星期的假期，我有耐心等她，也有信心等她。

在这苦苦守候的一年中，我们双方音讯全无。我有好多次想打听她的消息，但最终还是忍住了。她也和我一样，严守诺言，始终没有来找我，我们一起用自己的努力工作，等待着今年的这一天。

今年是我们的第一个年头，我相信她会来。

我特意提前一点到了餐厅，去预订去年我们常坐的那个位子，结果发现，住在515房间的女士已经先占了那个座，我犹豫了一下，没好意思提出换座，挑了旁边的一个双人座。

看得出来，那位女士也在等人。

用餐的人渐渐多起来，不一会儿餐厅就满员了，有人站在那里到处张望找位子，服务生忙碌地穿梭着，四处打量，看到我和515那位女士的双人座上都空着一个位子，过来和我们商量，想请我们合并为一桌。

我和那位女士不约而同说，不行，这个位子有人。

我们像是相约好了似的，继续等待，又像是约好了似的，一直都没有等到。服务生来了又走，走了又来，始终彬彬有礼，一点也没有不耐烦，最后倒是我不好意思了，只得招呼服务生点菜。

我点了何丽云最喜欢的海鲜套餐，这期间，我下意识地瞥了515那位女士一眼，发现她也在点餐了，她点的是牛肉套餐。

牛肉套餐是我最喜欢的套餐。

她也和我一样，在等一个人，这个人和我一样，也喜欢牛肉套餐。

我们都点了别人喜欢的菜，但是喜欢吃这道菜的人，最终也没有来。

我吃掉了为何丽云点的晚餐后，有些落寞地到海滩去散步，又遇见了515的女士，也是一个人在散步。

两个人的行动如出一辙。

既然躲不开，我上前和她打个招呼，她也落落大方，朝我笑了笑，说，我们住隔壁。我说，我姓曾，叫曾见一。她说，我姓林，叫林秀。

和和气气的，我们擦肩而过了。

虽然心怀失落，却是一夜无梦，早晨醒来的时候，更有些沮丧，心想，竟然连个梦也不给，够小气的。

我没有去餐厅吃早餐，叫了送餐，二十分钟后，早餐送来了，我开了门，看到一辆送餐小车停在门口，车上还有另一份早餐，餐牌上写着515房间。我好奇地看了一下那位林秀女士要的早餐，一份麦片粥，一杯热牛奶，一份煎鸡蛋，一小盘水果。和去年何丽云要的早餐完全一样，我目睹服务员将早餐送进了515房，心里的疑惑像发了芽的种子，渐渐地长了起来。

上午是下海游泳的最佳时间，不晒人，我到沙滩的时候，林秀已经来了，不过她没有换泳衣，只是坐在遮阳伞下，也没戴墨镜。在这样的沙滩上，不戴墨镜的人非常少。

何丽云也不戴墨镜。去年夏天在这里，我走过的时候，看到她独自坐在遮阳伞下，一个人静静地望着大海，可能就是因为她的与众不同我才开始注意她的。

我走过来问林秀，你不下水？林秀脸微微一红，嘴里嘟哝了一句什么，我没有听清楚，但是她的神态和表情与去年在海边的何丽云实在太像了。我下海后，几次回头朝沙滩上看，林秀就一直静静地坐在那里，看着在大海里游泳的人。连她端坐的姿态也和何丽云十分相像。

可她为什么不是我朝思暮想牵肠挂肚等了整整一年的何丽云，而是一个陌生的女人？

下午，我忍不住坐到自己的阳台上去了，我感觉林秀也会在那里，出去的时候，她还没在，我刚刚在藤椅上坐下，她就出来了，看到我在阳台上，她并不惊讶，好像预感我会在那儿，我们互相笑了一下，隔着矮矮的镂空的围杆，两个人就像在一个屋子里。

我开始说话，从昨天晚餐以后，我就开始酝酿了，现在我终于要说出来了，我把自己去年夏天在海边的故事，把自己和何丽云的故事，从头到尾地点滴不漏地说给林秀听。

林秀一直静静地听着，没有打断我，也一直没动声色，一直到我说完了，她仍然一动不动地坐着。

完了，我想。

可就在这一瞬间，我忽然看到她的五官都变了样，她的表情夸张到令我感到恐惧，身上竟然起了一层鸡皮疙瘩。

她"忽"地站了起来，她的柔和的声音忽然变得十分尖厉。

你是谁？

你怎么知道这件事情？

你为什么要打听我的私事？

起先我被她突如其来的质问搞得一头雾水，手足无措，但是很快我反应过来了，理清了思路，一旦思路清晰了，我立刻被更大的恐惧制住了。

林秀并不需要我的回答，她说，我知道了，是他的太太让你来的。

虽然她的话没头没脑，但是我能听懂，我心里很清楚，她碰到的事情和我碰到的事情一模一样。

林秀没有给我更多的时间思考，她开始说话了。

她细说了自己一年来的思念。她说自从去年夏天在海边发生了婚外情以后，这整整一年的日子，都是为了这一天。可是最后他却没有来。

我虽然没有像她那样跳起来，但是她讲述的一切，无论是事情的过程，还是心理的历程，都与我完全吻合。

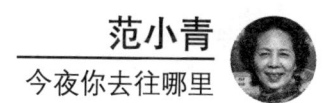
我和林秀，素不相识的，狭路相逢的，两个陌生人，合作完成了同一个故事，一个完整的故事，我讲的是上半段，她讲了下半段，配合得天衣无缝。

我再也坐不住了，回到房间，立刻拨通了管伟的手机，管伟那边声音嘈杂，只听得管伟大声说，你等等，我出来接。

我把这个事情尽可能简单地告诉了管伟，管伟听了一半，就"啊哈"了一声，说，你下手快嘛，一次休假就钓上了。我没有心思说笑，说，你马上帮我去打听一下何丽云到底在哪里。管伟说，你这位何丽云是哪个分公司的？我说，四川分公司的，你现在就打电话。管伟说，曾哥，你在海边享受得昏头了吧，今天是周日，哪里找得到人，你以为我是中央情报局啊。话虽是这么轻飘飘的，但毕竟是我的铁哥们，哪能不知道我着急，又赶紧说，你放心，明天一上班我就替你找，今天晚上，你就安心地享受月光沙滩海浪仙人掌吧。

管伟果然给力，第二天上午九点刚过，电话就来了，可惜他的消息不给力，告诉我，四川分公司根本就没有何丽云这个人。我说不可能，我怀疑你根本就没有去打听？管伟说，曾哥，这可是人品问题。我又问，你托谁去打听的，这个人可靠吗？管伟说，吕同，可靠吧？我说，吕同怎么和四川分公司有往来？管伟说，你不知道了吧，他和那边总办的姐们有意思，噢，对了，据说也是哪年夏天在海边度假钓上的，凭这么密切的关系，就错不了。

我说，你马上找吕同要那姐们的电话告诉我。管伟说，早知道你会来这一招，早替你要来了，你自己找去吧。报了那个办公室女士的号码和名字，最后嘀咕一句，什么夏天在海边，蒙谁啊。我说，你说什么，你什么意思？管伟说，我没什么意思，联系方式你也有了，有本事你自己找去吧。

我让自己冷静了一会儿，才把电话拨过去，听到一个爽朗的女声说，哪位？我说，我是吕同的同事，我叫曾见一。那姐们笑了起来，说，今天怎么了，吕同和他的同事排了队来找我。我说，无论是吕同还是管伟，都是我请他们帮忙的。那姐们说，我已经知道了，你要找一个叫何丽云的，可是我们分公司确实没有这个人啊。我说，去年夏天，总部给每个分公司一个去海边休假的名额，你们四川分公司是何丽云去的。那姐们怀疑说，不会吧，我查了近三年的公司人员名单，没有何丽云——这姐们是个热情的人，知道我心急如焚，又赶紧说，这样吧，你稍等一等，我再到人事部替你仔细查一下，等会儿再回电话给你。

通话戛然而止，四处一点声音也没有，夏天的海边真安静。接下去又是等待，是再等待。其实我不再抱有希望，我几乎彻底失望了。去年夏天在海边的那个人、那个何丽云，到底是怎么回事呢，是假的，是骗子，或者根本就没有这个人，是我自己的幻想？无论真相是怎样的，我都想要丢开它了。

偏偏那边的电话很快就回过来了，那姐们告诉我，四川分公司从前确实有个何丽云，但是三年前出车祸去世了。我惊愕不已，愣了半天，才结结巴巴问道，她，那个何、何丽云，去世前，公司有没有安排她到海边度过假。那姐们说，这个我也问了，是有过的，就是度假回来不久就遇上了车祸。那姐们很善解人意，料定我还会追问，主动说，她走得突然，一句话也没有留下。我再也说不出一句话来，和她走的时候一样，太突然，一句话也没有。

我觉得自己快要疯了。我要联系何丽云，无论是死是活，我都要联系上她。可是我早已经删除了关于她的一切联系，一切可能找到她的方法都被我自己丢弃了。当初我们相信爱情，相信时间，把一切交给了时间，但是最后时间却无情地抛弃了我们，残害了我们。

我跑到阳台上，林秀不在，我隔着阳台喊了一声，林秀应声出来，我们两个面对面地站着，我劈面就说，你认得我。林秀笑了一笑说，我现在是认得你了，你叫曾见一，是我隔壁的517房间的客人——但是准确地说，两天前我才头一次见到你。我急了，说，你不叫林秀，你就是何丽云，林秀说，你什么意思，谁是何丽云？我说，你为什么要骗我？你是不是整了容？你为什么要整容？林秀又笑了起来，她揉了揉自己的脸皮，说，我整容，你从哪里看出来我整容了？见我不说话，她回屋去拿了一张身份证出来，朝我扬了扬，说，这是我好多年前拍

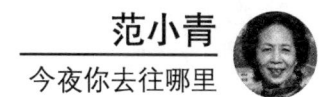

的照片，你看看，我有没有整容。又说，有个韩国电影，妻子为了考验丈夫是不是真心爱她，去整了容，回来丈夫不认识她，她说出了真相，丈夫却不再爱她了。

我逃离了阳台，逃出了517房间，一路往海滩跑，路上我看到一个摄影师正在冲着我微笑，我在疑惑中隐约感觉到什么，赶紧问他，你为什么冲我笑，你认得我吗？摄影师说，不能说认得你，只能说见过你，去年夏天在海边，我给你和你太太拍过一张照片——当然，是在你们不知情的情况下。我说，我和我太太？摄影师说，也许，她不是你太太，是女友吧，总之是一位优雅的女士。我像落水的人抓到了最后一根稻草，追问说，是去年夏天吗，你确定是去年夏天吗？摄影师说，应该确定的吧，总之是夏天，是在海边，这错不了。我说，照片呢，把你拍的照片给我看看。摄影师说，一年前拍的照片，我不可能随身带着，我回去找找看。我却无法再等待，迫不及待地问，你说的，我的那位太太，或者女友，她长得什么样子？摄影师笑了起来，说，奇怪了，你自己带着的女人你不知道她的长相吗？再说了，我一年要给多少人拍照，怎么可能全都记住他们的长相呢。我说，你既然记得住我，为什么记不住她呢？摄影师说，我只对比较特殊的事情有特殊的记忆，比如说，长得比较特殊的人，我才会过目不忘。我不解，说，我长得特殊吗？摄影师说，你的长相并不特殊，但是你的眼睛和别人不一样，特别不一样，所以我记住了你。我不知道自己的眼睛有什么与众不同，但此时此刻我只能相信摄影师的话，别无选择，我要从他那儿探出哪怕是点滴的信息。我说，你不征求本人的意见就给人家拍照？摄影师说，我只是拍照而已，又不拿出去展览，不用于商业用途，更不出卖给别人，虽说是有一点侵犯隐私，但是不造成严重后果和恶果，不会伤害人的。他停顿一下，又说，其实我也不想这样，我看到美的画面就想拍，但是大部分人是不会同意我拍他们的，因为，因为——他笑了一下，因为什么你应该知道。

我当然知道。

摄影师最后感叹了一声，说，更何况，从艺术的角度看，只有在不知情的情况下，拍出来的效果最真实最美丽的。

摄影师说得没错，可是在我这里，却出了差错，最真最美的东西消失了，现在唯一的希望就在摄影师的照片上了。摄影师说，你放心，我回去就找，如果我找到了，明天上午我会放在总台上。我说，你知道我住哪个酒店？摄影师说，嘿，时间长了，能够分辨出来。你住的那个酒店，我也替好多人拍过照片。都寄放在总台上，大部分人都将照片取走了。

我回到宾馆，昏昏沉沉正要睡去，我的导师吴教授忽然推门进来了，我一见导师，喜出望外，赶紧说，导师，导师，你帮帮我。导师淡然地朝我看了看，说，你出问题了。我说，我是出问题了，可我不知道问题出在哪里。导师说，你的程序出差错了。我摸不着头脑，诧异地问导师，我的程序？我的什么程序？导师说，三年前，是我给你设计的程序，我太过自信，还以为是世界一流的程序呢，方方面面都考虑周全了，却在婚外恋这一块上马失前蹄，我只给你设计了一次婚外恋，你超出这一次婚外恋，程序就不够用了，就错乱了——这也不能完全怪你，是为师的三年前远见不够，现在看来，我们的预测远远赶不上社会的发展速度啊。我委屈地叫喊起来，没有，没有，我只有一次，就是何丽云，可是，可是她却——导师打断我说，你不用辩解，你的错乱足以证明你突破了设定的程序，而且还是程度相当严重的突破，这套程序有自我修复的能力，如果是一般程度的混乱，它完全能够自我调整。我越听越觉得不可思议，大声抗议说，导师，一定是你搞错了，我又不是机器人，我怎么会有程序？导师微微一笑，说，你去看看你的眼睛就知道了。我想起那个摄影师也说过我的眼睛奇特，我赶紧去照镜子，结果果真把自己吓了一跳，我问导师，我的眼睛怎么有这么多颜色，而且不断变化，一会儿红，一会儿绿，一会儿蓝，一会又五彩缤纷。导师也不回答我的问题，坐到电脑前鼓捣了一番，重新设计了程序。导师回头问我，现在，新的三年开始了，你是清零以后重新开始新三年呢，还是在前三年的基础上延续第二个三年。我想了想，说，还是不要清零吧，我总得把那些搞乱了的事情想起来才好。导师说，当然，各有各的好处和坏处，你不清零，就得背负着前三年的种种痛苦、后悔、迷茫，等等，当然也有幸福、快乐、成就，等等。如果从零开始。虽然一身轻松，却是什么积累也没有，你想好了？我说我想好了。导师果断敲了一下回车键——"咔嗒"一声巨响，把我惊醒过来了，外面电闪雷鸣，才知道是做了一个白日梦。

我忍不住去敲隔壁515的房门，林秀开了门，我朝里一看，她正在准备行李，我说，你要走了？林秀还没来得及回答，房门就被撞开了，冲进来一群穿白大褂的人，上前摁住林秀就绑，林秀也不挣扎，很镇定地任凭他们摆布。倒是我看不过去了，上前阻挡说，你们干什么，你们找错人了。那些人也没把我放在眼里，说，抓的就是她，谁也别想从精神病院逃走。林秀朝我笑了笑，说，他们没搞错，抓的就是我。我急道，错了错了。医生说，错不了，烧成灰也认得她。我嘀嘀咕咕说，她没有病，她，她是，她是——她到底是什么，我到底也没说得出来。

那些人听到我嘟哝，都回头看了我，其中一个说，怎么会有这么多精神病跑到海边来了。另一个说，不是从我们那里逃出来的，不关我们的事。

他们带着林秀走了。

我回到自己房间，开始收拾行装，意外地发现在自己的行李里有一块标着号码的牌子，我不知道这是怎么回事，打电话叫来一个服务员，服务员是个爱笑的女孩，拿起那块牌子看了看，笑着说，好像是附近一家精神病院的工牌。我说，怎么会在我箱子里？那女孩只管朝我笑，不回答。我说，你误会了，我不是逃出来的精神病人。那女孩又笑，说，从精神病院出来的，不一定都是病人，也可能是医生哦。

退房的时候，我抱着最后一线希望向大堂值班经理打听有没有照片留给他，值班经理说没有。我说，海边的那位摄影师没有来过吗？值班经理说，海边的摄影师早就离开了。我说，是那个喜欢拍情侣照的摄影师吗？经理说，是呀，几年前他拍了一个女孩和情人的照片，结果被跟踪而来的情人太太发现了，抓到了证据，女孩跳海自杀了，摄影师从此就失踪了。

我顾不得惊讶，赶紧跳上出租车往机场飞奔而去。

在飞机上，我随手翻了翻画报，看到一条信息，标题是：人的大脑有无限的潜能吗？内容如下：人类大脑未开发的部分达80%—90%。化学药品能够激发大脑进行记忆和处理信息的功能，或令思维变得更加敏捷。喝咖啡和能量饮料的人清楚这一点。

我正在喝咖啡，但是我知道，它不能告诉我，到底是哪年夏天在海边。

飞机颠簸起来，遇上气流了。

我们的会场

　　年底前，大家都慌慌忙忙，慌的什么，忙的什么呢。都忙了一年了，还忙么？不仅还忙，那是更忙。现在生活幸福，日子好过，一年一眨眼就过去了，年初时总觉得一年的时间太充裕了，可以做很多事情，可以翻很多花样，结果还没怎么着呢，一年倒又过去了，大街小巷已经有年的味道出来了。

　　所以要赶紧呀，赶紧干什么呢，赶紧把年前的该做的事做完。年前该做的事很多，其中最重要的工作就是开会，也有些会是可以挪到年后去开的，那就不必在这时候凑热闹，但有些会必须在年前开完。这是铁定的。谁定的？不知道，能不能改革？也不知道。就这么照着走吧。

　　既然开会是铁定的，那就得紧锣密鼓地准备起来，何况今年这个会与往年又不同，请到了一号首长。一号首长听起来吓人，其实也还好啦，也就是上级直管部门的正职。别看这一个正职领导，下面分管的十几条线几十个单位都抢着请他到场，他到场不到场，会议的档次大不一样，结果也大不一样，不仅面子光鲜，很可能会有真金白银到手，首长听汇报的时候，一高兴了，说，这个项目好，你们打个报告来，我批。现官不如现管，所以都管他叫一号首长，或许比来一位中央首长更实惠呢。

可惜的是，正职只有一个，他也愿意每个单位都到一到，作个指示，给辛苦了一年的同志们敬个酒，哪个也不得罪，可他哪里忙得过来，他也不能分身，只能有选择地参加其中的部分会议，没被他选上的单位总是有一点失落，但也理解首长的辛苦，于是就想，今年请不动，明年加油。

黄会有的老板比较纠结，连续三年没有请得动一号首长，别说在兄弟单位面前没面子，就是在自己家里，看到同事部下，也有点抬不起头，挺不起腰。所以今年早早地就犯起了心思，却又迟迟不敢开口，怕万一——开口被回绝，那就没有回旋的余地了。但迟迟不开口吧，样样又被别人抢了先头，首长肯定是先请先答应，你请得迟了，他的日程都安排满了，想答应你都不行了。

老板着急，一般都拿办公室主任出气，办公室主任就是个受气包、出气筒、垃圾箱，还得是个灭火器。

其实黄会有早已经替老板想好了主意，只是老板不开口，他也犯不着主动献计献策，显得自己多有谋略，像个智多星似的，盖了老板的帽可是大忌。等到老板说了这事，黄会有也没有马上就献出来，只是说再想一想，等了一天，觉得火候差不多了，就向老板建议说，用激将法吧。老板说，什么激将法？怎么说？黄会有说，你就跟他说，他三年都不到我们单位来参加年终大会，我们的同志对他有意见，群众议论纷纷。老板一听，恼了，说，黄会有，你害我？黄会有说，只有这个办法还能一试，其他办法，试都别试。老板想了想，也认了，说，也是的，我们这种边缘单位，得不到他的重视，又想请他来，只能按你说的一试了。

这一试还真行，那首长起先一看老板的笑脸，就知道是要请他到会了，赶紧边走边摆手说，你别说了，你的会我去不了。老板追着说，知道您忙，也不想让您负担过重，可是，主要是下面的同志、群众有意见。首长一听"意见"两字，顿时站住，目光虚虚的，盯着老板看了看，说，意见？对我都有些什么意见哪？老板赶紧说，没啥别的意见，就是您三年都没有出席我们的年终大会，同志们觉得您太忙了。首长"啊哈"了一声，说，肯定不是说我太忙，是说我对你们不够重视吧——我真有三年没去你那儿了？老板说，三年，肯定是三年。首长又笑一声，说，那好吧，今年我去。又说，一会儿你就跟小陆把时间定下，这个时间，铁定就是给你的了。

老板回来到黄会有办公室，当着其他人的面，朝他点了点头，也没说话，将笑容藏在脸皮后面，走了。

黄会有就知道事情成了，顿时头皮一麻，心往下一沉，首长答应来，是给老板面子，可老板有了面子，他们干会务的，就得扒掉一层皮了。

办公室的气氛一下子紧张起来，人都像没头苍蝇似的乱转，会场还没有确定，所有的事情都无法进展，会议通知发不下去，会议议程也排不上来。所以眼前的头等大事，就是找会场。因为有首长来，会场的标准要高，又因为是全系统年终大会，人数多，这样的又要大又要好的会场一直是最抢手的，何况临近年底，这是全城热会的季节，哪有空闲的会场等着他们呢。

事情果然如此，黄会有和办公室的同志分头联系，先拣最有把握、最熟悉的饭店宾馆，果然全满，有的都排到年三十了。

熟悉的找不着，就找不熟悉的，黄会有发动群众，人人出主意，自己出不了的，回去问家属亲友，我还不相信了，偌大一个城市，连个会场都找不到？结果大家果然报来许多，有些连听也没听说过，有些也不是家属亲友提供的，而是到114查询来的。堆在黄会有面前，一大堆，黄会有分了工，大家再分头联系，又狂打一圈电话，结果出来了，四星及以下的，想都别想了，五星以及超五星的，还有一两家可以一看。

但是如果订五星超五星，会议预算就要大大超支，而不是小超支，黄会有不能擅自做主，去向老板请示，老板说，钱重要还是人重要，你连这点都搞不清，当的什么主任。话是老板有理。可老板也有不讲理的时候，有一回老板出国，联系不上，也是人和钱的问题，黄会有擅自做了一回主，老板回来问话，却不问钱重要还是人重要，问的是你做主还是我做主。

黄会有去看会场，这是一家五星宾馆，商务型的，老外比较多，大多只开些小型商务会议商谈商谈而已，根本就没有大会场，为了接这单大生意，他们表示可以将大餐厅改成会场，一算座位，倒是可以容纳，虽然餐厅改成会场有些不伦不类，怎么看怎么不舒服，还有一股子油烟气，但好歹是可以安放了。

这边黄会有正暗自庆幸，那边经理又提出要求说，会议要在上午十一点前结束，因为下面接的是一场婚宴，十一点翻场已经够紧的了。这个条件一出来，事情又黄了，十一点那时候正是首长开始总结的时候，首长爱讲到几时便是几时，哪能跟首长限定时间，这是其一；其二，中午宾馆接了婚宴，就意味着黄会有的会议午餐不能在这里用，难道开会和用餐还得分场地，没听说过，也不好操作，这么大的规模，转移人员就得借调多少辆大客。黄会有泄了气，想去看另一家了，嘴上却说，你们先替我们留着，我们回去汇报一下再说。那宾馆经理说，汇报还要赶回去？你打个电话不就行了。但黄会有还是走了。

又到下一家，这家星级更高，连服务生都长得跟外国人似的，可级次越高越没有大会场，便使出个昏着儿，建议他们分会场开会，说音像设备齐全，可以接通每个分会场的电视电话，效果比开大会还好。黄会有掉头就走，赶紧又回到第一家，可就这一个小时的时间，那餐厅改成的会场就已经被人订走了。黄会有说，你们怎么不讲信用呢，我说好要回头的。那经理说，怎么是我们不讲信用呢，你连订金都没有交，我们怎么对你讲信用。

黄会有一边着急，一边等着另外两个行动小组的消息，就怕错过电话，将手机一直紧紧攥在手里，但偏偏这一天，手机又出奇的安静，一次也没响起来，黄会有就知道事情不靠谱了，心直往下沉。

几个小组回来一碰，情况差不多，他们还欲细细汇报，黄会有不想听了，他要的是结果，没有结果的过程，听也是白听。

老板也一样啊，老板也不要过程，也是要结果，结果黄会有什么结果也没给他，他能不着急吗？一着急，老板说，黄会有啊黄会有，你本来叫个会有多好，会有会有，什么都会有的，会场也会有，但你偏偏姓个黄，什么都给你黄掉了，会场也给你黄掉了，哪里还有呢。这么一说，气氛倒是松弛了一点，大家笑了笑，黄会有说，要不我临时改个姓吧。老板说，你改姓什么呢？大家出主意，这个说，姓尤，叫尤会有。那个说，改姓惠吧，惠会有。还是黄会有更明白老板的心思，说，不如姓铁最好，铁会有，都铁定了会有，还能没有？大家虽然笑了一笑，心里的压力却没有减轻，工作还得做，会场还得找，这才是铁定的。

搞得夜里睡觉也没睡踏实，做梦也在找会场，早晨醒来的那一瞬间，想到会场还没有落实，心里"咯噔"了一下，坐起来感觉浑身都是酥软的。其实黄会有干这活也不是一天两天了，一开始就在办公室搞行政，一直干到主任，经历会议无数，找过会场无数，这一次怎么就这么揪心呢。当即在家里就给办公室的几个人打了电话，布置任务，让大家出家门就直接奔赴找会场去，免得一会儿磨蹭到单位，再碰头，再交代，再切磋，差不多半天又过去了。

他自己这一组，是小金牵的线，赶过去一看，会场倒是有，可是没有暖气，到处冷冰冰的，里边的工作人员个个穿着棉大衣，嘴里哈白气，哪像个宾馆样子。那经理跟前跟后地说，我们有暖气的，我们有暖气的。果然暖风机的声音倒是轰隆作响，巨大无比，可是打出来的却是冷气。黄会有扭头往外走，那经理跟在屁股后面还在狡辩说，这是暖气，这真的是暖气，主任你靠近出风口试试，就是暖气。黄会有说，就算是暖气也不行，你这暖气的声音，比我们首长讲话声音还响。回头朝那经理和几个服务员看了一眼，心想，还星级宾馆呢，搞得跟殡仪馆似的。

出来朝小金瞪眼，说，穷得连暖气都打不起，还接会议？小金躲闪说，我也不知道他们经营成这样。又到一处，是个体育场所，也是小金的主意，找了全市最小的一个体育馆，可进去一看，最小也大得吓人，可坐三千人，黄会有又扭头走，那馆长说，可以用屏风隔开。黄会有也没有答他，出来就给一个哥们儿打电话，那哥们儿也是个办公室主任，这会儿肯定也在为年终的会议找会场，看能不能挪一挪，腾一腾，救他一急。

哥们儿一听他这话，啊哈哈一笑，说，老兄啊，我们昨天都借到动物园去啦，会场倒是合适，可是骚气熏死人啦。黄会有说，动物园怎么会有会场，他们要会场干什么？找狮子、老虎、狗熊开会啊？那兄弟说，两年前开全国动物大会开到他这里，借这理由拿了一块地，可地不能老空着，就建个会场，会场是假，地是真。可没想到到这节骨眼上，这会场还真派用场呢，老兄你要是不嫌骚臭，我替你联络一下。黄会有服了他，说，谢啦谢啦，我自己找吧。

后来又去了一个消防指挥中心，甚至还去了一个蔬菜大棚，一天奔波，一无所获，老板急了眼，也不开玩笑叫改姓改名了，朝黄会有说，明天再找不到你也不用来上班了。当着部下的面，黄会有下不来台，嘴凶说，不来最好，我求之不得呢。

嘴凶归嘴凶，可哪能为了一个会场就不干了呢。

一个会场而已，听起来是个小屁事，可到了这节骨眼儿上，真是人命关天啦。晚上黄会有回到家，胡乱吃了几口晚饭，就往床上一斜，老婆也不理他，自顾看电视，黄会有心头竟有点悲凉。过一会儿手机响了，听到小金急吼吼地说，主任主任，快看新闻综合频道，快看新闻——黄会有跳了起来，去抢了老婆手里的遥控器，调了台，看到有一个郊区的远山大酒店在做广告。小金电话又追来了，问怎么样怎么样，黄会有泄气地说，就半天会议，还要跑到郊区，首长也不方便，到时候嫌远不去，就麻烦了。小金还没说话，老婆倒先说了，你看看这上面的地址，不是远郊，很近，说不定比去市里哪个宾馆还近呢。才知道老婆其实也是关心他的，心里复又暖了一暖。

病急乱投医了，黄会有当即就往这个做广告的酒店打电话，一问，果然有符合条件的会场，餐厅也有，样样俱备，似乎就专等着他去开会呢。

第二天一大早黄会有就去了，路很好走，出门就上外环线，下了外环线就是，整个行程也就半个小时。地方又果然山清水秀，赏心悦目。宾馆造得别致，中西合璧，很妥帖，很有姿态，内部装修也十分养眼，既大气又典雅。黄会有不再犹豫，交了订金，就给老板打电话，老板即刻赶过来一看，十分满意，说，你看看，我一让你不干，你就干好了，牛还是要用鞭子打呀。

事情忽然就有了结果，快得让黄会有都不敢相信，但事实就是这样，事情解决了，会场找到了。

黄会有给首长秘书小陆和司机分别发了短信，告知详细线路，秘书回说，收到，放心。秘书体贴人，黄会有心头一暖。

会议那天，一早黄会有就开始和秘书保持热线联络，开始还有些担心会不会路上不顺利，毕竟是在郊区，会不会走错了道，等等，结果一切又是出乎意料的顺利，没费什么事，没绕一点路，时间掐得很准，九点差五分，首长的车到了。

老板带领全体班子成员上前迎接，黄会有在一边守着秘书，悄悄恭维说，你时间掌握得很准。秘书道，昨天来过一趟了。黄会有笑道，哦，踩过点了。才知道要想工作不出差错，应该是怎么做的，学了一招。

首长进入会场，落座，就开会了，因为快过年了，大家心情好，气氛也热烈，会场纪律也特别好，讲话发言的，内容一个比一个靠谱，水平一个比一个高。首长频频点头，表示满意。

会议顺利进行，黄会有现在是彻底放下了心思，他的任务已经圆满完成，听不听会都不重要了，他浑身松软地落坐在舒适的沙发椅上，享受和体会着这个新建宾馆的高档设施，过一会儿，手机震动起来，他矮下身子一接，低声说，我在开会。那边"哦"了一声，挂了。一会儿又有电话来，他依然低声说，我在开会。对方说，好，我稍后打给你。几次三番后，黄会有想，就是开会的好处了，可以少接好多电话呢。

正体会着这份少有的安逸，就听到了热烈的掌声，知道首长开始讲话了。

　　首长也受到大家的感染，不像平时那样沉着淡定，情绪有些高昂，讲话铿锵有力，句句说在点子上。

　　会议掀起一个高潮。但大家知道，更高的高潮是在宴会上，除了主桌上各色人等都安排了任务，其他桌的女同志也都拣年轻美貌的早早埋伏好了，但一直不动声色，等黄会有观察到火候差不多，才开始暗示她们。

　　她们训练有素，不会蜂拥而上，那样太惹眼，太张扬，对首长影响不好，一个一个来，轻轻地来，像飘过来似的，过来敬首长酒，但并不要求首长喝，只是说，首长，我敬您，您随意，我干了。可首长哪能随意，说，那哪行，你干了我不干，你们要说我脱离群众啦。也干了。还不放女同志走，说，你敬了我，我不回敬，又是脱离群众，又是欺负女同志，罪加一等哦。来，我回敬你一杯，你随意，我干了。女同志哪敢随意，于是两个都干了。

　　如此几番，首长兴致高起来，黄会有赶紧喊服务员开酒瓶，满酒，等到又有女同志过来，首长干脆丢开了小杯，拎起酒壶，女同志笑道，首长您是令狐冲。拎壶冲过，接着又是罚点球，又是分组对抗，等等。

　　首长下午还有一场会议，但这会儿他情绪好，兴致高，全没有下午还要去开会的样子。大家担心首长喝高了，影响了下午的会议。连一向了解首长脾性的秘书也有点着急了。但是既然首长高兴，谁也不敢让首长扫兴。那秘书只管朝黄会有瞪眼睛，黄会有两肩一耸，感觉自己像外国人似的潇洒。

　　他当然潇洒啦，可下午那场会议的主办者惨啦。不过最后的结果谁也没有料到，那是皆大欢喜，到了点，谁也没有去催促首长，甚至没有人向首长提醒时间，说也奇怪，那首长说站起来就站起来了，干脆利索地笑了笑，说，你们给我的任务，我完成了，时间到啦。说罢就往外走，还有几个同志正举着酒杯打算来敬酒呢，首长笑道，留着，留着，下回吧。

　　大家赶紧送首长到门口，首长步履轻松矫健，面带微笑，好像根本就没有喝那么多酒，一切正常得不能再正常。黄会有跟在后面不由得赞叹，首长到底是首长，久经考验，这点小酒，这点小场面，哪在话下。

首长出大厅的门，车子已经无声地滑到门口，秘书拉开车门，首长一抬腿就上车了，车子又无声地滑走。

首长走了，老板心上一块石头才彻底放下，特意走过来拍了拍黄会有的肩，也上车走了。

黄会有留下善后，算账埋单，一切手续办妥后，那宾馆经理还想拉回头客，拍黄会有马屁说，黄主任，我们这地方风景很好，不如陪你看一看？

陪着黄会有出来，黄会有放眼去看看四周的湖光山色，不由感叹道，哎——真是个好地方。

那宾馆经理候在一侧，赶紧说，是呀是呀，我们这是深藏闺中人不识。黄会有笑道，今天倒给我们见识了一番哦，只可惜了首长和我们老板，光顾着开会，连这么好的景色都没时间欣赏。

众人沿着山路，沐浴着暖冬的阳光和微风，慢慢地走一走，黄会有又发感叹说，青山绿水，绿水青山。经理紧扯住话题说，主任要是喜欢，就在我们这里多住几天。黄会有叹道，多是多少天呀，住几天，还是得回去呀。经理又说，要不，我们给您留一间长包房。黄会有说，我不要被老板骂死。说到个死字，忽然就一笑，说，哎，你倒启发我了，活着不能在这里住，死了住过来也挺好嘛。

知道是调侃，却没有人接话茬儿，因为不知道怎么接，是说他说得对呢，还是说他说得不对，只有那宾馆经理话多，赶紧又凑上前说，主任真是好眼光，我们这地方——下面的话还没出口，大家已经"哎哟"了一声，停了下来，他们已经走到了山弯处，赫然的，弯弯的路边，竖着一块巨大的路牌。

路牌上画了一个大大的箭头，箭头下面四个大字：远山公墓。

跨过这个路牌，转过这个山弯，远山公墓就一览无遗了。

山这边是一片绿，山那边是一片白。黄会有放眼望着那白花花的一大片，顿时愣住了，愣了片刻，冒出一身冷汗，惊恐地想，幸亏首长走了，幸亏老板走了，如果现在站在这里的是首长或者是老板，那岂不是完了蛋？

一起跟了来赏景的一位女同事却笑了起来，说，哟，这么大的公墓，我还是头一次见到呢。

那饶舌的宾馆经理以为大家有兴趣，赶紧上前介绍说，主任，远山公墓是本市最有规模也是规格最高的公墓，许多有头有脸的人都——黄会有奇怪说，你做宾馆的，怎么还连带推销公墓？经理高兴地说，一家的，本是一家的。黄会有心有余悸地呛他说，那是，活着开会和死了休息，本来就是一条龙服务嘛。

知道自己口气有点重了，这事情本来怪不着他们，是他自己找来的嘛，于是笑了笑，口气放宽松了说，我说呢，怎么这个地方这么安静，这么和谐，空气这么清——一个"新"字没说出口，手机响了，一看是小陆秘书打来的，当下心里就一紧，赶紧问陆秘书什么事。秘书说，首长已经进下午的会场了，我抽空给你打一下，你小子有本事，搞这么个会场让我们来开会啊。黄会有心里"咯噔"了一下，一颗心一边往下沉，一边还存着一点侥幸试探说，怎么，怎么，不好吗？秘书道，好呀，背靠公墓，怎么不好啊。黄会有直冒冷汗，但仍然还有一丝丝侥幸，说，首长不知道吧？秘书说，怎么会不知道，有什么事是他不知道的。那一瞬间，黄会有感觉有什么东西"嗖"了一下，知道是灵魂出窍了，似真似幻时，忽然听到秘书笑了起来，说，黄主任，别紧张，我这会儿就是给你转达首长的意见，首长很喜欢你们今天的会场，说了，如果以后你们还在那儿开会，他争取再来。黄会有摸不着底，试探着说，是，是呀，这是五星标准的——秘书打断他说，不是标准的问题，是因为宾馆后边就是远山公墓，他父母就在那里，如果今天下午没会议，他想去看一看父母的，可惜又有会议，所以，下次吧。电话就挂断了。黄会有手里抓着手机，有些迷惑，似乎都不知道此时自己身在何处了。

小金因为处理剩余酒水之类的杂事耽搁了时间，他是最后一个追上来的，追到黄会有身边，朝庞大的公墓看了看，说，我有个同学，就葬在这里。黄会有还没从秘书的电话中回过神来，旁边那女同志却说了，小金，你同学，才几岁啊？小金有点感伤，说，是得了病，从发病到去世就没几天。又说，我一直想来看看他，一直没来，有时候夜深人静，会想起他。

那女同志说，今天倒是个机会，你要不要去看看他？宾馆经理又赶紧上前问道，你要看的这个人，在几区几排几号？小金说，我没来过，说不出来，只是听说他在这里。宾馆经理说，这好办，我陪你到公墓管理处查一查登记册。

于是到公墓管理处去翻名册，结果却没有翻到。小金说，没翻到就算了吧，也许是我记错了。可管理处的主任着了急，就不相信自己的公墓里就没有这么个周见橙，又将那名册重新翻起来，一边翻，一边念叨，张三李四王五，念得大家心里忽悠忽悠的，怕有个和自己名字一样的人躺在这里。

管理处主任这个办法还真有效，当他念到一个叫周建成的人名时，小金说，就是他吧。上前看了看名册，说，周建成——周见橙，音同的，我这同学名字比较特殊，上学的时候大家就常常搞错。

大家跟着小金去看周建成，小金赶紧说，你们不用去的，我一个人去看看就行了。再说了，也不知道到底是不是他呢。大家不说话，见黄会有跟着，就都跟着，跟到那地方，又随着小金一起，朝周建成恭恭敬敬地鞠了三个躬。

黄会有的手机又响了，对方是个大嗓门，在安静的墓地里显得特别刺耳。黄会有不由自主地压低了声音说，我是黄会有，你哪位？那边一听，立刻明白了，说，哦，你在开会，不打扰你开会，稍后再打给你吧。

我们都在服务区

天快亮时，桂平才蒙蒙眬眬要睡去了，结果手机设的闹钟却响了，喳喳喳地叫个不停，桂平翻身坐起来，和往常一样，先取消噪耳的铃声，再打开手机，又和往常一样，片刻之后，手机里的信息就接二连三地响了起来，桂平感觉至少有五六条，结果数了一下，还不止，有七条，都是昨晚他关机后发来的，还有一条竟是凌晨五点发的，也没什么了不起的大事，那个人天生醒得早，一个人起来，全家人还睡着，窗外、路上也没有什么人气人声，大概觉得寂寞了，就给他发个短信，消解一下早起的孤独。这些来自半夜和凌晨的短信，只有一封是急等答复的，其他都没有什么太重要的事情，桂平也来不及一一回复了，赶紧就到会场，将手机调到震动上，开了一上午的会，会议结束时，才发现事情也像短信和未接来电一样，越开越多，密密麻麻。中午又是陪客，下午接着还有会。总算午饭抓得紧一点，饭后有二十分钟时间，赶紧躲进办公室，身体往沙发上一横，想闭一闭眼睛，放松一下，结果在这短短的时间里，手机上又来了两条短信和三次电话，桂平接了最后一个电话，心里厌烦透了，一看只剩五分钟了，"嘀"地一下关了手机，强迫自己闭上眼睛，可那眼皮却怎么也合不拢，突突突地跳跃着。

就听到办公室的小李敲他的门了，桂主任，桂主任，你手机怎么不通？你在里边吗？桂平垂头丧气地坐起来，说，我在，我知道，要开会了。

他抓起桌上的手机，忽然气就不打一处来，又朝桌上扔回去，劲使大了一点，手机"嗖"地滑过桌面，"啪"地摔到地上，桂平一急，赶紧去捡起来，这才想起手机刚才被他关了，急忙又打开，检查一下，确定有没有被摔坏，才放了心。抓着手机就要往外走，就在这片刻间，手机响了，一接，是一个老熟人打来的，孩子入学要托他找教育局领导，这是为难的事情，推托吧，对方会不高兴，不推托吧，又给自己找麻烦，正不知怎么回答，小李又敲门喊，桂主任，桂主任！桂平心里毛躁得要命，对那老熟人没好气地说，我要开会，回头再说吧。老熟人在电话里急巴巴说，你开多长时间会？我什么时候再打你手机？桂平明明听见了，却假作没听见，挂断了电话，还不解气，重又下狠心关了手机，将手机朝桌上一扔，空着手就开门出来，往会议室去。

小李跟在他后面，奇怪道，咦，桂主任，你的手机呢，我刚才打你手机，怎么关机了？不是被偷了吧？桂平气道，偷了才好。小李说，充电吧？桂平说，充个屁电。小李吐了一下舌头，没敢再多嘴，但是总忍不住要看桂平的手，因为那只手，永远是捏着手机的，现在忽然手里空空的了，连小李也不习惯了。

曾经有一次会议，保密级别比较高，不允许与会者带手机，桂平将手机留在办公室，只觉得那半天，心里好轻松，了无牵挂，自打开了这个会以后，桂平心烦的时候，也曾关过手机，就当自己又在开保密会议吧。结果立刻反馈来诸多的不满和批评，上级下级都有意见，上级说，桂平，你又出国啦，你老在坐飞机吗，怎么老是关机啊？下级说，桂主任，你老是关机，请示不到你，你还要不要我们做事啦？总之很快桂平就败下阵来，他玩不过手机，还是老老实实恢复原样吧。

跟在桂平身后的小李进了会议室还在唠唠叨叨，说，桂主任，手机不是充电，是你忘了拿？我替你去拿来吧。桂平哭笑不得说，小李，坐下来开会吧。小李这才住了嘴。

下午的会，和上午的会不一样，桂平不是主角，可以躲在下面开开小差，往常这时候，他准是在回复短信或压低声音告诉来电者，我正在开会，再或者，如果是重要的非接不可的电话，就要蹑手蹑脚鬼鬼祟祟地溜出会场，到外面走廊上去说话。

但是今天他把手机扔了，两手空空一身轻松地坐到会场上，心里好痛快，好舒坦，忍不住仰天长舒一口气，好像把手机烦人的恶气都吐出来了，真有一种要飞起来的自由奔放的感觉。

乏味的会议开始后不久，桂平就看到坐在前后左右的同事，有的将手机藏在桌肚子里，但又不停地取出来看看，也有的干脆搁在桌面上，但即使是搁在眼前的，也会时不时地拿起来瞄一眼，因为震动的感觉毕竟不如铃声那样让人警醒，怕疏忽了来电来信。但凡有信了，那人脸色就会为之一动，或者喜色，或者着急，或者平静，但无不立刻活动拇指，沉浸在与手机相交融的感受中。

一开始，桂平还是怀着同情的心情看着他们，看他们被手机掌控，逃脱不了，但是渐渐地，桂平有点坐不住了，先是手痒，接着心里也痒起来了，再渐渐地，轻松变成了空洞，潇洒变成了焦虑，甚至有点神魂不定、坐立不安起来，他的心思，被留在办公室的手机抓去了。

坐在他旁边的一个女同事，都感觉出他身上长了刺似的难受，说，桂主任，你今天来例假了？桂平说，不是例假，我更了。大家一笑，但仍然笑不掉桂平的不安。他先想了一想今天是什么日子，会不会有什么重要的电话或信息找他，会不会有什么重要的事情要他去做，有没有什么重要的工作忘记了，除了这些，还会不会有一些特殊的额外的事情会找到他，这么一路想下去，事情越想越多，越想越紧迫，椅子上长了钉似的，桂平终于坐不住了，溜出会场，上了一趟洗手间，出来后，站在洗手间门口还犹豫了一下，终究没有直接回会场，却回了办公室。

办公室一切如常，桂平却有一种恍若隔世的奇怪感觉，看到了桌上的手机，他才回到了现世，忍不住打开手机，片刻之后，短信来了，哗哗哗的，一条，两条，三条，还没来得及看，电话就进来了，是老婆打的，口气急切地说，你怎么啦，人又不在办公室，手机又关机，你想躲起来啊？桂平无法解释，只得说，充电。老婆说，你不是有两块电板吗？桂平说，前一块忘记充了。老婆"咦"了一声，说，太阳从西边出来了，你是出了名的"桂不关"，竟然会忘记充电？桂平自嘲地歪了歪嘴，老婆就开始说要他办的事情，桂平为了不听老婆啰嗦个没完，只得先应承了，反正虱多不痒债多不愁，桂平永远是拖了一身的人情债，还了一个又来一个，永远也还不清。

带着手机回到会场，桂平开始看信，回信，旁边的女同事说，充好电了？桂平说，你怎么知道我充电？女同事说，你是机不离手，手不离机的，刚才进来开会没拿手机，不是充电是什么？难道是忘了？谁会忘带手机你也不会忘呀。桂平说，不是忘了，我有意不带的，烦。女同事又笑了一下，说，烦，还是又拿来了，到底还是不能不用手机。桂平说，你真的以为我不敢关手机？女同事说，关手机又不是杀人，有什么敢不敢的，只怕你关了又要开噢。两人说话声音不知不觉大起来，发现主席台上有领导朝他们看了，才赶紧停止了说话。桂平安心看短信、回短信，一下子找回了精神寄托，心也不慌慌的了，屁股上也不长钉了。

该复的信还没复完，就有电话进来了，桂平看了看来电号码，不熟悉，反正手机是震动的，会场上听不到，桂平将手机搁在厚厚的会议材料上，减小震动幅度，便任由它震去，一直等到震动停止，桂平才松一口气，但紧接着第二次震动又来了，来得更长更有耐心，看起来是非让他接不可，桂平一直坚持到第三次，不得不接了，身子往下矬一矬，手捂着手机，压低声音说，我在开会。那边的声音却大得吓人，啊哈哈哈，桂平，我就知道你会接我电话的，其实我都想好了，你要是第三次再不接，我就找别人了，正这么想呢，你就接了，啊哈哈哈。不仅把桂平的耳朵震着了，连旁边的女同事都能听见，说，哎哟喂，女高音啊。

虽然桂平说了在开会，可那女高音却不依不饶，旁若无会地开始说她要说的说来话长的话，桂平只得抓着手机再次出了会场，到走廊上才稍稍放开声音说，我在开会，不能老是跑出来，领导在台上盯着呢。女高音说，怎么老是跑出来呢？我打了你三次，你只接了一次，你最多只跑出来一次啊。桂平想，人都是只想自己的，每个人的电话我都得接一次，我还活不活了。但他只是想想，没有说，因为女高音的脾气他了解，她的一发不可收的作风他向来是甘拜下风的，赶紧说，你说吧你说吧。女高音终于开始说事，说了又说，说了又说，桂平忍不住打断说，我知道了，我现在在开会，走不掉，会一结束我就去帮你办。女高音这才甘心，准备挂电话了，最后又补一句，你办好了马上打我手机啊。桂平应声，这才算应付过去。心里却是后悔不迭，要是硬着心肠不接那第三次电话，这事情她不就找别人了么，明明前两次都已经挺过去了，怎么偏偏第三次就挺不过去呢，这女高音是他比较烦的人，所以也没有储存她的号码，可偏偏又让她抓住了，既然抓住了，她所托的事情，也就不好意思不办。桂平又悔自己怎么就不能坚持到底，抓着手机欲再回到会场，正遇上小李也出来溜号，见桂主任一脸懊恼，关心道，桂主任，怎么啦？桂平将手机一举，说，烦死个人。小李以为他要扔手机，吓得赶紧伸出双手去捧，结果捧了个空。桂平说，关机吧，不行，开机吧，也不行，难死个人。小李察言观色地说，桂主任，其实也并非只有两条路，还有第三种可能性的。桂平白了他一眼，说，要么开，要么关，哪来的第三种可能性？小李诡秘一笑，说，那是人家逃债的人想出来的高招。桂平说，那是什么？小李说，不在服务区。桂平"切"了一声，说，怎么会不在服务区，我们又不是深山老林，又不是大沙漠，怎么会不在服务区？小李说，桂主任，你要不要试试，手机开着的时候把那卡芯直接取下来，再放上电板重新开机，那就是不在服务区。桂平照小李说的一试，果然说："对不起，您拨的电话不在服务区，请稍后再拨"。桂平大喜，从此可以自由出入"服务区"了。

如此这般的第二天，桂平就被领导逮到当面臭骂一顿，说，我这里忙得要出人命，你躲哪里去了？在哪个山区偷闲？桂平慌忙说，我没去山区，我一直都在单位。领导说，人在单位手机怎么会不在服务区？桂平说，我在服务区，我在服务区。领导恼道，在你个鬼，你个什么烂手机，打进去都是不在服务区，既然你老不在服务区，你干脆就别服务了吧。桂平受了惊吓，赶紧恢复原状，不敢再离开服务区了。

小李当然也没逃了桂平的一顿臭骂，但小李挨了骂也仍然百折不挠地为桂平分忧解难，又建议说，桂主任，你干脆别怕麻烦，把所有有关手机都储存下来，来电时一看就知道是谁，可接可不接，主动权就在你手里了。

桂平接受了小李的建议，专门挑了一个会议时间，坐在会场上，把必须接的、可接可不接的、完全可以不接的，实在不想接的电话一一都储存进手机，储得差不多了，会议也散了，走出会场时，手机响了，一看，是一个可以不接的电话，干脆将手机往口袋里一丢，任它叫唤去。

桂平找到了一个切实可行的好办法，他已经把和他有关系的大多数人物都分成几个等次储存了，爱接不接，爱理不理，主动权终于掌握在他自己手里了，如果来电不是储存的姓名，而是陌生的号码，那肯定与他没有什么直接关联的人，那就不去搭理它了。

如此这般过了一段日子，果然减少了许多麻烦，托他办事的人，大多和那女高音差不多，知道他好说话，大事小事都找他，现在既然找不上他，他们就另辟蹊径找别人的麻烦去了。即使以后见到了有所怪罪，最多嘴上说一句对不起，没听到手机响，或者正在开会不方便接，也就混过去了，真的省了不少心。

省心的日子并不长，有一天开会时，刚要入会场，有人拍他的肩，回头一看，吓了一跳，竟是组织部的常务副部长，笑眯眯地说，桂主任，忙啊。桂平起先心里一热，但随即心里就犯嘀咕，部长跟他的关系，并没有熟悉亲切到会打日常哈哈的地步，桂平赶紧反过来试探说，还好，还好，瞎忙，部长才忙呢。部长又笑，说，不管你是瞎忙还是白忙，反正知道你很忙，要不然，怎么连我的电话都不接呢？桂平吓了一大跳，心里怦怦的，都语无伦次了，说，部、部长，你打过我电话？部长道，打你办公室你不在，打你手机你不接，我就知道找不到你了。桂平更慌了，就露出了真话，说，部长，我不知道你给我打电话。部长仍然笑道，说明你的手机里没有储存我的电话，我不是你的重要关系哦。他知道桂平紧张，又拍拍他的肩，让他轻松些，说，你别慌，不是要提拔你哦，要提拔你，我不会直接给你打电话哦。桂平尴尬一笑。部长又说，所以你不要担心错过了什么，我本来只是想请你关照一个人而已，他在你改革委工作，想请你多关心一下，开个玩笑，办公室主任，你们都喜欢称大内总管嘛，是不是，年轻人刚进一个单位，有大内总管罩一罩，可不一样哦。桂平赶紧问，是谁？在哪个部门？部长说，现在也不用你关照了，他已经不在你们单位了，前两天调走了，放心，跟你没关系，现在的年轻人，跳槽是正常的事，不跳槽才怪呢，由他们去吧。说着话，部长就和桂平一起走进会场，很亲热的样子，会场上许多人看着，后来有人还跟桂平说，没想到你和部长那么近乎。

桂平却懊恼极了，送上门来的机会，被自己给关在了门外，可他怎么想得到部长会直接给自己打电话呢。现在看起来，他所严格执行的陌生号码一概不接的大政是错误的，大错特错了。知错就改，桂平把领导干部名册找出来，把有关领导的电话，只要是名册上有的，全部都输进手机，好在现在的手机内存很大，存再多号码它也不会爆炸。

现在桂平总算可以安心了，既能够避免许多无谓的麻烦，又不会错过任何不应该错过的机会，只不过，过了很长很长的时间，也没有等到一个领导打他的手机。桂平并不着急，也没觉得工夫白费了，他是有备无患，凡事预则立。

过了些日子，桂平大学同学聚会，在同一座城市的同班同学，许多年来，来了的，走了的，走了又来的，来了又走的，到现在，搜搜刮刮正好一桌人，这一天兴致好，全到了。坐下来的第一件事，大家都把手机从包里或者从口袋里掏出，搁在桌上，搁在眼睛看得见的地方，夹在一堆餐具酒杯中。桂平倒是没拿出来，但他的手机就放在裤子后袋里，而且是设置了铃声加震动，如果聚会热闹，说话声音大，听不到铃声，屁股可以感受到震动，几乎是万无一失的。也有一两个比较含蓄的女生并没有把手机拿出来搁在桌上，但是她们的包包都靠身体很近，包包的拉链都敞开着，可以让手机的声音不受阻挡地传递出来，这才可以安心地喝酒叙旧。

这一天大家谈得很兴奋，而且话题集中，把在校期间许多同学的公开的或秘密的恋情都谈出来了，有的爱情，在当时是一种痛苦，甚至痛得死去活来，时隔多年再谈，却已经变成一种享受，无论是当事人，或是旁观者，都在享受时间带来的淡淡的忧伤和幸福。

谈完了当年还没谈够，又开始说现在，现在的张三有外遇吧，现在的李四艳福不浅啊，谁是谁的小三啦，谁是谁的什么什么，怎么怎么，接着就有一个同学指着另一个同学说，那天我看到你了，你挽着一个女的在逛街，不是你老婆，所以我没敢喊你。大家哄起来，要叫他坦白，偏偏这个同学是个老实巴交不怎么会说话的人，急赤白脸赌咒发誓，但谁也不信，他急了，东看看，西看看，好像要找什么证据来证明，结果就见他把手机一掏，往桌上一拍，说，把你们手机都拿出来。大家的手机本来就搁在桌面上，有人就把手机往前推一推，也有人把手机往后挪一挪，但都不知他要干什么。这同学说，如果有事情，手机里肯定有秘密，你们敢不敢，大家互相交换手机看内容，如果有事情的，肯定不敢——我就敢！话一出口，立刻就有一两个人脸色煞白，急急忙忙要抓回手机，另一个人说，手机是个人的隐私，怎么可以交换着看，你有窥视欲啊？当然也有人不慌张，很坦然，甚至有人对这个点子很兴奋，很激动，说，看就看，看就看，大家摊开来看。桂平也是无所谓，但他觉得这同学老实得有点过分，说，哪个傻×会保留这样的短信？带回去给老婆老公看？那同学偏又顶真，说，如果真有感情，短信是舍不得马上删掉的。大家又笑他，说他有体验，感受真切，等等。这同学一张嘴实在说不过大家，恼了，涨红了脸硬把自己的手机塞到一个同学手里，你看，你看。

结果，同学中分成了两拨，一拨不愿意或不敢把自己的秘密让别人知道，不肯参加这个游戏，赶紧把手机紧紧抓在手心里，就怕别人来抢，另一拨是桂平他们几个，自觉不怕的，或者是硬着头皮撑面子的，都把手机放在桌上，由那同学闭上眼睛先弄混乱了，大家再闭上眼睛各摸一部。桂平摸到了一个女同学的手机，正想打开来看，眼睛朝那女同学一瞄，发现那女同学脸色很尴尬，桂平心一动，说，算了算了，女生的我不看。把手机还给了那女同学，女同学收回手机，嘴巴却又凶起来，说，你看好了，你不看白不看。桂平也没和她计较，但他自己运气就没那么好了，他的手机被一个最好事的男生拿到了，先翻看他的短信，失望了，说，哈，早有准备啊。桂平说，那当然，不然怎么肯拿出来让你看。那男生不甘心，又翻看他的储存电话，想看看有没有可疑人物。

真是不看不知道，一看吓一跳，那男生脸都涨红了，脱口说，哇，桂平，你厉害，连大老板的手机你都有？接着就将桂平手机里的储存名单给大家一一念了起来，这可全是有头有脸有来头的大人物啊，惊得一帮同学一个个朝着桂平瞪眼，说，啧，好狡猾，这么厉害的背景，从来不告诉我们。也有的人，说，这是低调，你们懂吗，低调，现在流行这个。桂平想解释也解释不清，只好一笑了之。

却不知他这一笑，是笑不了之的。第二天，就有一个同学找到他办公室去了，提了厚重的礼物，请桂平帮忙联系分管文化的副市长，他正在筹办一个全市最大也最规范的超霸电玩城，文化局那头已经攻下关来，但没有分管市长的签字，就办不成，他已经几经周折几次找过那副市长，都碰了钉子被弹回来了，现在就看桂平的力度了。

桂平知道自己的手机引鬼上门了，只得老老实实说，我其实并不认得该副市长。同学说，不可能，你手机里都有他的电话，怎么会不认识？桂平只得老实交代，从头道来。那同学听后，"哈"了一声，说，桂平，你当了官以后，越来越会编啊，你怎么不把胡锦涛、温家宝的电话也输进去？桂平开玩笑说，我知道的话一定输进去。那同学却恼了，说，桂平，凭良心说，这许多年，你在政府工作，我在社会上混，可我从来没找过你麻烦是不是，这是第一次，第一次求你你就这么对付我，你说得过去吗？桂平知道怎么说这同学也不会相信他了，但他也无论如何不可能去替他找那副市长的，只得冷下脸来，说，反正你怎么理解、怎么想都无所谓，这事情我不能做。同学一气之下，走了，礼物却没有带走，桂平想喊他回来拿，但又觉得那样做太过分，就没有喊。

那堆礼物一直搁在那里，桂平看到它们，心里就不爽，搬到墙角放着，眼睛还是忍不住拐了弯要去看，再把办公室的柜子清理一下，放进去，关上柜门，总算眼不见为净。本来他们同学间都很和睦融洽，现在美好的感觉都被手机里的一个错误的储存电话破坏了，左想右想，也觉得自己将认得不认得的领导都输入手机确实不妥，拿起手机想将这些电话删除了，但左看右看，又不知道哪些是该删的哪些是不该删的，全部删了肯定也是不妥，最后还是下不了手。

原来以为得罪了同学，就横下一条心了，得罪就得罪了，以后有机会再给弥补吧。哪知那同学虽然被得罪了，却不甘心，过了两天，又来了，换了一招，往桂平办公室的沙发上一坐，说，你不答应我，我就不走了。桂平说，我要办公的，你坐在这里不方便。同学说，我方便的。桂平说，我不方便呀。同学说，有什么不方便，你就当是自己在沙发上搁了一件东西就行，你办你的公，你又不是保密局安全局，你的工作我听到了也不会传播出去的，即使传播出去别人也不感兴趣的。就这样死死地钉在桂平的办公室里。

即便如此，桂平还是不能打这个电话，因为他实在跟这位副市长没有任何交往，没有任何接触，这副市长并不分管他们这一块工作，即使开什么大会，副市长坐主席台，桂平也只能在台下朝台上远远地看一眼，主席台上有许多领导，这副市长只是其中一位。除此之外，就是在本地电视新闻里看他几眼，他和副市长，就这么一个台上台下屏里屏外的关系，怎么可能去找他帮忙办事呢，何况还不是他自己的事，何况还是办超霸电玩城这样的敏感事情。

同学就这样坐在他的沙发上，有人进来汇报工作，谈事情，他便侧过脸去，表示自己并不关心桂平的工作，就算桂平能够不当回事，别人也会觉得奇怪，觉得拘束，该直说的话就不好直说了，该简单处理的事情就变复杂了，半天班上下来，桂平心力交瘁，吃不消了，跟同学说，你先坐着，我上个厕所。同学说，你溜不掉的。

桂平只是想溜出去镇定一下，想一想对策，但又不能站在走廊上想，就去了一趟厕所，待了半天，没理出个头绪来，也不能老在厕所待着，只得再硬起头皮回办公室。哪曾想到，等他回到办公室，那同学已经喜笑颜开地站在门口迎候他了。桂平说，你笑什么？同学说，行了，我拿你的手机打过市长了，市长叫我等通知。桂平急得跳了起来，你，你，你怎么——同学说，我没怎么呀，挺顺利。桂平说，你跟市长怎么说的？同学说，我当然不说我是我，我当然说我是你啦。桂平竟然没听懂，说，什么意思，什么我是你？同学说，我说，市长啊，我是改革委的桂平啊。桂平急道，市长不认得我呀，市长怎么说？同学笑道，市长怎么不认得你，市长太认得你了，市长热情地说，啊，啊，是桂平啊。后来我就说，我有个亲戚，有重要工作想当面向您汇报。桂平说，你怎么瞎说，你是我的亲戚吗？同学说，同学和亲戚，也差不多嘛，干吗这么计较。我当你的亲戚，给你丢脸了吗？桂平被噎得不轻，顿住了。那同学眉飞色舞又说，市长说了，他让秘书安排一下时间，尽快给我，啊不，不是给我，是给你答复。话音未落，桂平的手机响了，竟然真是那副市长的秘书打来的，说，改革委办公室桂主任吧，市长明天下午四点有时间，但最多只能谈半小时，五点市长有接待任务。桂平愣住了，但也知道没有回头路了，总不能告诉人家，刚才的电话不是他打的，是别人偷他的手机打的。同学怕他坏事，拼命朝他挤眉弄眼，桂平狠狠地瞪他，却拿整个事情无奈，赶紧答应了市长秘书，明天下午四点到市长办公室，谈半小时。

挂了电话，那同学大喜过望，桂平却百思不得其解，说，怎么可能，怎么可能？同学也不生气了，说，反正事情就是这样，你明天得陪我去，你放心，我不会空手的。桂平气得说，没见过你这样的。同学却高兴而去了。

同学走后，桂平把小李叫来，说，小李，我认得某副市长吗？小李被问得一头雾水，说，桂主任，什么意思？桂平说，我不记得我和他打过什么交道呀，他才当副市长不久呀。小李说是，年初人大开会时才上的，不过两三个月。桂平说，何况他又不分管我们这一块，最多有时候他坐在主席台上，我坐在台下，这是八杆子也打不着的呀。小李说，那倒是的，我也在台下看见领导坐在台上，但是哪个领导会知道台下的我呢。小李见桂平愁眉不展，又积极主动为主任分忧解难，说，桂主任，会不会从前他没当市长的时候，你们接触过，时间长了，你忘记了，但是市长记性好，没忘记。桂平说，他没当市长前，是在哪里工作的？小李说，我想想。想了一会，想起来了，说，是在水产局，他是专家，又是民主党派，正好政府换届时需要这样一个人，就选中了他，后来听说他还跟人开玩笑说，我做梦也没有想到我会当副市长哎。桂平说，水产局？那我更不可能认得了，我从来没有跟水产局打过交道。小李又想了想，说，要不然，就是另一种可能，市长不是记性好，而是记性不好，是个糊涂人，把你和别的什么人搞混了，以为你是那个人？桂平说，不可能糊涂到这样吧？小李说，也可能市长事情太多，他以为找他的人，打他手机的人，肯定是熟悉的，你想想，不熟悉不认得的人，怎么会贸然去打领导的手机呢？无论小李怎么分析，也不能让桂平解开心头之谜，等小李走了，桂平把手机拿起来看看，看到刚才市长秘书的来电号码，这是一个座机号码，估计是市长秘书的办公室电话，就忽然想到，自己连这位副市长的这位秘书姓什么也没搞清楚，只知道他是刚刚跟上市长不久的，桂平赶紧四处打听，最后才搞清了这位秘书姓什么，于是又拿起手机，手指一动，就把那秘书的电话拨了回去，那边接得也快，说，哪位？桂平说，我是改革委办公室的桂平，刚才，刚才——那秘书记性好，马上说，是桂主任啊，明天下午市长接见已经安排了，四点，还有什么问题吗？桂平支吾了一下，一时不知道该怎么说，停顿片刻后，才说，我想问一问，你今天晚上有没有时间——那秘书立刻有习惯性的过度反应，说，桂主任，不用客气。桂平想解释一下，但那秘书认定桂平是要给他请客送礼，又拒绝说，桂主任，你真的不必费心，我知道你跟市长关系不一般，市长吩咐的事，我们一定会用心办的。桂平赶紧试探说，你怎么知道我跟市长关系不一般。那秘书一笑，说，市长平时从来不接手机的，他的手机都是交给我处理的，一般都是我先接了，再请示市长接不接电话，但是今天你打来的电话，却是市长亲自接的，这还不能说明问题？桂平被问得哑口无言，只得作罢。

桂平下班回家，心里仍然慌慌的，虚虚的，老婆感觉出来了，问有什么事，桂平也说不出到底是个什么事，只能长叹几声，老婆心里就起疑，正在这时候，桂平的手机响了，桂平一看，正是那同学打来的，人都被他气疯了，哪里还肯接，就任它响去，它也就百折不挠地响个不停。老婆说，怎么不接手机，是不是我在旁边不方便接？桂平没好气说，我就不接。老婆疑心大发，伸手一抓，冲着那一头怪声道，谁呀，盯这么紧干吗呀。一听是个男声，就没了兴致，把手机往桂平手里一塞，无趣地走开了。桂平捏着手机，虽然心里一千一万个不情愿，但听得手机那头喂喂喂的叫喊，也只得重重地"嗯"了一声，说，喊个魂。正想再冲他两句，那同学却抢先道，桂平啊，明天不用麻烦你了。桂平心里一惊，一喜，还没来得及说话，那同学却又说了，明天不麻烦，不等于永远不麻烦噢。就告诉桂平，刚接到文化局的通知，上级文件刚刚到达，电玩城电玩店一律暂停，市长也没权了，审批权被省里收去了。桂平愣了半天，竟笑了起来，说，笑话笑话，这算什么事，人家市长那边已经安排了时间，难道要我通知市长，我们不去见市长了？那同学笑道，那你另外找个事情去一下吧。桂平气道说，你以后别再来找我。那同学仍然笑，说，那可不行，以后还要靠你的。桂平说，你不是说审批权被省里收去了么，我又不认得省领导。同学说，得了吧，你能认得这么多的市领导，肯定就是一个四通八达的人，省领导必定也能联系上几个的。不过现在还不到时候，情况还不明确，我马上会了解清楚的，如果省里可以松动，到时候要麻烦你帮我一起跑省厅省政府呢。桂平差点喷出一口血来，说，我要换手机了。同学笑道，你以为穿上马甲别人就认不出你了。

第二天桂平硬找了个借口去了市长办公室，见到正襟危坐的市长，心里一慌，好像那市长早已经看穿了他的五脏六腑，忽然就觉得自己找的那借口实在说不出口来，正不知怎么才能蒙混过关，市长却笑了起来，说，你是桂平吧，改革委的办公室主任，桂主任，其实我根本就不认得你噢。桂平大惊失色，说，市长，那你怎么？市长说，嘿，说来话长——市长看了看表，说，反正我们被规定有半小时谈话时间，我就给你说说怎么回事吧——你们都知道的，我们的手机，一直是秘书代替用的，一直在他手里，我自己从来都看不到，听不到，什么也不知道，个个电话由他接，样样事情由他安排布置，听他摆布，我一点主动权也没有，一点自由也没有，因为机关一直就是这样的，前任是这样，前任的前任也是这样，我也不好改变。停顿一下又说，你也知道，我原来是干业务的，忽然到了这个岗位，真的不怎么适应，开始一直忍耐着，一直到昨天下午，我忽然觉得自己忍不下去了，就下了一个决心，试着收回自己用手机的权力，结果，我刚让秘书把手机交给我，第一个电话就进来了，就是你的。当时秘书正站在我面前，看着我，我就让他给安排时间，我要让他知道，没有他我也一样会布置工作，事情就是这样。桂平愣了半天，以为市长在说笑话，但看上去又不像，支吾了一会儿，实在不知道说什么才好，好在那市长并不要听他说话，只是叹息一声，朝他摆了摆手说，不说了，不说了，今后没有这样的事情了，你也打不着我的手机了——我又把手机还给秘书了，我认输了，我玩不过它，就昨天一个下午，从你的第一个电话开始，我一共接了二十三个电话，都是求市长办事的，我的妈，我认输了。停顿了一下，末了又补一句说，唉，我也才知道，当个秘书也不容易啊，更别说你办公室主任了。桂平说，是呀，是呀，烦人呢。市长又朝他看了看，说，对了，我还没问你呢，桂主任，我并不认得你，你怎么会直接打我的手机呢？桂平也便老老实实地把事情的来龙去脉说了出来，市长听了，哈哈地笑了几声，桂平也听不出市长的笑是高兴还是不高兴。

桂平经历了这次虚惊，立刻就换了手机号码，只告知了少数亲戚朋友和工作上有来往的人，其他人一概不说，结果给自己给大家都带来很多麻烦，引来了很多埋怨。但无论出现什么情况，桂平都咬牙坚持住，他要把老手机和手机带来的烦恼彻底丢开，他要和从前的日子彻底告别，他要活回自己，他要自己掌握自己，再不要被手机所掌控。

现在手机终于安安静静地躺在办公桌上，但桂平心里却一点也不安静，百爪挠心，浑身不自在，手机不干扰他，他却去干扰手机了，过一会儿，就拿起来看看，怕错过了什么，但是什么也没有，桂平怀疑是不是手机的铃声出了问题，就调到震动，手机又死活不震动，他拿手机拨自己办公室的座机，通的，又拿办公室的座机打手机，也通的，再等，还是没有动静，就发一条短信给老婆，说，你好吗？信正常发出去了，很快老婆回信说，什么意思？也正常收到了。老婆的信似乎有点火药味。果然，回信刚到片刻，老婆的电话就追来了，说，你干什么？桂平说，奇怪了，今天大半天，居然没有一个电话和一封短信。老婆说，你才奇怪呢，老是抱怨电话多，事情多，今天难得让你歇息，你又火烧屁股。老婆搁了电话，桂平明明知道自己的手机没问题，仍然坐不住，给一个同事打个电话说，你今天上午打过我手机吗？同事说，没有呀。又给另一朋友打个电话问，你今天上午发过短信给我吗？那人说，没有呀。

桂平守着这个死一般沉寂的新号码，不由得怀念起老号码来了，他用自己的新号码去拨老号码，听到"对不起，您拨打的电话已停机"，桂平心里一急，把小李喊了过来，责问说，你把我手机停机了？小李说，咦，桂主任，是你叫我帮你换号的呀。桂平说，我说要换号，也没有说那个号码就不要了呀，那个号码跟了我多少年了，都有感情了，你说扔就扔了？小李说，桂主任，你别急，没有扔，我帮你办的是停机留号，每月支付五元钱，这个号码还是你的，你随时可以恢复的。桂平愣了片刻，说，你怎么会想到帮我办停机留号？小李说，桂主任，我还是有预见的嘛，我就怕你想恢复嘛。桂平还想问，你凭什么觉得我想恢复。但话到嘴边，却没有问出来，连小李一个毛头小子，都把自己给看透了，真正气不过，发狠道，我还偏不要它了，你马上给我丢掉它！小李应声说，好好好，好好好，桂主任，我就替你省了这五块钱吧。

到这天下午，情况忽然发生了很大的变化，打到他手机上的电话多起来，发来的短信也多起来，其中有许多人，桂平明明没有告诉他们换手机的事情，他们也都也打来了。桂平说，咦，奇怪了，你怎么知道我的电话。对方说，哟，你以为你是谁，知道你的电话有什么不了起的。也有人说，咦，你才奇怪呢，我凭什么不能知道你的电话？也有心眼儿小的，生气说，唏，怎么，后悔了，不想跟我联系了？

桂平又恢复了从前的生活，手机从早到晚忙个不停，那才是桂平的正常生活，桂平早已经适应了这样的生活，他照例不停地抱怨手机烦人，但也照例人不离机，机不离人，他只是有点奇怪，这许多人是怎么会知道他的新手机号码的。

一直到许多大以后，他才知道，原来那一天小李悄悄地替他换回了老卡。

生于黄昏或清晨

　　单位里一位离休老同志去世了。这是一件正常的事情。人老了，都会走的。但这一次的情况稍有些不同，单位老干部办公室的两位同志恰好都不在岗，小丁休产假，老金出国看女儿去了，单位里没人管这件事，那是不行的，领导便给其他部门的几个同志分了工，有的上门帮助老同志的家属忙一些后事，有的负责联系殡仪馆布置遗体告别会场，办公室管文字工作的刘言也分到一个任务，让他写老同志的生平介绍。这个任务不重，也不难，内容基本上是现成的，只要到人事处把档案调出来一看，把老同志的经历组织成一篇文字就行了，对吃文字饭的刘言来说，那是小菜一碟。

　　虽然这位老同志离休已经二十多年，他离开单位的时候，刘言还没进单位呢，但是刘言的思维向来畅通而快速，像一条高质量的高速公路，他只在人事处保险柜门口稍站了一会儿，翻了几页纸，思路就理出来了，老同志一辈子的经历也就浮现出来了。档案中有多年积累下来的各种表格，它们相加起来，就是老同志的一生了。这些表格，有的是老同志自己填的，也有是组织上或他人代填的，内容大致相同，即使有出入，也不是什么大的原则性的差错，比如有一份表格上调入本单位的时间是某年的六月，另一份表格上则是七月，年份没错，工作性质没错，只是月份差了一个月，也没人给他纠正，因为这毕竟不是什么大不了的事情。

本来这事情也就过去了，刘言的腹稿都打好了，以他的写字速度，有半个小时差不多就能完成差事了，他把老同志的档案交回去的时候，有片刻间他的目光停留在最上面的这张表格上了，表格上老同志的名字是张箫生，刘言觉得有点眼生，又重新翻看下面的另一张表格，才发现两张表格上的老同志名字不一样，一个是张箫声，一个是张箫生，又赶紧翻了翻其他的表格，最后总共出现了三个不同的版本，除张箫生和张箫声外，还有一个张箫森。刘言问人事处的同志，人事处的同志有经验，不以为怪，说，这难免的，以本人填的为准。刘言领命，找了一份老同志自己亲自填的表格，就以此姓名为准写好了生平介绍。

生平介绍交到老同志家属手里，家属看了一眼就不乐意了，说，你们单位也太马虎了，把我家老头子的名字都写错了，我家老头子，不是这个"声"，是身体的"身"。刘言说，我这是从档案里查来的，而且是你家老同志亲自填写的。家属说，怎么会呢，他怎么会连自己的名字都填错了呢。刘言说，不过他的档案里倒是有几个不同名字，但不知道哪一个是准的。家属说，我的肯定是准的，我是他的家属呀，我们天天和他的名字在一起，这么多年，难道还会错。刘言觉得有点为难，老同志家属说的这个"身"字，又是一个新版本，档案里都没有，以什么为依据去相信她呢？

他拿回生平介绍，又到人事处把这情况说了一下，人事处同志说，这不行的，要以档案为准，怎么能谁说叫什么就叫什么呢，那玩笑不是开大了。刘言说，可即使以档案为准，老同志的档案里，也有着三种版本呢。人事处同志说，刚才已经跟你说过这个问题了，你怎么又绕回来了呢？刘言的高速公路有点堵塞了，他挠了挠头皮说，绕回来了？我也不知怎么就绕回来了，难怪大家都说，机关工作的特点，就是直径不走要走圆周，简单的事情要复杂化嘛。人事处的同志笑了笑，说，你要是实在不放心，不如到老同志先前的单位再了解一下，他在那个单位工作了几十年，调到我们单位，不到两年就退了，那边的信息可能更可靠一点。

刘言开了介绍信就往老同志先前的单位去了，找到老干部处，是一位女同志接待他，看了看介绍信，似乎没看懂，又觉得有些不解，说，你要干什么？刘言把事情经过简单说了，女同志"噢"了一声，说，我也是新来的，不太熟悉，我打个电话问问。就打起电话来，说，有个单位来了解老张的事情，哪个老张？她看了看刘言带来的介绍信，说，叫张箫声，这个声，到底对不对，到底是哪个sheng(shen、seng、sen)，是声音的声音，还是身体的身？还是——她看了看刘言，刘言赶紧在纸上又写出两个，竖起来给她看，她看了，对着电话继续说，还是森林的森，还是生活的生——什么？什么？噢，噢，我知道了，原来是这样。女同志放下电话，脸色有点奇怪，有点不乐，对刘言道，这位同志，你搞什么东西，老张好多年前就去世了，你怎么到今天才写他的生平介绍？刘言吓了一跳，说，怎么可能，张老明明是前天才去世的，我们领导还到医院去送别了他呢。女同志半信半疑地看了看他，最后还是相信了他的话，说，肯定老胡那家伙又胡搞了。他以为女同志又要打电话询问，结果她却没有打，自言自语说，一个个信口开河，胡说八道，谁都不可靠，还是靠自己吧。女同志就自己动手翻箱倒柜找了起来，翻了一会儿，才发现了自己的问题，停下来说，咦，不对呀，他人都已经调到你们那里了，材料怎么还会在我这里？刘言说，我不是来找材料的，我只是来证实一下他的名字到底是哪一个。女同志说，噢，那我找几个人问问吧。丢下刘言一个人在她的办公室，自己就出去了。这个女同志有点大大咧咧，刘言却不想独自待在陌生人的办公室里，万一有什么事情也说不清，就赶紧跟出来，看到女同志进了对面一间大办公室，大声问道，张箫声，张箫声你们知道吗？大家都在埋头工作，被她突然一叫，有点发愣，闷了一会儿，有一个人先说，张箫声，知道的，是位老同志了，什么事？女同志说，走了，名字搞不清，他现在的单位来了解，他到底叫张箫哪个"sheng(shen、seng、sen)"。另一个同志说，唉，人都走了，搞那么清楚干什么，又不是要提拔，哪个"sheng(shen、seng、sen)"都升不上去了。女同志说，别搞了，人家守在那里等答案呢。大家就七嘴八舌地说起来，说什么的都有，但好像都没有什么依据，有分析的，有猜测的，有推理的。不一会儿，大伙儿给老同志名字的最后一个字，又添加了好几个新版本，有一个人甚至连肾脏的肾都用上了。女同志头都大了，说，哎哟哎哟，人家就是搞不准，才来问的，到咱们这儿，让你们这么一说，岂不是更糊涂了？刘言也觉得这些人对老同志也太不敬重了，说话轻飘飘的，好像老同志不是去世了，而是坐在办公室里等着大家调侃呢。

女同志一咋呼，大家就停顿下来，停顿了一会儿，忽然有个人说，是老张吗，是张箫sheng(shen、seng、sen)吗，我昨天还在公园里遇见他的呢，怎么前天去世了呢？女同志惊叫一声说，见你的鬼噢！另有一个女同志失声笑了起来，但笑了一半，赶紧捂住嘴。先前那人想了半天，才想清楚了，赶紧说，噢，噢，我收回，我收回，我搞错了，昨天在公园里的不是他，是老李，我对不起。于是大家纷纷说，也没什么对不起的，时间长了就这样，这些老同志退了好多年，平时也见不着他们，见了面也不一定记得，搞错也是难免的。

刘言不想再听下去了，悄悄地退了出来，那女同志眼尖，看见了，在背后追着说，喂，喂，你怎么走啦？可是你自己要走的，回去别汇报说我们单位态度不好啊。刘言礼貌道，说不上，说不上，跟我们也差不多。

刘言重新回到老同志家，看到老同志的遗像挂在墙上，心里有些不落忍，对他家属说，还是以您说的身体的"身"为准吧。老同志家属说，果然吧，肯定还是我准，如果我都不准，还有什么更准的？刘言掏出生平介绍，打算修改老同志的姓名，不料却有一个人出来反对，她是老同志的女儿。女儿跟母亲的想法不一样，女儿说，妈，你搞错了，我爸的"sheng"字是太阳升起来的"升"。她妈立刻生起气来，当场拉开抽屉，拿出户口本来，指着说，在这儿呢。刘言接过去一看，张箫身，果然不差。刘言以为事情终于可以告一段落了，可是那女儿却也掏出一个户口本来，说，这是我家的老户口本。两个户口本的封皮不一样，一个是灰白色的硬纸板封皮，一个是暗红色的塑料封皮，一看就知道是时代的标志和差异。但奇怪的是母亲拿的是新户口本，女儿拿的反而是老户口本。刘言说，你们换新本的时候，老本没有收走吗？那女儿说，我们不是换本，我们是分户，我住老房子，所以收着老本，老本上，我爸明明是张箫升，升红旗的升。老太太仍然在生气，说，反正无论你怎么说，老头子是我的老头子，不会有人比我更知道他。女儿见妈不讲理了，说话也不好听了，说，难道你亲眼看见我爷爷奶奶给我爸取名的吗？老太太说，哼，一口锅里吃了六十多年，就等于是亲眼看见一样。女儿说，就算亲眼看见，都八十多年了，说不定早就搞混了。老太太气得一转身进了里屋，还重重把门关闭了。

刘言手里执着那份生平介绍，陷入了僵局，不知该怎么办了。那女儿却在旁边笑起来，说，咳，这位同志，别愁眉苦脸的，没什么为难的，你就按我妈说的写吧。刘言说，那你没有意见，你不生气？那女儿说，咳，我生什么气呀，哪来那么多气呀，我也就看不惯我妈，样样事情都是她正确，我得跟她扭一扭，现在扭也扭过了，至于我爸到底是"声"还是"身"还是"升"，人都不在了，管那还有什么意思呢。刘言如遇大赦，正要改写，忽见那老太太又出来了，手里举着几张证件，说，搞不懂了，搞不懂了。

原来老太太被女儿一气之下，就进里屋找证据去了，结果找出来好些证件，有身份证、工作证、医疗证、离休证、老年证、乘车证等等，可是这些证件上的名字，居然都不统一。老太太气得说，怎么搞的，怎么搞的，这些人，不像话。那女儿却劝她妈说，妈，你怎么怪别人呢，你自己平时就没注意没关心嘛，你要是平时就注意就关心了，错的早就改了嘛。老太太说，改？这么多不同的字，照哪个改？那女儿嘻嘻一笑，说，照你的改吧。老太太这才把气生完了，看着刘言按照她的说法改了老张的全名叫张箫身，接过那生平介绍，事情算是办妥了。

刘言回到单位，把这遭遇说给大家听，大家听了，说，刘言你这么认真干吗？人都不在了，搞那么准，有必要吗？另一同事说，你追查清楚了想干什么呢，告慰老张吗？又说，你可别告慰错了，弄巧成拙。刘言想辩解几句，但想了半天，却不知道该辩解什么，也不知道该替谁辩解，最后到底也没有说出一句话来。

那天回家，刘言把自己的几件证件找出来，一一核对，不同证件上自己的名字是完全一致的，这才放了点心。但是老婆觉得奇怪，问他干什么，刘言说，我看看我的名字。老婆更奇怪了，说，这有什么好看的，名字生下来就跟着你了，难道今年会换一个名字？刘言既然心里落实了，也就没再吱声。

不几日就到清明了，刘言带着老婆女儿回家乡上坟，遇到一老乡，咧开嘴朝他笑。他认不出老乡了，但看着那没牙的黑洞洞，觉得十分亲热，但也有点不好意思，便也笑了笑，点点头，想蒙混过去。不料老乡却亲热地挡住他，说，小兔子，你回来啦？女儿在旁边"哧"地一声笑了出来，说，哎嘿嘿，小兔子，啊哈哈，小兔子。越想越好笑，竟笑疼了肚子，弯着腰在那里"哎哟哎哟"地喊。刘言愣了一会儿说，大叔，你认错人了，我不是小兔子。老乡说，你怎么不是小兔子，你就是小兔子，你打小就是小兔子。刘言说，我排行第四，所以小名就叫小四子。那老乡说，我不是喊你小名，你是属兔的，所以喊你小兔子。刘言"啊哈"了一声，说，果然你记错了，我不属兔，我属小龙。老乡见他说得这么肯定，也疑惑起来，盯着他的脸又看了一会儿，说，你是老刘家的老四吗？刘言说，是呀。老乡一拍巴掌道，那不就对了，就是你，小兔子，你小时候都喊你小兔子。刘言说，我怎么不记得了。老乡奇怪说，你们从乡下人变成城里人，难道连属相都要跟着变吗？刘言说，我可没有变，我生下来就属小龙的。老乡也不跟他争了，喊住路上另外两个老乡，问道，老刘家的老四，属什么的？那两老乡也朝刘言瞧了几眼，一个说，老刘家老四，属狗的，小时候叫小狗子。另一个说，不对不对，老四属猴。刘言赶紧说，小时候叫小猴子吧。他老婆和女儿都笑得前仰后合，说，不行了，不行了，肠子要断掉了。老乡不知道她们俩笑的什么，感叹说，城里人日子好过，开心啊。

刘言也不再跟他们计较了，上了坟就赶紧到大哥家去。他兄弟四个，只有大哥一家还在农村，兄弟俩到饭桌上，先洒了点酒在地上祭了父母，然后就喝起来。大哥寡言，喝了酒也不说话，刘言代二哥三哥打招呼说，本来他们也是要回来的，因为忙，没走得成。大哥说，忙呀。刘言又说，不过他们都挺好的，让大哥放心。大哥跟着说，放心。刘言说一句，大哥就跟着应一句，刘言不说话，大哥也就不作声，就好像刘言是大哥，而大哥是老四似的。后来大嫂过来给刘言斟酒，说，老四啊，明年是你大哥的整生日，做九不做十，今年就要做了，你跟老二老三说一下。大哥说，咳呀。意思是嫌大嫂多事，但大哥话没说出口来，刘言也没听进耳去，因为刘言心里被"整生日"这说法触动了一下，说，大哥，你都六十啦。本来他已经把路上那老乡的事情丢开了，但喝了喝酒，又听到说大哥六十了，就觉得那岁月的影子还在心里搁着，一会儿就隐隐地浮上来，一会儿又隐隐地浮上来，忍不住说，大哥，你属什么的？大嫂笑道，老四你做官做糊涂啦，你跟你大哥差十二岁，同一个属相。刘言说，属小龙。大嫂说，咦，哪里是小龙，属大龙的。刘言说，奇了，我一直是属小龙的呀。大嫂说，噢，也可能你小时候给搞差了吧。见刘言有点懵，又劝说，老四，没事的，小时候搞差的人多着呢，我姐的年龄给搞差了五岁呢，也不照样过日子。口气轻描淡写。还是大哥知道点儿刘言的心思，说，城里人讲究个年龄，不像乡下人这样马马虎虎。大嫂有点儿不高兴，说，那就算我没说，老四你该几岁还几岁，该属什么还属什么。大家就没话了。

离了大哥家，刘言三口人到乡上的旅馆住下。那娘儿俩嫌刘言打呼噜，便合睡一间，让刘言单独睡一间。刘言夜里听到乡下的狗叫，想起小时候的许多事情，结果就梦见了母亲，刘言赶紧问道，娘，老四是属小龙的吧。母亲笑眯眯的，眼睛雪亮，说，生老四的时候，天气好热，天都快黑了，还没生下来，后来就点灯了，也巧了，一点灯，就生了。刘言说，娘，你记错了吧，我是冬天生的，早晨七八点钟，太阳升起来的时候。母亲摇了摇头，转身就走了。刘言急得大喊，娘，你不能走，你走了，我再也不知道我是什么时候生的了。可是母亲还是头也不回地走了。刘言大哭起来，把自己哭醒了。好半天才回过神来，心里悠悠的，摸不着底。看看窗外，天已亮了，乡镇的街上已经人来人往了。刘言起来到隔壁房间门口听了听，那娘儿俩还睡着呢。刘言给老婆发了一个短信，自己就出来了。

到了街上，打听到乡派出所，刘言进去一看，已经有很多人来办事了，围着一张办公桌，吵吵嚷嚷的，他插上去探了一下脑袋，那守在办公桌边的警察朝他看看，说，排队。又看他一眼说，你是外面来的？刘言赶紧说，是，是。警察说，那也得排队。刘言空欢喜了一下，发现大家都朝他看，有点尴尬，往后退了退，心里着急，这么多人，也不知道要等多长时间才轮到他，在后边站了站，听出来警察正在断事情呢，听了几句，觉得这警察虽然歪瓜裂枣、其貌不扬，说话倒是很在理，很有水平，也很利索，刘言干脆安下心等了起来。

两个老乡争吵，是为了一头猪，说是一家的猪跑到了另一家的猪圈去了，怎么也不肯回去，后来硬拖回来了，总觉得不是他家那头，咬定邻居偷梁换柱，又上门去闹，结果打起来，一个打破了头，一个撕破了衣裳。警察听了，问道：猪呢？那两人同时说，带来了，在院子里等着呢。警察就离了办公桌往外拱，大家自觉地让出一条道，除了那俩当事人，无关的人也一起出来围在院子里，那两头猪果然被牵在树上。警察朝那两头猪瞄了一眼，笑了起来，说，嚯，真像呐，难怪分不出来了。那逃跑的猪的主人指着其中一头猪说，喏，这是我家的。说过之后，却又怀疑起来，挠了挠脑袋，说，咦，是不是呢？警察说，你自己都分不清，怎么说人家偷换了呢。那老乡上前抓住猪的一条腿，扯了起来，神气地说，看吧，我做了记号的。一看，果然猪腿上扎了一根红绳子，因为沾满了猪粪，黑不溜秋，不仔细看是看不出来的。警察说，这猪是你的？那老乡说，本来是我的，逃到他家去了，他又还给我了，但我看来看去，觉得不是它。警察问另一老乡，你说呢。那一老乡委屈说，他说他做了记号的，记号明明在他家猪身上，他却又不承认。这一老乡说，谁晓得呢，猪在你家圈里待了两天，不定你把记号换过来了。警察说，你有证据吗？老乡说，我有证据就不来找你了。警察说，找我我也是要找证据的，证据就是这猪腿上的这根绳子，既然这根绳子在你家这猪腿上，这就是你的猪，你服不服？老乡倔着脑袋，说，我不服。警察说，那你的意思是什么呢，你觉得那猪是你的？老乡被问住了，走到那猪跟前，蹲下来，仔仔细细地看来看去。警察说，看够了没有，它是不是你的猪？老乡说，我吃不准，反正，反正，我心里不踏实。警察说，你是觉得你那猪变小了，变瘦了？老乡说，小多了，瘦多了。警察说，你是想要胖一点的那猪？老乡说，那当然，我家猪本来就比他家猪胖。警察说，那你觉得它们俩哪个胖一点？老乡又朝两头猪看了半天，也看不出来哪个更胖一点，说，我眼睛看花了。警察指了其中一头说，喏，这头胖一点。那老乡不依，说，我怎么觉得那头胖。警察说，弄杆秤来。刘言起先以为警察在挖苦他们，哪里想到真有人弄了秤来，是个带轮子的秤，轰隆轰隆地推过来，把猪绑了抬上去称，在猪的撕心裂肺杀猪般的叫喊声中，两头猪分量称出来了，它俩商量好了似的，居然一般重。警察笑道，随你挑了。那老乡还是不依，说，分量虽是一样重，但肉头不一样，我家的猪吃得好，他家的猪吃的什么屁。给猪吃屁的那老乡见两头猪一般重，就想通了，不恼了，说，换就换吧。就把腿上带绳子那猪牵到自己手里。给猪做记号这老乡换了一头猪之后，牵着猪走了几步，又觉不靠谱，说，这是我的猪吗？警察骂道，你就是个猪。老乡说，你警察怎么骂人呢。警察说，你连自己是什么你都搞不清，还来搞猪的身份。这老乡不作声了，朝着被别人牵走的那头猪看了又看，有点依依不舍，说，我们还是换回来吧。那老乡好说话些，说，换回就换回。两人重又交换了猪。警察又笑道，白忙了吧。

　　两个人和两头猪走了以后，下面轮到的是一桩不养老的事情，一个老娘，两个儿子，都不肯养老，老大老二各自有新房子，老母亲住在旧屋里，七老八十了，没有生活来源。警察说，老大出二百，老二出一百。结果两个儿子均不承认自己是老大。问那老母亲，哪个是老大，老母亲老眼昏花，支支吾吾竟然连哪个是大儿子都说不清。警察恼了，说，两个儿子，不分大小，一人二百。两个儿子不服，说，这事情不该你警察管，该法官管。警察说，那你们找法官去。两儿子说，找法官也没用。警察说，知道没用就好，走吧走吧，一人二百。两儿子又互相责怪起来，言语难听，不过没动手，最后还是领了警察的命令走了。那老母亲蹒跚地跟在后面，撵不上两个儿子，喊着，等等我，等等我。

轮到刘言的时候，警察已经很辛苦了，但仍然认真地听了刘言的话，说，你想要证明一下自己的年龄？又说，你身份证丢了吧？刘言说，身份证没丢。警察怀疑地看看他，说，身份证没丢？拿来我看看。刘言拿出身份证交给警察，警察一看，笑了起来，你要查出生年月日，这上面不就是你的出生年月日。刘言说，可是这次我回乡，老乡说我是属兔子的，又说是属大龙的。警察说，老乡的话你也听得？刚才你都见了吧，猪也分不清，老大老二也分不清，他们还想搞清你属什么？刘言说，不是他们想搞清，是我自己想搞清。警察说，笑话了，你自己的年龄你自己都不知道，那你自己是谁你知不知道呢？刘言同志，你可是有身份证的人，你可是有身份的人噢。刘言说，可有时候身份证上的信息并不可靠。警察说，身份证都不可靠，什么可靠呢？刘言说，所以我想来了解一下，就是我小时候家里头一次给我上户口时到底是怎么写的，到底是哪一年哪一月哪一日。警察听了，沉默了一会儿，眼神渐渐地警觉起来了，说，你查自己的年龄干什么，想把年龄改小是吧？少来这一套，你这样的人我见多了，要提干升官了，把你娘屙你出来的时辰都敢改掉，不过你别想在我这儿得逞。刘言说，我不是要改小，也不是要改大，只是要弄清楚自己到底属什么，查清楚了，说不定是要改大呢。警察惊讶说，改大？那你岂不傻了，改大了有什么好处？现在当官进步，年龄可是个宝，万万大不得，别说大一年两年，不巧起来，大一天两天都不行。刘言说，我不是要改，我只是想弄清楚了。警察听了，又想了一会儿，理解了刘言的心情，同情地说，倒也是的，一个人连自己的出生年月日都搞不准，那算什么呢。刘言赶紧道，是呀，警察同志，就麻烦你替我查一查吧。警察说，你知道我这派出所管多少人多少事，要是什么烂事都来找我，我不叫派出所，我叫垃圾站得了。警察虽然啰里啰嗦，废话不少，但还是起了身朝里边走，嘴里嘀咕说，我去查，我去查，几十年前的存根，在哪里呢？

刘言感觉就不对，果然那警察刚一进去就出来了，脸色很尴尬，说，对不起，那些存根不在这里，我大概翻错了地方。刘言想，我几乎就料到你会这么说。话没出口，感觉有人在拉扯他的衣服，回头一看，女儿不知什么时候已经站到了他的身后，老婆也跟来了，站在一边，抿着嘴笑。刘言被女儿拉着揪着，分了心，眼睛也花了。再看警察时，就觉得警察的脸很不真切，模模糊糊的，刘言顿时就泄了气，他是指望不上这个认真而又模糊的警察了，他也不想证明自己到底是大龙小龙还是小兔子了，跟着女儿就往外走。那警察却不甘心，在背后喊道，哎，哎，你怎么走了？你等一等，我帮你查。刘言说，算了算了，我不查了。警察说，不查怎么行，一个人连自己的出生年月都搞不清，那算什么？刘言说，我搞得清，身份证上就是我的出生年月。警察说，身份证也有出错的时候。他见刘言执意要走，有些遗憾，最后还顽强地说，那你留一个联系电话吧，等我空一些，一定帮你查，查到了我会立刻打电话告诉你。眼睛就直直地盯着刘言手里的手机，刘言只得留下了手机号码。

一家人往外走的时候，有一个老乡正在往里挤，边挤边大声叫喊，钱新根，钱新根，你不要老卯钱新根。那警察说，我老卯怎么啦。刘言才知道这警察叫钱新根。那老乡说，钱新根，你再老卯，我就把你捅出来。警察说，你捅呀，你有种现在就捅。那老乡见钱新根无畏，反而退缩了，口气软下来，大喊大叫变成了小声嘀咕，说，你以为我不敢？你以为我不敢？警察说，我正等着你呢。刘言三人走出了派出所的院子，后面的话，也就听不清了。

开车回去的路上，老婆和女儿对乡下人的这些可笑之事，又重新笑得人仰马翻的。刘言心里不乐，想起单位里刚去世的老同志张箫sheng(shen、seng、sen)的事情，说，你们也别这么嘲笑人家，有些事情，并不是城里人和乡下人的区别。老婆和女儿不知道他的遭遇，所以不理解他的心思，不同意他的说法，说，城里没见过这等事，下乡来才见到。

快到家的时候，刘言接到学校老师的电话，喊家长到学校去谈话。刘言问女儿在学校犯什么错了，女儿说，我犯什么错，我才不犯错，喊你们去是表扬我呢。刘言跟老婆商量谁去，老婆说，那老师年纪不大，倒像更年期了，说话呛人，我不去。

就只好刘言去了，老师告诉刘言，他女儿把学校填表的事情当儿戏，一式两份表格，父亲的职务级别居然不同，一份填的是科长，一份填的是处长。老师说，刘先生，你有提拔得这么快吗？在填第一张表格和第二张表格的时间里，你就由科长当上处长了？刘言目前既不是科长，也不是处长，是个副处长，熬那处长的位置也有时间了，没见个风吹草动，正郁闷呢，女儿倒替他把官升了。

刘言回家责问女儿捣什么蛋，女儿说，噢，我没捣蛋，一不留神随随便便就写错了吧。刘言批评说，你也太没心没肺了，表格怎么能随便瞎填呢。女儿不服，说，这有什么，填什么你不都是我爸？又说，你还说我呢，你自己又怎么样，从来不出差错吗，小兔子同志？刘言一生气，说，你怎么不把自己的生日填错呢。老婆在一边替女儿抱不平了，说，刘言你吃枪子儿了，女儿的生日怎么会错？她又不是你，她的出身证就在抽屉里，你要不要再看一看。刘言火气大，呛道，那也不一定，医院也有搞错的时候。老婆见刘言平白无故发脾气不讲理，性子也毛躁了，言语也呛人了，说，那医院还会犯更大的错呢，护士还会抱错孩子呢，你还可以怀疑她不是你亲生的，你要不要去做个亲子鉴定啊？刘言投了降，说，算了算了。

过了些日子，刘言的一个朋友过生日，办个生日派对，刘言去了，就问那朋友，你这生日，这年这月这日，最早是谁告诉你的？朋友愣了半天，说，咦，你这算什么问题，生日当然是从父母那里知道的啦，难道你不是？刘言说，我父母都不在了。朋友又愣了愣，捉摸不透刘言要干什么，说，怎么，父母不在了，生日就不是生日啦？刘言说，趁你父母健在，赶紧回去搞搞清楚，父母说的话，未必就是真相啊。朋友说，生你养你的人，怎会不知道真相啊？刘言说，最真实的东西也许正是最不真实的东西。朋友见他神五神六，不理他了，忙着去招呼其他人。一位来参加派对的客人听了他们的对话，又看了看刘言，说，刘言，你好像话里有话嘛。刘言说，你呢，你的生日你是怎么知道的？你父母告诉你的吗？这客人说，我家户口本上写着呢。刘言说，你那户口本是哪里来的呢？这客人翻了翻白眼，撇开脸去，不再和刘言搭话了。

大家喝酒庆生，刘言喝了点酒，指着过生日的朋友说，今天真是你的生日吗？朋友见刘言一而再再而三地对他的生日提出异议，不满道，刘言，你什么意思？刘言又说，你能肯定你真是今天生出来的吗？你能肯定你这几十年日子是你自己的日子吗？你真的以为你就是你自己吗？你有没有想过，你辛辛苦苦努力的，可能根本就不是你的人生呢。大家都被刘言的话怔住了，怔了半天，有一个人先回过神来了，一拍桌子大笑起来，指那过生日的朋友说，啊哈哈哈，原来你是个私生子啊？朋友气得不行，手指着刘言，有话却说不出来，憋得嘴唇发紫发青。大家赶紧圆场，说，喝多了喝多了，刘言喝多了。也有人说，奇了奇了，从前他再喝三五个这么多，也不会醉。还有人说，废了废了，刘言废了。

其实刘言并没有喝多，他只是听到大家左一口生日快乐右一口生日快乐，句句不离生日，搞得跟真的一样，心里犯冲，就觉得"生日"那两字很陌生，很虚无，他不能肯定到底是谁在过生日，也不能肯定这生日到底是谁的，便借着点酒意发挥了一下，让自己逃了出来，逃离了那个不真切的、模糊的、虚幻的"生日"。

刘言走出来的时候，手机响了，是一个陌生的号码，那个人说，刘先生你好，我就是那个警察呀。见刘言不回答，那警察又说，刘先生你忘记我了？我就是乡下那个叫钱新根的警察，其实我又不是那个叫钱新根的警察。刘言说，你帮我查到出生年月日了吗？警察说，我打电话给你，就是要跟你说一声对不起，我现在不当警察了，不过不是因为我干得不好，是因为我是个冒名顶替的。刘言说，原来警察也是假的。那警察说，也不能算是假的噢，钱新根是我的堂兄，他部队转业回来，上级安排他当民警，开始他答应了，后来又不想干了，要出去混，可是放弃警察又太可惜，就让我去顶替了，我是他的堂弟，长得很像的。刘言说，你被发现了？那警察说，我不是被发现的，我堂兄在外面混不下去，又回来要当警察了，就把我赶走了，我下岗了。刘言说，荒唐。那警察说，不荒唐的，只可惜我没有来得及替你查到出生年月，其实我已经快要接近真相了，我已经知道那些存根在哪里了。刘言说，那些存根就很可靠吗，也许当初就有人写错了呢。那警察说，所以呀，所以说很对不起你，我正在争取重新当警察，以后如果能够重新当上，我一定替你寻找证明，我一定查出你的真正的不出一点差错的出生年月日。刘言说，你不叫钱新根，你叫个什么呢。那警察说，我叫钱新海，跟我堂兄的名字就只差一个字。刘言听了，眼前就浮现出那警察的面貌来，心里有些苍凉，说，谢谢你，钱新海，就挂断了手机。

城乡简史

自清喜欢买书。买书是好事情，可是到后来就渐渐地有了许多不便之处，主要是家里的书越来越多。本来书是人买来的，人是书的主人，结果书太多了，事情就反过来了，书挤占了人的空间，人在书的缝隙中艰难栖息，人成了书的奴隶。在书的世界里，人越来越渺小，越来越压抑，最后人要夺回自己的地位，就得对书下手了。怎么下手？当然是把书处理掉一部分，让它还出位置来。这位置本来是人的。

自清的家属特别兴奋，她等了许多年终于等到了这一天，对于家里摆满了的书，她早就欲除它们而后快。在自清的决心将下未下、犹犹豫豫的这些日子里，她没有少费口舌，也没有少花心思，总之是变着法子说尽书的坏话。家里的其他大小事情，一概是她做主的，但唯一在书的问题上，自清不肯让步，所以她也只能以理服他，再以事实说话。她拿出一些毛料的衣服给他看，毛料衣服上有一些被虫子蛀的洞，这些虫子，就是从书里爬出来的，是银灰色的，大约有一厘米长短，细细的身子，滑起来又快又溜，像一道道细小的闪电，它们不怕樟脑，也不怕"敌杀死"，什么也不怕，有时候还成群结队大摇大摆地在地板上经过，好像是展示实力。后来自清的家属还看到报纸上有一个说法，一个家庭如果书太多，家庭里的人常年呼吸在书的空气里，对小孩子的身体不好，容易患呼吸道疾病，自清认为这种说法没有科学性，但也不敢拿孩子的身体来开玩笑。就这样，日积月累，家属的说服工作，终于见到了成效，自清说，好吧，该处理的，就处理掉，屋里也实在放不下了。

处理书的方法有许多种，卖掉，送给亲戚朋友，甚至扔掉。但扔掉是舍不得的，其中有许多书，自清当年是费了许多心思和精力才弄到手的，比如有一本薄薄的书，他是特意坐火车跑到浙江的一个小镇上去觅来的，这本书印数很少，又不是什么畅销书，专业性比较强，这么多年下来，自清从来没有在别的地方看到过它，现在它也和其他要被处理的书躺在了一起。自清看到了，又舍不得，又随手拣了回来，他的家属说，你这本也要拣回来那本也要拣回来，最后是一本也处理不掉的，家属的话说得不错，自清又将它丢回去，但心里有依依惜别隐隐疼痛的感觉。这些书曾经是他的宝贝，是他的精神支柱，一些年过去了，他竟要将它们扔掉？自清下不了这样的手。家属说，你舍不得扔掉，那就卖吧，多少也值一点钱。可是卖旧书是三钱不值两钱的，说是卖，几乎就是送，尤其现在新书的书价一翻再翻，卖旧书却仍然按斤论两，更显出旧书的贱，再加上收旧货的人可能还会克扣分量，还会用不标准的秤砣来坑蒙欺骗。一想到这些书像被捆扎了前往屠宰场的猪一样，而且还是被堵住了嘴不许嚎叫的猪，自清心里就有说不出的难过，算了算了，他说，卖它干什么，还是送送人吧。可是谁要这些书呢，自清的小舅子说，我一张光盘就抵你十个书屋了，我要书干什么？也有一个和他一样喜欢书的人，看着也眼馋，家里也有地方，他倒是想要了，但他的老婆跟自清的家属不和，说，我们家不见得穷得要捡人家丢掉的破烂。结果自清忍痛割爱的这些书，竟然没个去处。

正好这时候，政府发动大家向贫困地区的学校捐赠书籍或其他物资，自清清理出来的书，正好有了去处，捆扎了几麻袋，专门雇了一辆人力车，拖到扶贫办公室去，领回了一张荣誉证书。

时隔不久，自清发现他的一本账本不见了。自清有记账的习惯，从很早的时候就开始了，许多年坚持下来，每年都有一本账本，记着家里的各项收入和开支。本来记账也不是一件很特别的事，许多家庭里都会有一个人负责记账，也是常年累月坚持不变的。但自清的记账可能和其他人家还有所不同，别人记账，无非就是这个月里买了什么东西，用了多少钱，再细致一点的，写上具体的日期就算是比较认真的记法了。总之，家庭记账一般就是单纯地记下家庭的收入和开销，但自清的账本，有时候会超出账本的内容，也超出了单纯记账的意义，基本上像是一本日记了，他不仅像大家一样记下购买的东西和价钱，记下日期，还会详细写下购买这件东西的前因后果、时代背景，周边的环境，当时的心情，甚至去那个商店，是怎么去的，走去的，还是坐共交车，或者是打的，都要记一笔，天气怎么样，也是要写清楚的，淋没淋着雨，晒没晒着太阳，路上有没有堵车，都有记载，甚至在购物时发生的一些与他无关、与他购物也无关的别人的小故事，他也会记下来，比如某年某月某日的一次，他记下了这样的内容：下午五时二十五分，在鱼龙菜场买鱼，两条鲫鱼已经过秤，被扔进他的菜篮子，这时候一个巨大的劈雷临空而降突然炸响，吓得鱼贩子夺路而逃，也不要收鱼钱了，一直等到雷雨过后，鱼贩子不知从哪里冒了出来，自清再将鱼钱付清，以为鱼贩子会感动，却不料鱼贩子说，你这个人，顶真得哎。好像他们两个人的角色是倒过来的，好像自清是鱼贩子，而鱼贩子是自清。这样的账本早已经离题万里了，但自清不会忘记本来的宗旨，最后记下：购买鲫鱼两条，重六两，单价：5元/斤，总价：3元。这样的账本，有点喧宾夺主的意思，记账的内容少，账外的内容多，当然也有单纯记账的，只是写下，某年某月某日某时在某某街某某杂货店购买塑料脸盆一只，蓝底绿花，荷花。价格：1元3角5分。

但是自清的账本，虽然内容多一些杂一些，却又是比较随意的，想多记就多记一点，想少写就少写一点，心情好又有时间就多记几笔，情绪不高时间不够就简单一点，也有简单到只有自己能够看得懂的，比如：手：175元。这是记的缴纳的手机费，换一个人，哪怕是他的家属，恐怕也是看不懂的。甚至还有过了几年后连他自己都看不懂的内容，比如：南吃：97元。这个"南吃"，其实和许许多多的账本上的许许多多内容一样，过了这一年，就沉睡下去了，也许永远也不会再见世面的，但偏偏自清有个习惯，过一段时间，他会把老账本再翻出来看看，并没有什么目的，也没有什么意义，甚至谈不上是忆旧什么的，只是看看而已，当他看到"南吃"两个字的时候，就停顿下来，想回忆起隐藏在这两个字背后的历史，但是这一小片历史躲藏起来了，就躲藏在"南吃"两个字的背后，怎么也不肯出来，自清就根据这两个字的含义去推理，南吃，吃，一般说来肯定和吃东西有关，那么这个南呢，是指在本城的南某饭店吃饭？这本账本是五年前的账本，自清就沿着这条线去搜索，五年前，本城有哪些南某饭店，他自己可能去过其中的哪些？但这一条路没有走通，现在的饭店开得快也关得快，五年前的饭店现在已经没有人记得清楚了，再说了，自清一般出去吃饭都是别人请他，他自己掏钱请人吃饭的次数并不多，所以白清基本上否定了这一种可能性。那么"南吃"两字是不是指的在带有南字的外地城乡吃饭，比如南京，比如南浔，比如南方，比如南亚，比如南非，等等，采取排除法，很快又否定了这些可能性，因为自清根本就没有去过那些地方，他只去过一个叫南塘湾的乡镇，也是别人请他去的，不可能让他埋单吃饭。自清的思路阻塞了，他的儿子说，大概是你自己写了错别字，是难吃吧？这也是一条思路，可能有一天吃了一顿很难吃的饭，所以记下了？但无论怎么想，都只能是推测和猜想，已经没有任何的记忆更没有任何的实物来证明"南吃"到底是什么，这90多块钱，到底是用在了什么地方。好在这样的事情并不多，总的来说，自清的记账还是认真负责的。

自清的账本里有许多账目以外的内容，但说到底，就算是这样的账本，也并没有什么重大的意义，甚至也没有什么实际的作用。自清的初衷，也许是想用记账的形式来约束自己的开销花费，因为早些年大家的经济都比较拮据，总是要想尽一切办法节约用钱，记账就是办法之一，许多人家都这么办。而实际上是起不到多大的作用的，该记的账照记，该花的钱还是照花，不会因为这笔钱花了要记账，就不花它了。所以，很多年过去了，该花的钱也花了，甚至不该花的也花了不少，账本一本一本地叠起来，倒也壮观，唯一的用处就是在自清有闲心的时候，会随手抽出其中一本，看到是某某年的，他的思绪便飞回这个某某年，但是他已经记不清某某年的许多情形了，这时候，账本就帮助他回忆，从账本上的内容，他可以想起当年的一些事情，比如有一次他拿了1986年的账本出来，他先回想1986年是一个什么样的年头，但脑子里已经没有具体的印象了，账本上写着，1986年2月，支出部分。2月3日支出：16元2角（酒：2元，肉皮：1元，韭菜：8角，点心：1元，蜜枣：1元3角，油面筋：4角，素鸡：8角，花生：5角，盆子：8元4角）。在收入部分记着：1月9日，自清月工资：64元。

当年的账本还记得比较简单，光是记账，但只是看看这样的账，当年的许多事情就慢慢地回来了，所以，当自清打开旧账本的时候，总是一种淡淡的个人化的享受。

如果一定要找出一点实际的作用，在自清想来，也就是对下一代进行一点传统教育，跟小孩子说，你看看，从前我们是怎么过日子的，你看看，从前我们过个年，就花这一点钱。但对自清的孩子来说，似乎接受不了这样的教育，他几乎没有钱的概念，就更没有节约用钱的想法，你跟他讲过去的事情，他虽然点着头，但是目光迷离，你就知道他根本没有听进去。

自清开始的时候可能是因为经济条件差，收入低，为了控制支出才想到记账的，后来条件好起来，而且越来越好，自清夫妻俩的工作都不错，家庭年收入节节攀升，孩子虽然在上高中，但一路过来学习都很好，肯定属于那种替父母扒分的孩子，以后读大学或者出国学习之类都不用父母支付大笔的费用，家里新房子也有了，还买了一辆车，由家属开着，条件真的不错，完全没有必要再记账。更何况，这些账本既没有什么实际的用处，却又一年一年地多起来，也是占地方的，自清也曾想停止记账这一种习惯，但也只是想想而已，他做不到，别说做不到不记账，就算只是想一想，也觉得不行。一想到从此以后就再也没有账本了，心里就立刻会觉得空荡荡的，好像丢失了什么，好像无依无靠了，自清知道，这是习惯成自然。习惯，真是一种很厉害的力量。

那就继续记账吧。于是日子就这样一年一年地过去了，账本又一本一本地增加出来，每年年终的那一天，自清就将这一年的账本加入到无数个年头汇聚起来的账本中，按年份将它们排好，放在书橱里下层的柜子里，这是不要公示于外人的，是自己的东西。不像那些买来的书，是放在书橱的玻璃门里面的格子上，是可以给任何人看的，还是一种无言无声的炫耀。大家看了会说，哇，老蒋，十大藏书家，名不虚传。

现在自清打开书橱下面的柜门，就发现少了一本账本，少的就是最新的一本账本。年刚刚过去，新账本还刚刚开始使用，去年的那本还揣着温度的鲜活的账本就不见了。自清找了又找，想了又想，最后他想到会不会是夹在旧书里捐给了贫困地区。

如果是捐给了贫困地区，这本账本最后就和其他书籍一样，到了某个贫困乡村的学校里，学校是将这些捐赠的书统一放在学校，还是分到每个学生手上，这个自清是不知道的。但是自清想，这本账本对贫困地区的孩子来说，是没有用处的，它又不是书，又没有任何的教育作用，也没有什么知识可以让人家学的，更没有乐趣可言，人家拿去了也不一定要看，何况自清记账的方式比较特别，写的字又是比较潦草的字，乡下的小孩子不一定看得懂，就算他们看得懂，对他们也没有意义，因为与他们的生活和人生根本是不搭界的。最后他们很可能就随手扔掉了那本账本。

但是对于自清来说，事情就不一样了，少了这本账本，自清的生活并不受影响，但他的心里却一阵一阵地空荡起来，就觉得心脏那里少了一块什么，像得了心脏病的感觉，整天心慌慌意乱乱。开始家属和亲友还都以为他心脏出了毛病，去医院看了，医生说，心脏没有病，但是心脏不舒服是真的，不是自清的臆想，是心因反应。心因反应虽然不是气质性病变，但是人到中年，有些情绪性的东西，如果不加以控制和调节，也可能转变成具体的真实的病灶。

自清坐不住了，他要找回那本丢失的账本，把心里的缺口填上。自清第二天就到扶贫办公室去，他希望书还没有送走，但是书已经送走了。幸好办公室工作细致，造有花名册，记有捐书人的单位和名字，但因为捐赠物物多量大，不仅有书，还有衣物和其他物品，光造出来的花名册就堆了半房间。办公室的同志问自清误捐了什么重要的东西，自清没有敢说实话，因为工作人员都很忙，如果知道是找一本家庭的记账本，他们会觉得自清没事找事，给他们添麻烦。所以自清含糊地说，是一本重要的笔记本，记着很重要的内容。工作人员耐心地从无数的花名册中替他寻找，最后总算找到了蒋自清的名字。自清还希望能有更细致的记录，就是每个捐赠者捐赠物品的细目，如果有这个细目，如果能够记下每一本书的书名，自清就能知道账本在不在这里，但工作人员告诉他，这是不可能的，其实就算他们不说，自清也已经认识到这一点。也就是说，自清在花名册上找到自己的名字，名字后面的备注里写着"捐书一百五十二册"，就是这件事情的结局了。至于自清的书，最后到了哪里，因为没有记录，没人能说清楚。但是大方向是知道的，那一批捐赠物资，运往了甘肃省，还有一点也是可以肯定的，自清的书和其他许许多多的捐赠物品一样，被捆扎在麻袋里，塞上火车，然后，从火车上被拖下来，又上了汽车，也许还会转上其他运输工具，最后到了乡间的某个小学或中学里，在这个过程中，它们的命运是不可知的，是不确定的，麻袋与麻袋堆在一起，并没有谁规定这一袋往这边走那一袋往那边走，搬运过程中的偶然性，就是它们的命运，最后它们到了哪里，只是那一头的人知道，这一头的人，似乎永远是不能知道的。

其实这中间是有一条必然之路的，虽然分拖麻袋的时候会有各种可能性，但每一个麻袋毕竟是有它的去向的，自清的麻袋也一定是走在它自己的路上，路并没有走到头。如果自清能够沿着这条路再往前走，他会走到一个叫小王庄的地方。这个地方在甘肃省西部，后来小王庄小学一个叫王小才的学生，拿到了自清的账本，带回家去了。

王才认得几个字，也就中小那点水平，但在村子里也算是高学历了，他这一茬年龄的男人，大多数不认得字，王才就特别光荣，所以他更要督促王小才好好念书。王才对别人说，我们老王家，要通过王小才的念书，改变命运。

捐赠的书到达学校的那一天，并没有分发下来，王小才回来告诉王才，说学校来了许多书，王才说，放在学校里，到最后肯定都不知去向，还不如分给大家回家看，小孩可以看，大人也可以看。人家说，你家大人可以看，我们家大人都不识字，看什么看。但是最后校长的想法跟王才的想法是一致的，他说，以前捐来的那些书，到现在一本也没有了，与其这样，还不如分给你们大家带回去，如果愿意多看几本书，你们就互相交换着看吧。至于这些书应该怎么分，校长也是有办法的，将每本书贴上标号，然后学生抽号，抽到哪本就带走哪本，结果王小才抽到了自清的那本账本。账本是黑色的硬纸封皮，谁也没有发现这不是一本书，一直到王小才高高兴兴地把账本带回家去，交给王才的时候，王才翻开来一看，说，错了，这不是书。王才拿着账本到学校去找校长，校长说，虽然这不是一本书，但它是作为书捐赠来的，我们也把它当作书分发下去的，你们不要，就退回来，换一本是不可能的，因为学校已经没有可以和你们交换的书了，除非你找到别的学生和他们的家长愿意跟你们换的，你们可以自由处理。但是谁会要一本账本呢，书是有标价的，几块，十几块，甚至有更厚更贵重的书，书上的字都是印出来的，可账本是一个人用钢笔写出来的，连个标价都没有，没人要。王才最后闹到乡的教育办，教育办也不好处理，最后拿出他们办公室自留的一本《浅论乡村小学教育》，王才这才心满意足回家去。

那本账本本来王才是放在乡教育办的，但教育办的同志说，这东西我们也没有用，放在这里算什么，你还是拿走吧。王才说，那你们不是亏了么，等于白送我一本书了。教育办的同志说，我们的工作都是为了学生，只要学生喜欢，你尽管拿去就是。王才这才将书和账本一起带了回来。

可教育办的这本书王才和王小才是看不懂的，它里边谈的都是些理论问题，比如说，乡村小学教育的出路，说是先要搞清楚基础教育的问题，但什么是基础教育问题，王才和王小才都不知道，所以王才和王小才不具备看这本书的先决条件。虽然看不懂，但王才并不泄气，他对王小才说，放着，好好地放着，总有你看得懂的一天。丢开了《浅论乡村小学教育》，就剩下那本账本了。王才本来是觉得占了便宜的，还觉得有点对不住乡教育办，但现在心情沮丧起来，觉得还是吃了亏，拿了一本看不懂的书，再加上一本没有用的城里人记的账本，两本加起来，也不及隔壁老徐家那本合算，老徐家的孩子小徐，手气真好，一摸就摸到一本大作家写的人生之旅，跟着人家走南闯北，等于免费周游了一趟世界。王才生气之下，把自清的账本提过来，把王小才也提过来，说，你看看，你看看，你什么臭手，什么霉运？王小才知道自己犯了错，垂落着脑袋，但他的眼睛却斜着看那本被翻开的账本，他看到了一个他认得出来但却不知其意的词：香薰精油。王小才说，什么叫香薰精油？王才愣了一愣，也朝账本那地方看了一眼，他也看到了那个词：香薰精油。

王才就沿着这个"香薰精油"看下去了，他无论如何也想不到，他这一看，就对这本账本产生了强烈的兴趣，因为账本上的内容，对他来说，实在太离奇，实在太神奇。

我们先跟着王才看一看这一页账本上的内容，这是2004年的某一天中的某一笔开支：午饭后毓秀说她皮肤干燥，去美容院做测试，美容院推荐了一款香薰精油，7毫升，价格：679元。毓秀有美容院的白金卡，打七折，为475元。拿回来一看，是拇指大的一瓶东西，应该是洗过脸后滴几滴出来抹在脸上，能保湿，滋润皮肤。大家都说，现在两种人的钱好骗，女人和小孩，看起来是不假。

王才看了三遍，也没太弄清楚这件事情，他和王小才商榷，说，你说这是个什么东西。王小才说，是香薰精油。王才说，我知道是香薰精油。他竖起拇指，又说，这么大个东西，475块钱？它是人民币吗？王小才说，475块钱，你和妈妈种一年地也种不出来。王才生气了，说，王小才，你是嫌你娘老子没有本事？王小才说，不是的，我是说这东西太贵了，我们用不起。王才说，呸你的，你还用不起呢，你有条件看到这四个字，就算你福分了。王小才说，我想看看475块钱的大拇指。王才还要继续批评王小才，王才的老婆来喊他们吃饭了，她先喂了猪，身上还围着喂猪的围裙，手里拿着猪用的勺子，就来喊他们吃饭，她对王才和王小才有意见，她一个人忙着猪又忙着人，他们父子俩却在这里瞎白话。王才说，你不懂的，我们不是在瞎白话，我们在研究城里人的生活。

王才叫王小才去向校长借了一本字典，但是字典里没有"香薰精油"，只有香蕉、香肠、香瓜、香菇这些东西，王才咽了一口口水，生气地说，别念了，什么字典，连香薰精油也没有。王小才说，校长说，这是今年的最新版本。王才说，贼日的，城里人过的什么日子啊，城里人过的日子连字典上都没有。王小才说，我好好念书，以后上初中，再上高中，再上大学，大学毕业，我就接你们到城里去住。王才说，那要等到哪一年。王小才掰了掰手指头，说，我今年五年级，还有十一年。王才说，还要我等十一年啊，到那时候，香薰精油都变成臭薰精油了。王小才说，那我就更好好地念书，跳级。王才说，你跳级，你跳得起来吗，你跳得了级，我也念得了大学了。其实王才对王小才一直抱有很大希望的，王小才至少到五年级的时候，还没有辜负王才的希望，王才也一直是以王小才为荣的，但是因为出现了这本账本，将王才的心弄乱了，他看着站在他面前拖着两条鼻涕的王小才，忽然就觉得，这小子靠不上，要靠自己。

王才决定举家迁往城里去生活，也就是现在大家说的进城打工，只是别人家更多的是先由男人一个人出去，混得好了，再回来带妻子儿子。也有的人，混得好了，就不回来了，甚至在城里另外有了妻子儿子，也有的人，混得不好，自己就回来了。但王才与他们不同，他不是去试水探路的，他就是去城里生活的，他决定要做城里人了。

说起来也太不可思议，就是因为账本上的那四个字"香薰精油"，王才想，贼日的，我枉做了半辈子的人，连什么叫"香薰精油"都不知道，我要到城里去看一看"香薰精油"。王才的老婆不同意王才的决定，她觉得王才发疯了。但是在乡下老婆是做不了男人的主的，别说男人要带她进城，就是男人要带她进牢房下地狱，她也不好多说什么。王小才的态度呢，一直很暧昧，他只觉得心里慌慌的、乱乱的，最后他发出的声音像老鼠那样吱吱吱的，他说，我不要去，我不要去。可是王才不会听他的意见，没有他说话的余地。

王才说走就走，第二天他家的门上就上了一把大铁锁，还贴了一张纸条，欠谁谁谁3块钱，欠谁谁谁5块钱，都不会赖的，有朝一日衣锦还乡时一定如数加倍奉还，至于谁谁谁欠王才的几块钱，就一笔勾销，算是王才离开家乡送给乡亲们的一点心意。王才贴纸条的时候，王小才说，如数加倍是什么意思？王才说，如数就是欠多少还多少，加倍呢，就是欠多少再加倍多还一点。王小才说，那到底是欠多少还多少还是加倍地还呢。王才说，你不懂的，你看看人家的账本，你就会懂一点事了。其实王小才还应该捉出王才的另一些错误，比如他将一笔勾销的"销"写成了"消"，但王小才没有这个水平，他连"一笔勾消"这四个字还是第一次见到。

除了衣服之外，王才一家没有带多余的东西，他们家也没有什么多余的东西，只有自清的那本账本，王才是要随身带着的，现在王才每天都要看账本，他看得很慢，因为里边有些字他不认得，也有一些字是认得的，但意思搞不懂，就像香薰精油，王才到现在还不知道它是什么。

在车上王才看到这么一段："周日，快过年了，街上的人都行色匆匆，但精神振奋，面带喜气。下午去花鸟市场，虽天寒地冻，仍有很多人。在诸多的种类中，一眼就看中了蝴蝶兰，开价800元，还到600元，买回来，毓秀和蒋小冬都喜欢。搁在客厅的沙发茶几上，活如几只蝴蝶在飞舞，将一个家舞得生动起来。"

后来王才在车上睡着了，他做了一个梦，梦见一只蝴蝶对他说，王才，王才，你快起来。王才急了，说，蝴蝶不会说话的，蝴蝶不会说话的，你不是蝴蝶。蝴蝶就笑起来，王才给吓醒了，醒来后好半天心还在乱跳，最后他忍不住问王小才，你说蝴蝶会说话吗？王小才想了想，说，我没有听到过。

这时候，他们坐的车已经到了一个火车小站，在这里他们要去买火车票，然后坐火车往南，往东，再往南，再往东，到一个很远的城市去。中国的城市很多，从来没有出过门的王才，连东南西北也搞不清的王才，怎么知道自己要到哪个城市呢？毫无疑问，是自清的账本指引了王才，在自清的账本的扉页上，不仅记有年份，还工工整整地写着他们生活的城市的名称。他写道：自清于某某年记于某某市。

在这里停靠的火车都是慢车，它们来得很慢，在等候火车到来的时候，王才又看账本了，他想看看这个记账的人有没有关于火车的记载，但是翻来翻去也没有看到，最后王才啪地打了一下自己的嘴巴，说，你真蠢，人家是城里人，坐火车干什么？乡下人才要坐火车进城。

其实自清最后还是去了一趟甘肃。他和王才一家走的是反道，他先坐火车，再坐汽车，再坐残疾车，再坐驴车，最后在甘肃省的西部找到了小王庄，也找到了小王庄小学，最后也知道了自己的账本确实是到了小王庄小学，是分到了一个叫王小才的学生手里，王小才的家长还对此有意见，还跑到学校来论理，最后还在乡教育办拿了另一本书作补偿。自清这一趟远行虽然曲折却有收获，可是他来晚了一步，王小才的父亲带着他们全家进城去了。他们坐的开往火车站的汽车与自清坐的开往乡下的汽车，擦肩而过，会车的时候，王才正在看自清的账本，而自清呢，正在车上构思当天的账本记录内容。但他在车上的所有构思和最后写下的已经不是一回事了，因为在车上的时候，他还没有到达小王庄。

这一天晚上，自清在小旅馆里，借着昏暗的灯火，写下了以下的内容："初春的西部乡村，开阔，一切是那么的宁静悠远，站在这片土地上，把喧嚣混杂的城市扔开，静静地享受这珍贵的平和。我到小王庄小学的时候，校长不在学校，他正在法庭上，他是被告，学校去年抢修危房的一笔工程款，他拿不出来，一直拖欠着。校长当校长第四个年头，已经第七次成为被告。中午时分，校长回来了，笑眯眯地对我说，对不起，蒋同志，让你久等了。他好像不是从法庭上下来。平静，也许是因为无奈，也许是因为穷困，才平静。我说，校长，听说你们欠了工程款，校长说，本来我们有教育附加费，就一直寅吃卯粮，就这么挪下去，撑下去，现在取消了教育附加费，挪不着了，就撑不下去了。我说，撑不下去怎么办？校长说，其实还是要撑下去的，学校总是要办的，学生总是要上学的，学校不会关门的，蒋同志你说对不对。面对贫困的这种坦然心态，在日新月异的城市里是很难见着的。今天的开支：旅馆住宿费：3元，残疾车往：5元（开价2元），驴车返：5元（开价1元），早饭：2角。玉米饼两块，吃下一块，另一块送给残疾车主吃了。晚饭：5角。光面三两。午饭：5角（校长说不要付钱，他请客，还是坚持付了，想多付一点，校长坚决不收），和小学生一起吃，白米饭加青菜，还有青菜汤。王小才平时也在这里吃，今天他走了，不知道今天中午他在哪里吃，吃的什么。"

自清最后在王小才家的门上，看到了那张纸条，字写得歪歪扭扭，自清以为就是那个分到他的账本的小学生写的，却不知道这字是小学生的爸爸写的，虽然王小才已经念到五年级，他的爸爸王才才四年级的水平，平时家里的文字工作，都是由王小才承担的，但这一回不同了，王才似乎觉得王小才承担不起这件事情，所以由他出面做了。

自清最终也没有找回自己丢失的账本，但是他的失落的心情却在长途的艰难的旅行中渐渐地排除掉了，当他站到那座低矮的土屋前，看到"一笔勾消"这四个字的时候，他的心情忽然就开朗起来，所有的疙疙瘩瘩，似乎一瞬间就被勾销掉了，他彻底地丢掉了账本，也丢掉了神魂颠倒坐卧不宁的日子。

自清从大西北回来，看到他家隔壁邻居的车库里住进了一户外来的农民工家庭。在自清住的这个小区里，家家都有车库，有些人家并没有买车，也或者车是有的，但那是公车，接送上下班后，车就走了，不停在他家，这样车库就空了出来，有的人家就将车库出租给外来的人住。

这个农民工就是王才。王才做的是收旧货的工作，所以他和小区里的人很快就熟悉起来。天气渐渐地热了，有一天自清经过车库门口，看到王才和他的妻子在太阳底下捆扎收购来的旧货，他们满头大汗，破衣烂衫都湿透了。小区里有一只宠物狗在冲着他们叫喊，小狗的主人要把小狗牵走，还骂了它，王才说，不要骂它，它又不懂的。狗主人说，不懂道理的狗东西。王才说，没事的，它跟我们不熟，熟了就不叫了，狗都是这样的。下晚的时候，自清又经过这里，他看到他们住的车库里堆满了收来的旧货，密不透风，自清忍不住说，师傅，车库里没有窗户，晚上热吧？王才说，不热的。他伸手将一根绳线一拉，一架吊扇就转起来了，呼呼作响。王才说，你猜多少钱买的？自清猜不出来。王才笑了，说，告诉你吧，我捡来的，到底还是城里好，电扇都有得捡。自清想说什么却没有说得出来，王才又说，城里真是好啊，要是我们不到城里来，哪里知道城里有这么好，菜场里有好多青菜叶子可以捡回来吃，都不要出钱买的。王才的老婆平时不大肯说话的，这时候她忽然说，我还捡到一条鱼，是活的，就是小一点，鱼贩子就扔掉了。自清说，可是在乡下你们可以自己种菜吃。王才说，我们那地方，尽是沙土，也没有水，长不出粮食，蔬菜也长不出来，就算有菜，也没得油炒。自清从他们说话的口音中，感觉出他们是西部的人，但他没有问他们是哪里人。他只是在想，从前老话都说，金窝银窝，不如自家的狗窝，但是现在的人不这么想了，现在背井离乡的人越来越多了。

王才和自清说话的时候，是尽量用普通话说的，虽然不标准，但至少让人家能听懂大概的意思，如果他们说自己的家乡话，自清是听不懂的。后来他们自己就用家乡话交流了，王小才从民工子弟学校放学回来的时候，王才对王小才说，我叫你到学校查字典你查了没有？王小才说，我查了，学校的大字典有这么大，这么厚，我都拿不动。王才说，蝴蝶兰是什么呢？王小才说，蝴蝶兰就是一种花。王才说，贼日的，一朵花也能卖这么多钱，城里到底还是比乡下好啊。

这些话，自清都没有听懂，但他听出了他们对生活的满意。后来他们还说到了他的账本，他们感谢这本账改变了他们的生活，让他们从贫穷的一无所有的乡下来到繁华的样样都有的城市。自清也一样没有听懂，他也不知道现在王才每天晚上空闲下来，就要看他的账本，而且王才不仅看自清的账本，王才自己也渐渐地养成了记账的习惯，王才记道："收旧书35斤，每斤支出 5 角，卖到废品收购站，每斤9角，一出一进，净赚4角×35斤，等于14元整。到底城里比乡下好。这些旧书是住在楼上那个戴眼镜的人卖的，听说他家的书多得都放不下了，肯定还会再卖。我要跟他搞好关系，下次把秤打得高一点。"

一个星期天，王小才跟着王才上街，他们经过一家美容店，在美容店的玻璃橱窗里，王才和王小才看到了香薰精油，王小才一看之下，高兴地喊了起来，哎嘿，哎嘿，这个便宜哎，降价了哎，这瓶10毫升的，是407块钱。王才说，你懂什么，牌子不一样，价格也不一样，便宜个屁，这种东西，只会越来越贵，王小才，我告诉你，你乡下人，不懂就不要乱说啊。

我们的战斗生活像诗篇

　　姐妹三个都有大名，但是大家不喊她们大名，喊她们姐姐、妹妹和小妹妹，喊习惯了，不仅家里大人喊，邻居也这么喊，同学里有熟悉这个家的，也都跟着这么喊。喊妹妹和小妹妹还说得过去，但是喊姐姐就要看人了，比如她们的爸爸妈妈也喊她姐姐，不了解的人，就会觉得奇怪，再比如邻居家六十多岁的一个老奶奶，也喊姐姐，姐姐哎，老奶奶说，你过来，你帮我怎么怎么。姐姐就应声而去，帮助老奶奶做些什么。姐姐是个热心的女孩，她喜欢帮助别人，她知道老奶奶每天大概什么时候要去公共厕所倒马桶，她一边踢毽子，一边守候在院子里，等老奶奶拎着马桶过来的时候，姐姐假装正好看到，顺便就帮老奶奶去倒掉了马桶，还刷干净了提回来，斜搁在台阶上，让太阳晒。

　　在妹妹心目中，姐姐就是姐姐的样子，姐姐就应该是这样的。姐姐跟妹妹说，妹妹，我们上街吧。在街上姐姐给妹妹买了一块奶油雪糕。姐姐说，妈妈给我钱了，妈妈说，我现在不能吃凉的东西，要吃点营养，我要去买一包龙虾片吃。她们还看了一场阿尔巴尼亚电影《宁死不屈》，电影散场的时候，姐姐唱道，战斗战斗新的战斗，我们的战斗生活像诗篇。这是电影里的插曲。妹妹说，姐姐你已经会唱了？姐姐说，看一遍是不会唱的，要看好几遍才会唱。姐姐又说，我要是被敌人抓去了，我也不会投降的。

姐姐有时候和小妹妹一起出去，姐姐说，小妹妹，我们吃南瓜子好吗？姐姐买了南瓜子，她和小妹妹一起，坐在巷口的书摊那里看小人书，姐姐看的是一本《三国演义》，小妹妹看《桃花扇》，然后她们交换了看，看完了，天也快黑了，她们就回家了。

那一年姐姐十四岁，妹妹十一岁，小妹妹八岁，她们中间都是相差三岁。姐姐是妹妹和小妹妹的灵魂，她还是院子和巷子里的小孩们的灵魂，姐姐不仅带妹妹和小妹妹上街去，她也带其他孩子出去，他们也和妹妹、小妹妹享受同等待遇，如果钱不够多，只够一个人花的，姐姐就说，我今天不想吃东西，你吃吧，我今天不想看电影，你进去看吧。姐姐就在电影院外面等，等到电影散场，她和那个看电影的孩子一起回家。后来大家给姐姐起了个绰号叫阔太太。

她们回家的时候，婆婆坐在马桶上哭。婆婆有便秘，每天要坐很长时间的马桶，她泡一杯茶，点一根烟，坐在马桶上哼哼，然后用手捶腰眼，婆婆说，要先捶左边的腰眼，捶四十九下，再捶右边的腰眼，四十九下，大便就出来了。可是婆婆捶了左边的腰眼，又捶了右边的腰眼，大便还是不下来，婆婆就哭起来，婆婆哭着说，日子怎么过哇，日子怎么过哇，我们要没饭吃了。

爸爸已经从这个家里消失了。爸爸到哪里去了并不重要，重要的是和爸爸一起消失了的爸爸的工资。现在家里只有妈妈一个人工作，妈妈是个二十三级的干部，工资四十多元，妈妈总是把工资的一部分自己收起来，另一部分做菜金，就放在抽屉里。因为妈妈三天两头下乡去劳动，有时候一去就是几个月，妈妈不在家的时候，婆婆管菜金，婆婆从抽屉里拿钱去买菜买米，或者到食堂去打饭，抽屉里的菜金很快就没有了。婆婆说，钱不经用，也没怎么用，就没有了，你妈妈怎么还不回来。

妈妈从乡下回来了，又把钱放在抽屉里，妈妈跟姐姐说，姐姐，婆婆年纪大了，搞不清楚钱了，你把每天用的钱记下来，我回来看你的账本。姐姐就开始记账，但是她记得不准确，比如买了半斤兔肝，她就记一斤兔肝，还有半斤的钱，姐姐就自己拿去用了，不过姐姐从来没有独自去享受，她总是要带上谁一起去，但每次都只带一个，姐姐说，带多了，大家互相知道了，会说出去的。其实姐姐不知道，她的事情，大家都知道，大家都知道姐姐偷家里的钱，只有姐姐自己不知道。

姐姐记的账后来也引起妈妈的怀疑，妈妈说，你们四个人，都是女的，三个小孩，一个老人，这么能吃？昨天吃了一斤兔肝，今天又吃了三盆炒素，这么吃法，也不见你们长胖起来。记账的事情仍然回到了婆婆那里，但是婆婆年纪大了，而且婆婆的注意力永远在大便上，菜金仍然搁在抽屉里，少钱的事情也仍然发生，妈妈开始用心了，这一阵妈妈不去乡下劳动了，她的眼睛露出怀疑的光，在三个女儿身上扫来扫去，当然她最怀疑的肯定是姐姐。只是姐姐不知道。

妈妈使出的第一个心眼儿，就是一个厉害的杀手锏，如果不出什么意外，拿钱的人肯定栽在妈妈手里。这天早晨她们还没有起床，妈妈就守在她们的床前了，妈妈说，昨天晚上我睡觉的时候，数过抽屉里的钱，但是今天早晨起来，就少了一张钱，你们谁拿的，说出来吧。

钱到底是谁偷的大家心里都有数，但是谁也没有说出来，谁也没有告诉妈妈，没有叛徒，也没有内奸和特务，不像那时候社会上，一会儿就抓出一个，一会儿又抓出一个。她们是一边的，妈妈是另一边的，婆婆的态度总是很暧昧，谁也搞不清她到底是哪一边的。

妈妈说，你们不要说是外面的人进来拿的，从昨天晚上到现在，我们家的门开也没有开过，不会有人进来偷钱。你们谁要是觉得难为情，也可以等一会儿悄悄地告诉妈妈，还给妈妈就行了。但是仍然没有人吭声。妈妈又说，要是不肯说出来，那就把你们的皮夹子拿出来，让妈妈看看。

她们每人都有一只皮夹子，都是姐姐用报纸折的，起先姐姐自己折了一只，后来她又给妹妹和小妹妹每人折了一只。皮夹子的形状是一样的，但大小不一样，姐姐根据年龄的差别，折出了大中小三种皮夹子。

毫无疑问，妈妈认为那张钱正躺在其中的某一只皮夹子里，它很快就会被捉住，暴露在光天化日之下。从妈妈尖锐的目光可以看出来，妈妈已经断定它是躺在姐姐的皮夹子里。可是妈妈想错了，姐姐的皮夹子里没有钱，一分钱也没有，空空荡荡。胜券在握的妈妈颇觉意外，愣了一会儿才说，姐姐，你的皮夹子里没有钱，你要皮夹子干什么？姐姐说，我夹糖纸。妈妈说，也没有见你有糖纸呀。姐姐说，我送给张小娟了。当然妈妈也检查了妹妹和小妹妹的皮夹子，妈妈肯定也是一无所获，只有小妹妹的皮夹子里有五分钱。

妈妈失败了，但是妈妈并没有甘心，失踪的那张钱，成了妈妈的心病，她决心和三个女儿斗争到底。妈妈沉着冷静地想了想，又说，你们把鞋脱下来让我看看。把钱藏在鞋里，也是聪明的一招，隔壁的张小三，再隔壁的李二毛，他们都使用过这种办法，但是姐姐却没有用这一招，她的鞋子里，除了有一点汗臭，什么也没有。姐姐还把袜子也脱下来给妈妈看，姐姐说，妈妈你看，袜子里也没有。

但妈妈还有办法，妈妈的办法总是层出不穷，妈妈每想到一个办法，她都以为这一回姐姐肯定要暴露了，可姐姐却一次次地躲过了妈妈的盘查，一次次地让妈妈败下阵去。败下阵去的妈妈，最后竟还笑了起来，妈妈笑着说，好了好了，不说钱的事情了，你们出去玩吧。妈妈的笑里藏着阴谋诡计。

妈妈果然不再提这个话题了，日子又恢复了正常，但这一阵姐姐很小心，她始终没有喊妹妹和小妹妹出去消费。谁都知道，妈妈其实并没有把这件事情丢开，妈妈还在跟女儿们玩计策，只是不知道妈妈下面的手段是什么。那一段时间里，妹妹在家里大气都不敢出，她看到婆婆坐在马桶上便秘，就去试探婆婆的口气，妹妹说，婆婆，你知道是谁拿的钱吗？可婆婆总是含混不清地说，唉，你们的妈妈，唉唉，我大便大不出来，我要胀死了。

后来就发生了高国庆主动上门认账的事情。高国庆胆子很大，他去买萝卜，穿上他爸爸的衣服，腰里扎一根皮带，萝卜在他手里挑来挑去，就顺着袖管滚到腰里，在皮带那里停住了。高国庆的办法，让院子里的小孩吃了较多的萝卜，但是萝卜很刮油，本来没有油水的肚子，吃了萝卜就更饿更馋，高国庆说，别着急，我再去偷。这一点上，高国庆和姐姐很像，如果用现在的眼光看，他们一个是大哥大一个是大姐大。高国庆还去撬人家窗上的铜搭链卖到废品收购站，有一次还引来了公安人员，公安人员走进院子的时候，妹妹吓得两腿直打哆嗦，差点瘫倒下来，但高国庆一点也没有害怕。高国庆还有个绰号叫高盖子，他喜欢打玻璃弹子，但他水平不高，又没有钱买弹子，就到机关的会议室里，把茶杯盖子偷走，然后把盖子上的滴粒子砸下来当弹子打，最后他的杯盖滴粒子也都输掉了。那天高国庆来的时候，不像一个偷了别人家钱的孩子，他像个英勇的中国人民解放军，他勇敢地说，冯阿姨，我偷了你们家的钱。妈妈笑眯眯地看着他，说，高国庆，你是怎么进来的呢？高国庆说，我爬窗子进来的。妈妈说，可是我们家的窗子上装了栏杆，你钻不进来啊。高国庆说，噢，我记错了，我是从你们家的门进来的。妈妈说。可是那天晚上门是我锁的，到第二天早上也是我开的锁，钥匙一直在我手里，你怎么进来的呢？高国庆说，我是隔天就躲在你们家床底下的，等第二天你们都出去了，我再爬出来。妈妈点了点头，她相信了高国庆的话，说，那你把我们家的钱还给我们吧。高国庆说，可是我已经用掉了，我请小三二毛他们去溜冰，送了一个蟋蟀盆给大块头，买了三块夜光毛主席像。妈妈无奈地摇了摇头，说，既然已经用掉了，就算了，我也不去告诉你的爸爸妈妈了，但是以后不可以了，听到了没有？高国庆说，听到了。高国庆走了以后，妈妈说，姐姐你以后少和高国庆来往，从小偷偷摸摸的孩子，长大了没出息的。

其实大家都知道高国庆是姐姐让他来的，高国庆说的那些话，都是姐姐教他的。看起来妈妈是相信了高国庆的话，可妈妈是假装的，她还让姐姐少和高国庆来往，完全是为了迷惑姐姐，千万不要相信妈妈，妈妈根本就不相信钱是高国庆偷走的。因为高国庆走后，妈妈又以迅雷不及掩耳之势，再一次搜查了女儿们的皮夹子。皮夹子里仍然空空荡荡，头一次检查时，小妹妹还有五分钱，现在连那五分钱也没有了。

那张失窃的钞票，就像在人间蒸发了，始终没有出现在任何人的眼里。

许多年之后，妹妹已经是一位检察官了，她负责审理一件受贿案，贪官的家属用了一个自以为巧妙的办法给被关押的贪官传递东西，她将一只新脸盆敲出一个洞，然后用橡皮膏粘上，她要传递的东西，就被夹在两层橡皮膏中间带了进去。当然她要传递的不是钱，而是信息。但是这种自以为巧妙的做法，在检察官眼里，简直是雕虫小技，当场就可以被揭穿。那天下午，妹妹撕开粘在脸盆上的橡皮膏，发现了那张纸条，妹妹的思绪忽然就飘忽到了从前，妹妹想，这一招，当年姐姐有没有用过呢？可她很快否定了自己的这个想法，她还记得，那时候脸盆漏了不是用橡皮膏粘的，而是到街角拐弯处的生铁铺，请修搪瓷家什的人熔化一小块锡将这个洞搪起来，所以，那时候姐姐还不能从洗脸盆或洗脚盆里想出些什么办法来。

妈妈终于彻底失败了，妈妈日益暗淡下去的目光让女儿们预感到，妈妈不想再斗下去了。催促妈妈回五七干校的通知已经来了三次，妈妈说，他们在我的床头上贴了揪出历史反革命的标语，不知道是不是贴的我。

妈妈终于上路了，她走出院子的时候，还回头向里边挥了挥手。望着妈妈远去的背影，妹妹心里终于有一块石头落地了，她不再心慌意乱，不再手心里出汗，笼罩了多日的阴云终于散去了。

中午家里吃了姐姐从面馆里下回来的面条，一碗猪肝面，加两碗光面，拌在一起，就都是猪肝面了。姐姐吃得很少，姐姐说，婆婆，你多吃点猪肝，猪肝有营养。妹妹和小妹妹都分到了猪肝。吃过面，婆婆又开始了她这一天的第二次坐便，姐姐在洗碗，妹妹和小妹妹在等姐姐喊，她们不知道今天姐姐会喊谁出去。姐姐最后决定带妹妹去，姐姐说，小妹妹，今天我们要去采桑叶，会走得很远，还要摆渡，你就别去了。小妹妹说，好的，我陪婆婆大便。当然，如果反过来，姐姐喊了小妹妹去，叫妹妹不要去，妹妹也会像小妹妹一样听话，因为姐姐就是她们的灵魂，姐姐说的任何话，姐姐做的任何事情，都是至高无上的。

姐姐牵着妹妹的手，她们去开门了，可就在这一瞬间，门却从外面被推开了，姐姐和妹妹一抬头看到了站在门口的那个人，吓得魂飞魄散。

是妈妈。

谁也没想到妈妈杀了回马枪。

妈妈微微笑着，可她的眼睛却尖利而警惕地盯着女儿，妹妹顿时听到心里"咯噔"一声，只是她一时间辨别不清，是谁的心在狂跳，是自己的，还是姐姐的，或者，所有的人心都在狂跳？

可妈妈还是扑了个空，临出门的姐姐，身上竟然没有钱。妈妈的回马枪就像是铁拳砸在棉花上，棉花没有疼，铁拳却打疼了。

妈妈闷声不响，在床沿上坐了半天，妈妈的眼睛里，渐渐地有了一种近似疯狂的东西，只是孩子们还小，看不出来。妈妈呆坐了一会儿之后，开始在家里翻箱倒柜，我就不相信，妈妈说，我就不相信，它能藏到哪里去。妈妈反反复复地说着这句话，一直坐在马桶上的婆婆终于看不下去了，别找了，婆婆说，是我拿的。妈妈说，你别搅和进来。婆婆说，你说给我配开塞露回来的，你没有配回来，我就自己去买了，我大便大不出来，我要胀死了。妈妈说，那你为什么不报账。婆婆说，我回来用了开塞露，大便大出来了，我就轻松了，我就忘记了。妈妈说，你大便大得出来也忘记，大便大不出来也忘记，你是存心跟我作对。妈妈这么说，看起来她是相信了婆婆的话，但是大家都知道妈妈并没有相信，警觉性仍然在大家的心里坚守着，不敢离开半步，果然，片刻之后，妈妈说，开塞露多少钱一个，你买了几个？婆婆说，我买了三个。妈妈冷笑一声，说，你以后把账算清楚了再跟我说话好不好。婆婆说，你到底丢了多少钱？妈妈说，两元钱，是一张绿色的两元钱，我清清楚楚记得，我放在抽屉里，最上层。婆婆说，我买了三个开塞露，药店里的人说，吃猪头肉滑肠，好大便，多下的钱，我买猪头肉吃了。

可能绝大多数人都相信钱是姐姐拿的，但谁也不知道姐姐到底把钱藏在哪里了，后来妈妈也真的走了，没有再杀第二个回马枪。妈妈也许真觉得是自己搞错了，冤枉了姐姐，或者，她已经不想再为了那一张两元的钞票和女儿无休无止地斗下去了。

这件事情最后到底被大家淡忘了。那时候很多人家的小孩都偷偷摸摸拿大人的钱，被大人捉到了算倒霉。但是无论捉到捉不到，也无论捉到了会受怎样的惩罚，会丢多大的脸，会吃多痛的皮肉之苦，这样的事情还是经常发生，生生不息。当然也有一些人是例外的，许多年以后，妹妹曾经问过一个和她年龄相仿的朋友，妹妹说，你们小时候，偷家里的钱吗？可怜的他，想了半天，仍然一脸茫然，说，钱？那时候我们根本看不到钱，不知道钱是什么样子，到哪里去偷的？但他也不甘落后，说，虽然偷不到钱，但是我们偷其他东西。他就说了偷萝卜和偷茶杯盖子的事情，这些事情后来就算是高国庆干的了。也就是说，小孩能够偷家里的两块钱，这种人家在当时也算是比较富裕的人家了。

不知道是不是妈妈的一再盘查，不罢甘休，把姐姐吓着了，一直到妈妈走了很长时间，姐姐也始终没有拿出钱来花。妈妈丢失的那张绿色的两元钱始终没有出现，到后来连姐姐都怀疑起来，姐姐说，到底有没有那张钱啊？大家听姐姐这样说，无疑都会想，难道连姐姐自己都忘记了，难道姐姐自己都不记得那张钱到底藏在哪里了？或者，姐姐早就花掉了它，所以妈妈永远也找不到它了。

倒是小妹妹活得轻松，她好像完全不知道在姐姐和妈妈之间，曾经发生了惊心动魄的布满计策的拼搏，小妹妹这一阵的全部心思都集中在她的一件宝物上，这是一个彩色的绒线团，比鸡蛋小一点，比鸽蛋大一点，是用各种颜色的绒线接起来，然后绕成线团，这些绒线都是小妹妹精心收集起来的，张家织毛衣，她去讨一段，李家织围巾，她去讨一段，一段一段的，竟然就绕成了一个绒线球了，小妹妹说，等到再多一点，她要学着织一副彩色的手套，是没有手指的那种手套，她要送给姐姐，因为那种手套，又暖和，又不妨碍劳动，婆婆年纪越来越大，家务事大半都是姐姐做的。

绒线球小妹妹是不离身的，有时候她高兴起来，把它拿出来，当成毽子踢两下，又赶紧收起来，但后来绒线球不见了，小妹妹急疯了，一边哭一边趴在地上到处找。姐姐说，小妹妹你放心，我一定帮你找回来。姐姐的感觉灵敏准确，她带着妹妹和小妹妹找到了那几个男孩，他们正在河边把小妹妹的绒线球当皮球一样扔来扔去。姐姐说，把绒线球还给小妹妹。男孩子中的一个就是高国庆，他把绒线球拿在手里，一会儿扔上天空，一会儿又抛到另一个男孩子手里，一会儿又拿回来，当球踢它两下，他每玩一次，小妹妹就喊一声，我的绒线球。他再玩一次，小妹妹又喊一声，我的绒线球。高国庆说，姐姐你上次还叫我承认偷你妈妈的钱呢，你说送我一副癞壳乒乓板的，你说话不算数。姐姐说，可是我给你买过很多东西吃。高国庆说，那不算，我又没有叫你买给我吃，是你自己要给我吃的，但乒乓板是你答应我的。姐姐说，乒乓板我会给你的，你先把绒线球还给小妹妹。高国庆狡猾地说，我才不上你的当，你拿乒乓板来换。姐姐不说话了，她咬了咬嘴唇，就上前去抢高国庆手里的绒线球，高国庆把绒线球高高地举起来，姐姐够不着，她急了，张嘴就咬了高国庆一口，高国庆被咬疼了，也被咬愣了，愣了好一会儿他回过神来，气急败坏地说，你咬人？让你咬，让你咬。他一边嘀咕，伸手一甩，就把小妹妹的绒线球扔到河里去了。小妹妹"哇"的一声大哭起来，她的哭声又凄惨又尖利，她边哭边喊，我的绒线球啊，我的绒线球啊。一直到许多年以后，当时的感受还一直萦绕在妹妹的灵魂深处，妹妹当时就觉得，小妹妹反应过度了，一个小小的绒线球，值得她这么号吗？绒线球绕得不紧，所以分量不够重，没有一下子沉下去，姐姐赶紧捡来一根树枝去打捞，可树枝够不着它，反而使绒线球在水里越荡越远了，大家乱七八糟地说，快点，快点，要沉下去了，沉下去就拿不到了。姐姐急了，往前一冲，整个人就扑到河里，扑下去的时候，她的手正好抓住了绒线球，姐姐笑了，她"啊哈"一声，就呛了一口水，这时候她才发现河很深，她的脚够不着河底，姐姐慌了，姐姐一慌，就喝了更多的水，很快就沉下去了，留在妹妹最后印象中的是混浊的河水里姐姐漂起来的几缕头发。姐姐沉下去的整个过程，妹妹看得清清楚楚，她想跳下河去救姐姐，她又想大声地喊救命，她还想转身跑去喊大人，可是她像中了魔似的，一句话也说不出来，身子一动也不能动，就这样妹妹和岸上一群吓呆了的孩子眼睁睁地看着姐姐沉下去，水面上咕噜咕噜地冒出泡泡，冒了一阵以后，水面就平静了，姐姐好像藏了起来，就像孩子们藏起从家里偷来的钱一样，藏到了水底。不多久姐姐又出来了，她是浮起来的，那时候，姐姐已经死了。

后来姐姐被大人打捞起来，她手里攥着绒线团，本来就绕得松松的绒线团，被水一泡，就彻底地松散开来了，里边露出一张折叠得很小很小的纸头，差不多只有大人的指甲那么大，因为被绒线绕着，绒线湿了，纸头却没有湿。妹妹慢慢地将这张纸头展开来，竟是一张纸币。只是这张纸币肯定不是妈妈一直在追查的那张绿色的两元钱，因为那张绿色的两元的钱是我偷的，而且早就被我藏起来了。你们已经知道了，我是这个家里的老二，我就是"妹妹"。

那一天妈妈疯了，她没有参加劳动，也没有去开会，而是一直躲在五七干校的床上，她放下蚊帐，两只手紧紧地揪住帐子的门缝，不断地说，我是日本特务，我是日本特务，我是日本特务。妈妈的同事说，冯同志，你出来吧，没有人说你是日本特务。但是妈妈始终没有出来。

姐姐的死讯正走在去往五七干校的路上。

《我们的战斗生活像诗篇》后记

妈妈的疯其实是有预兆的，只是那时候我们还小，看不出来，婆婆也许是有感觉的，可是婆婆被便秘折磨得痛苦不堪，生不如死，许多事情就被忽略了。

妈妈从来都是一位和蔼可亲的妈妈，她看我们的目光从来都是那么的慈祥温和。可是那一段日子，妈妈把我们当成了她的敌人，她用尖刻的、警觉的甚至仇恨的眼光盯着我们，使我们不寒而栗。她百折不挠地和我们作斗争，尤其是和姐姐斗智斗勇，她还其乐无穷，这肯定就是妈妈疯的预兆。但是妈妈真正的预兆还不在这里，其实那天晚上，抽屉里丢失的不止是一张绿色的两元的钱，还丢了一张黄色的五元钱和一张红色的一元钱。也不用猜了，五元的钱是姐姐偷的，一元的钱是小妹妹偷的，我们连偷钱也都按照年龄的大小顺下来，真是人有多大胆有多大。

姐姐的五元钱早在妈妈搜查的日子里就已经花掉了，但她仍然没有独自一人花这笔钱，她已经不敢带上妹妹、小妹妹或者带上其他任何一个小孩，她带上了院子里那位孤老奶奶，她陪着孤老奶奶上公园、下馆子，给孤老奶奶买了一顶绒线帽子，老奶奶后来说，可怜的姐姐，她自己就吃了一包龙虾片。姐姐其实最喜欢吃雪糕，但是妈妈关照过她，月经来的时候，不能吃凉的。

那一阵我在专心地做一件事情，把我收集的许多烟壳纸，一张一张地粘到一本书上，不言而喻，我是为了藏我偷的那两元钱。我的行动引起了姐姐的怀疑，她问我，你为什么要把烟壳纸粘到书上，我说，怕人家偷，粘上去人家就偷不掉了。姐姐比我看得远，她说，要是想偷，干脆连一本书都偷掉。我把两元钱粘在其中的一张烟壳纸下面，我相信谁也不会发现这个秘密。可是后来我始终没有找到它，我把粘到书上的烟壳纸，一张一张地揭下来，最终也没有看到它。我知道，是姐姐拿走了。

姐姐已经去世好多年了，这件事情是死无对证的，请姐姐原谅我，但我知道是你拿的。小妹妹虽然会把一块钱绕在绒线团里，但她不会偷我的钱，她很怕我。一直到现在，她已经很著名了，看见我还是有点畏畏缩缩的，我不知道为什么，这和我当检察官没有关系，她从小就是这样，这是与生俱来的。虽然我比她大三岁，姐姐比她大六岁，但她不怕姐姐却怕我。小妹妹后来进了演艺圈，她演了很多角色，成为实力派演员，也就是大家所说的，演什么像什么。一转眼她也四十出头了，她说，剩下来的时间，我要找一个制片人，请他做一个片子《我的妈妈》，我演妈妈。四十岁的小妹妹，和四十岁的妈妈，简直就是同一个人。我的外甥女今年十四岁，和我十四岁的姐姐一样大。

妈妈后来写了《干校日记》，看了妈妈的日记，我才知道，那时候妈妈为什么忽然对钱抠得那么紧，妈妈写道："我那时候，一心想买一条羊绒披巾送给工宣队长的太太，这条披巾要花去我整整两个月的工资，我决心从全家人的嘴里抠出来，我对孩子很苛刻，我老是怀疑她们偷我的钱，老是翻她们的皮夹子，我甚至对自己的母亲也很苛刻，她买两个开塞露我都要叫她报账，我到底是凑够了那笔钱，可是我到底没有买成羊绒披巾，因为我疯了。"